HEYNE

Das Buch
»Dreißig Prozent. Sagt mein Frauenarzt. Das ist ganz normal! Ein Kuckuckskind, das hat doch heute fast jede Dritte!«, behauptet Lissi, Anabels beste Freundin, nachdem klar ist, dass Anabel von ihrem Ehemann Dirk kein Kind bekommen wird. Dabei übertreibt die beste Freundin wohl ein bisschen – auch wenn man nicht genau weiß, wo zwischen »10 % plus Dunkelziffer« (die deutschen Frauenärzte) und »30 %« (Lissi) die Wahrheit wirklich liegt. Fest steht: Anabel will unbedingt ein Kind und ihren Mann behalten (sowie ihr angenehmes Leben), und da »Frauen heute alles haben können« (Lissi) bleibt eigentlich nur eine logische Antwort: Ein One-Night-Spender muss her. Glücklicherweise weiß Dirk, das »Alphatier im Anzug«, nichts von seiner Unfruchtbarkeit, und unglücklicherweise hört Anabel auf Lissi. Das führt zu einigen komischen Situationen und am Ende zu einem echten Drama, als Anabel tatsächlich schwanger wird.

Die Autoren
Katia Böttcher (geb. 1970), Ex-Premiere-Redakteurin, verheiratet mit Sven (s. u.), eine zweijährige Tochter. Der vorliegende Roman ist fürs ZDF verfilmt, weitere TV-Projekte sind in Vorbereitung.
Sven Böttcher (geb. 1964), Verfasser von mehr als 20 Romanen und Sachbüchern, Schöpfer von so unterschiedlichen Meisterleistungen wie »ran fun« (SAT 1), »Beckmann« (ARD), »Götterdämmerung« (Haffmans) oder »Der tiefere Sinn des Labenz« (HEYNE).

KATIA & SVEN BÖTTCHER

Ein Kuckuckskind der Liebe

Roman

WILHELM HEYNE VERLAG
MÜNCHEN

Umwelthinweis:
Dieses Buch wurde auf
chlor- und säurefreiem Papier gedruckt.

Originalausgabe
Copyright © 2005 Wilhelm Heyne Verlag, München
in der Verlagsgruppe Random House GmbH
Printed in Germany 2005
Umschlagillustration: Photonica/Gina Boffa
Umschlaggestaltung: Teresa Mutzenbach, München
Satz: hanseatenSatz-bremen, Bremen
Druck und Bindung: GGP Media GmbH, Pößneck

ISBN: 3-453-40062-3
http://www.heyne.de

How can I think I'm standing strong
Yet feel the earth beneath my feet?
How can happiness feel so wrong?
How can misery feel so sweet?

Katie Melua / The Closest Thing to Crazy

Den drei wunderbaren Mädchen gewidmet,
die uns jederzeit in Bewegung halten:
Katharina, Emma und Lisa

I

ONE-NIGHT-SPENDER

Natürlich nicht! Was für eine verwegene, alberne Idee! Auf einen schnellen Parkplatz zu hoffen, um sieben, abends, in der Mommsenstraße – das war einfach absurd. Natürlich gab es keinen Parkplatz. Und es würde auch keinen geben, nicht vor dem Morgengrauen. Die Anwälte, Ärzte und Manager, die hier wohnten, waren längst zu Hause und lagen entspannt unter ihren Solarien oder vor ihren Dolby-Surround-Anlagen; und falls einer der Supererfolgreichen tatsächlich noch einmal das Haus verließ, um irgendwo essen zu gehen, dann rief er sich garantiert ein Taxi.

Anabel entschloss sich daher nach einer schnellen Runde um den Block, keine weitere Minute mehr mit Suchen zu vergeuden, und parkte ihren Z5 quer hinter dem Benz von Professor Hübner, der die zweihundertfünfzig Quadratmeter direkt unter ihr bewohnte. Sicherheitshalber steckte sie dem halbgreisen Chirurgen einen Zettel hinter die Windschutzscheibe, mit ihrer Handynummer, einem freundlichen Gruß und einem verspielten Herzchen darunter. Hübner war so hingerissen von ihrem Charme und ihrer Schönheit, dass er sie nie im Leben aus dem Bett klingeln würde. Eher würde er den Bus nehmen, selbst wenn Wowereit persönlich ihn um vier Uhr morgens zu einer Not-OP rief.

Anabel öffnete die Ladeklappe des BMW und zog erstaunt die Augenbrauen hoch. Die Tüten und Taschen im Heck schienen sich auf der Fahrt aus der Stadt rapide vermehrt zu haben.

Ich muss völlig bescheuert sein, dachte sie, als sie sich knisternd, raschelnd und polternd das Treppenhaus hochschleppte. Sage und schreibe elf Tüten baumelten an ihren Händen und Handgelenken, und in sieben davon waren Kinderklamotten. Was an sich in Ordnung war, sofern man erstens zu viel Geld und zweitens Kinder hatte. Aber Anabel hatte nur Geld, keine Kinder. Und sie würde, wie sie seit einigen bekümmerten Stunden wusste, nach menschlichem Ermessen auch keine bekommen.

Zum Glück hatte das keine der fröhlichen Boutiquentanten geahnt, die sie heute reich gemacht hatte.

Sie erreichte die Wohnungstür, stellte die Tüten ab, nahm vorsichtig die Briefe aus dem Mund, die sie nur auf diese Weise vom Briefkasten hatte die Treppe hochtransportieren können, und kramte ihren Schlüssel aus der Handtasche. Nachdem sie die Tür aufgeschlossen hatte, biss sie wieder auf die Briefe und nahm die Taschen in der gleichen Reihenfolge wieder auf, in der sie sie abgestellt hatte. Sie stöckelte über den langen Parkettflur zur Küche, bog nach links ab und stand, sehr zu ihrer Überraschung, vor ihrem Mann, Dirk.

Er war offensichtlich unmittelbar vor ihr nach Hause

gekommen. Sein Jackett hing über einem der antiken Küchenstühle, zwei Champagner- und vier Rotweinflaschen standen auf dem Kochblock in der Mitte der geräumigen Küche, und auf der Ablage vor Dirk, auf einem Holzbrett, lag ein frisch ausgepacktes Rinderfilet, das ungefähr so groß war wie ein Krokodil.

»Hallo!«, sagte er.

»Hnho!«, sagte sie.

Anabel stellte die Tüten ab, nahm die Briefe aus dem Mund, legte sie auf den Tisch und begrüßte ihn mit einem flüchtigen Kuss. Mit einem raschen Blick stellte sie fest, dass er bereits das Transchiermesser aus dem Messerblock gezogen und es neben dem Brett platziert hatte. Das war, für seine Verhältnisse, schon fast zu viel Hilfe beim Kochen.

Dirk wandte sich ihr zu. »Ich hab Wein mitgebracht«, sagte er und deutete auf die Flaschen auf dem Kochblock, »ich hab heute Morgen gesehen, wir haben nur noch ein paar Flaschen Bordeaux und Vernacchia ...«

»Ich weiß, ich hab bei Clemens nachbestellt. Kommt alles morgen.«

»Gut«, sagte er, nickte und sah leicht erstaunt an ihr vorbei, nach schräg unten.

»Hey. Strapazierfähige Kreditkarte?«

»Was?«

Dirk nickte in Richtung der Tüten, die die Sicht auf größere Teile des Terrakottabodens neben der Tür versperrten. Anabel ging lässig an ihm vorbei und stellte die drei kleineren Tüten mit Lebensmitteln auf die Arbeitsfläche links von ihm.

»Du, Karotten waren im Angebot.«

»Aha«, sagte er, die anderen Tüten immer noch skeptisch im Blick. »Hast du an das Geschenk für Tom-Henry gedacht?«

Ihr Lächeln wich einer steinernen Miene, und jetzt erwiderte sie seinen erstaunten Blick. »Was? Ja, was denkst du denn, was da drin ist? Das ist doch nicht für *mich*.«

Mit einer raschen Bewegung wuchtete sie zwei der Papiersäcke auf den Tresen. Dabei erwischte sie den Griff des Transchiermessers, das mit elegantem Schwung in Dirks Richtung kreiselte und nach kurzem Absturz direkt vor seinem rechten Budapester zitternd im Dielenboden stecken blieb.

»Hey!« Dirk machte einen Satz zur Seite. »Vorsicht! Willst du mich umbringen?«

»Ach, später vielleicht«, flötete sie, »aber vorher zeige ich dir die Sachen für Tom-Henry.« Anabel befand sich bereits kopfüber mitten in der ersten Tüte und teilte ihr Entzücken bereitwillig. »Es ist echt un-glaub-lich, was es für superschöne Sachen gibt. So was hätte ich früher auch gern gehabt, nicht immer diesen orangebraunen Nicki-Schwachsinn. Guck, hier ...«

Dirk nahm die hellblau-weiß-gestreifte winzige Latzhose entgegen, die sie ihm reichte, musterte zuerst, skeptisch, das Kleidungsstück selbst, und dann, völlig entgeistert, das Preisschild. Anabel bemerkte seinen Blick nicht. Sie hielt ihrem irritierten Mann ein Teil nach dem anderen hin. Hosen, Strampler, Bodys, Mützchen, Schalchen, Schühchen ...

»Ich konnte mich einfach nicht entscheiden, guck mal, das hier ... und das hier ...«

»Das ist nicht dein Ernst.«

»Was? ... Und das hier!«

»Das ist alles für Tom-Henry?«

»Für wen denn sonst?«

»Kleiden wir den komplett bis zu seinem achten Geburtstag ein?«

Anabel hielt inne. Sie nahm Dirk die Sachen nacheinander wieder ab und verstaute sie in den Tüten. »Martin ist *dein* bester Freund, nicht meiner. Ich dachte, wir machen ihm und Clarissa eine Freude. Auch wieder falsch, okay.«

»Nein, Quatsch. Ich meinte doch nur, ...«

Sie unterbrach ihn. »Ich würd das Zeug auch lieber für meinen eigenen Sohn kaufen oder meine Tochter, aber soweit ich mich erinnere, haben wir so was nicht. Oder hab ich was verpasst?«

Energisch stellte Anabel die Modemitbringsel weg und beförderte ihre nützlicheren Einkäufe aus den Tüten auf den Tresen. Bio-Feinkostladen-Mini-Karöttchen, Mini-Zucchini, Mini-Maiskölbchen und Cocktail-Strauchtomaten flogen tief und dicht in Dirks ungefähre Richtung.

Bei aller Liebe, das ging zu weit. Das hatte ihr jetzt gerade noch gefehlt. Der ganze Tag war nervtötend und peinlich und schmerzhaft genug gewesen. Demütigungen im Dutzend billiger. Was sie jetzt garantiert nicht als krönenden Abschluss brauchte, waren dämliche Feierabendbemerkungen ihres zeugungsunfähigen Ehemanns – was seit circa zwölf Stunden sozusagen amtlich war, auch wenn er es noch nicht wusste. Und nie erfahren würde.

Am Vormittag hatte sie das Ergebnis abgeholt, aus dem *Fertility-Center* am Gendarmenmarkt. Heimlich, verkleidet wie eine Klischee-Agentin in einem beschissenen Agentenfilm, mit Kopftuch und Sonnenbrille, falls jemand sie sah, der sie kannte. Dirk wusste nichts davon, dass sie sein Sperma hatte untersuchen lassen, und sie beabsichtigte auch weiterhin nicht, ihm davon zu erzählen – weder von der Untersuchung noch davon, wie sie überhaupt an die Probe gekommen war. Eher hätte sie sich die Zunge abschneiden lassen.

Das Ergebnis war ein totales, all ihre letzten Hoffnungen vernichtendes Desaster gewesen, und sie war direkt vom Institut, wie in Trance, in den nächsten größeren Baby-Designerklamotten-Tempel getaumelt, um sich den ganzen Frust von der Seele zu kaufen. Kaum hatte sie das Kinderparadies betreten, war ihr allerdings der Angstschweiß ausgebrochen. Bei jedem der hinreißenden Teile, die sie sich nacheinander über den Unterarm legte, wuchs ihre Sorge. Nicht vor Ladendetektiven, denn sie beabsichtigte ja nicht, das Zeug zu klauen. Aber was, wenn die nun *Mutterkontrolleure* hatten?

Machen Sie mal die Tasche auf! Aha, was haben wir denn da für eine Bescheinigung! Ihr Mann ist unfruchtbar?! Dann können Sie ja gar keine Mutter sein, Sie Hochstaplerin! Raus mit Ihnen!

Und das unter den strafenden Blicken all dieser glücklichen Muttertiere, die zeugungsfähige Männer hatten und echte Kinder, die ein naturgegebenes Recht hatten, sich in Läden wie diesem aufzuhalten! Sie nicht! Sie trug das Kainsmal. Jeder und jede mussten es sehen. Sie war ausgestoßen aus dem Bund der potenziellen Mütter, für immer. *Raus mit Ihnen!* Eine grauenhafte Vorstellung. Aber mehr auch nicht, sagte sie sich. So was gab es ja gar nicht, Mutterkontrolleure. Zum Glück.

»Wunderschöne Sachen, nicht«, sagte eine gütige Stimme zu ihr.

Sie schaute um den flauschigen Body herum, den sie gerade hochhielt, und sah ins Gesicht einer Frau, die problemlos als traurige Zwillingsschwester von Ruth-Maria Kubitschek hätte durchgehen können.

»Äh ... ja. Ja.«, sagte Anabel unsicher.

Ein mildes Lächeln kräuselte das Gesicht der Verkäuferin. Sie versuchte freundlich und zuvorkommend zu wirken, aber ihre Augen verrieten sie. Dicht unter der herzlichen Schale wohnte ein verbittertes Herz.

»Das ist die schönste Kollektion seit Jahren, wirklich. Haben Sie das hier gesehen?«

Sie hielt Anabel einen gelben Strampler hin. Anabel nahm ihn, betrachtete ihn und fand ihn etwas zu schwul, sogar für ein Baby.

»Der ist auch schön ...«

»Haben wir natürlich auch in pastell-grün-gelb-gestreift ... das würde auch ganz fabelhaft zu dem goldigen Jäckchen passen, das sie da ausgesucht haben. Wie alt ist denn ihr Kleiner?«

»Äh. Mein ...? Vier. Vier Monate.«

»Ach, wie schön.«

»Ja.«

»Es gibt doch nichts schöneres als Kinder«, sagte die Kubitschek verzückt, meinte es aber nicht so. Anabel hätte sie gern gefragt, woran sie bei dieser Lüge dachte. An ihre dreißigjährige Tochter, die sie nie anrief? Oder an ihren zum zweiten Mal geschiedenen Alkoholikersohn, der eindeutig nach dem Vater schlug, von dem sie selbst sich zehn Jahre zuvor hatte scheiden lassen? »Auch wenn die Nächte anfangs kurz sind«, winkte die Schmerzensreiche ab, »Sie werden sehen, das geht ganz schnell vorbei. Ihr erstes Kind?«

Anabel hatte den Zeitpunkt verpasst, an dem das Missverständnis noch problemlos aufzuklären gewesen wäre, und wollte nur noch weg.

»Äh, ja ... hören Sie, ich ...«

Aber Kubitschek kannte kein Pardon. Und keine Berührungsängste, denn im nächsten Augenblick spürte Anabel eine goldbehangene Hand auf ihrem Unterarm und hörte ein vertrauliches Flüstern viel zu dicht neben ihrem Ohr. »Aber eins muss ich Ihnen sagen dürfen, bitte, ehrlich! Sie haben eine ganz, ganz prima Figur. Nach den paar Monaten – das ist wirklich ganz, ganz toll!« Mit einem stolzen Tätscheln entließ sie Anabels Arm.

»Ja. Danke.«

»Das schaffen ja die wenigsten. Ist ja auch nicht leicht. Aber wem sag ich das. Haben Sie die Frau Feldbusch heute mal gesehen? Ein Jammer.«

»Das, ja ... hat sicherlich auch was mit den Genen zu tun«, nahm Anabel das Blubb-Mädchen in Schutz, ohne so recht zu wissen, wieso eigentlich. Dass sie sich von der Kubitschek mitten aufs Glatteis hatte locken lassen, ging ihr eine Sekunde zu spät auf.

»Na, wenn man stillt, dann darf man ja auch keine Diät machen.«

Ups, dachte Anabel und hörte das Eis knacken, während ein stechender Verhörblick sie förmlich festnagelte. *Jetzt hab ich dich! Du bist nur deswegen so dünn, weil du nicht stillst, du krankes, verantwortungsloses Kate-Moss-Monster!*

Anabel verlor endgültig die Lust an dem Gespräch. Sie war schuldig, ja, aber nicht des Nichtstillens, sondern bloß der Kinderlosigkeit, und ihr Bedarf an schlechter Laune war auch ohne Kubitscheks gesammelten Frust aus zirka fünfundsechzig Lebensjahren gedeckt. Eilig sammelte sie ihre Beute vom Drehständer neben sich zusammen und brachte ein Lächeln zustande, das nicht so gemeint war.

»Ich nehm dann ... das hier. Danke.«

»Ach, wie schön. Soll ich es Ihnen zur Kasse ...«

Aber Anabel war bereits auf dem Weg. »Nein, schon in Ordnung. Ich finde selber hin, danke ...«

Unter normalen Umständen hätte sie auf die abschließende Bemerkung der Verkäuferin reagiert, für »Schühchen« sei es »aber doch noch viel zu früh«. Unter den gegebenen Umständen erschien es ihr hingegen ratsamer, die Baby-Schühchen sowie ihre Beine in die Hand zu nehmen.

Sie kam zu spät zu ihrem Mittagskaffeetermin mit Lissi, aber das auch nur, weil sie vor lauter Wut über die Stasi-Kubitschek auf dem Weg zum Café noch einen weiteren *Petit-Cirillus-Mini-Baby-Gap-Laden* hatte halb leer kaufen müssen, um sich abzureagieren. Als sie ihre inzwischen sechs Tüten neben Lissis Stuhl abstellte und sich erschöpft in den Korbstuhl sinken ließ, sah ihre beste Freundin sie erstaunt an. Was, wie üblich, eindrucksvoll wirkte, weil Lissi, wie üblich, aufwändigst geschminkt war, mit der üblichen Portion Lidschatten, die ihre ohnehin schon scheinwerfergroßen blauen Augen wie Ufos auf der Durchreise wirken ließ. Dazu trug sie eines ihrer alltäglichen Lissi-Outfits, wirkte also, wie üblich, so unauffällig wie Ronald McDonald bei einer Beerdigung.

An diesem Tag hatte sie sich für den dezenten Leoparden-Look entschieden: Pillbox-Hütchen auf der wilden blonden Mähne, enge, wild gemusterte Lederhose, Wildlederstiefel. Komplettiert wurde das Ensemble von Kreolen, durch die man problemlos einen Löwen hätte schmeißen können, und eine größere Sammlung klingelnder Armreifen – sowie haufenweise Blicke von allen männlichen Besuchern des Kaffees. Die Lissi, wie üblich, souverän ignorierte.

»Alles für den Braten?«, fragte sie bloß, als sie die Tüten sah.

Anabel nickte.

Lissi nickte zurück. Allerdings skeptisch. »Also weißte ... wenn das alles für dein eigenes wär, das würd ich ja irgendwie noch einsehen. Aber für Kinder anderer Leute so zirka das Bruttosozialprodukt von Dänemark zu verschleudern, das find ich ... bizarr.«

»Es sind nun mal Dirks beste Freunde, Lissi.«

»Cool, ich bin deine beste Freundin – krieg ich was von Gucci?«

Anabel winkte die Kellnerin herbei und bestellte einen Latte Macchiato. Sie bemerkte, dass am Nebentisch eine Frau in ihrem Alter saß, mit zwei entzückenden Kindern, einem größeren Jungen und einem etwa vierjährigen Mädchen. Das war an sich nichts Besonderes, aber es reichte Anabel langsam; an diesem Morgen schien irgendein unfreundlicher Hilfsteufel ihren gesamten Weg durch die Stadt quasi voll gepfropft zu haben mit glücklichen Müttern und unglaublich reizenden kleinen Engeln.

»Könnte das«, sagte Lissi mit einem Blick auf die Tüten, »so was wie eine Kompensanionshandlung sein?«

Anabel machte sich nicht die Mühe, sie zu korrigieren. »Könnte«, sagte sie.

»Scheiße«, sagte Lissi. »Echt?«

Anabel nickte.

Lissi sah sie fragend an. »Du hast das Ergebnis?«

Anabel seufzte. Und nickte wieder.

»Es liegt an dir?«, fragte Lissi leise.

»Nein.« Anabel schüttelte resigniert den Kopf. »Definitiv nicht.«

Lissi biss sich auf die Unterlippe. Die Stimmung kippte schlagartig ins Trostlose.

Anabel zuckte die Achseln und sprach aus, was sie schon die ganze Zeit dachte. »Weißt du ... ich hätte wirklich alles dafür getan. Ich hab mir so gewünscht, dass bei dem Test klipp und klar rauskommt, dass es an mir liegt. Dass der Arzt zu mir sagt, Anabel, du bist die Niete. Ich hätte jede, jede Scheiß-Hormonbehandlung mitgemacht.« Wieder zuckte sie die Achseln. »Was soll das, Himmel?«

Lissi unterstrich die fatale Lage mit einem bekümmerten Laut. »Kannst du jedenfalls nichts machen. Außer, es ihm sagen ...«

»Lissi ...«

Ihre Freundin winkte sofort ab. Das hatten sie schon öfter besprochen. »Ja, ja«, sagte sie, »ich weiß. Der Tod jedes Alphatiers.« Sie holte tief Luft und stieß sie resigniert wieder aus. »Ich kannte mal einen, Carsten, weißte noch, der mit dem Knie hinten am Kopf ...?«

Anabel hatte den Blick gesenkt und schüttelte abwesend den Kopf. Das war nicht das, was sie im Moment interessierte.

»Gott«, seufzte Lissi. »Was für ein Drama! Nachdem der erfahren hat, dass er keine Kinder machen kann, da hat der nicht mal mehr die Zahnbürste hochgekriegt. Bis dahin: Manager, ausgeprägte Ellenbogen, *mein Haus, meine Tiffe, mein Pferd* ...«

»Und jetzt?«, fragte Anabel sich – und versehentlich auch Lissi.

»Jetzt? Der lebt heute wieder bei seiner Mutter und spielt im Keller Carrera – tragisch ...«

»Nein«, sagte Anabel. »Was jetzt? Was mach ich jetzt?«

»Oh.« Lissi schürzte die Lippen, machte »Mh« und

rührte nachdenklich in ihrem Macchiato. Sie trank einen Schluck, um noch mehr Zeit zu gewinnen.

»Na ja«, sagte sie dann, bedächtig. »Einerseits ... bescheuert.«

»Wie tief schürfend«, murmelte Anabel in ihren Kragen.

»Andererseits«, sagte Lissi, und klang plötzlich unangemessen heiter. »Solange er nicht weiß, dass es an ihm liegt ...« Sie lutschte ihren langen Kaffeelöffel genüsslich sauber und benutzte ihn dann als lustigen Zeigefingerersatz, »wenn du irgendwann schwanger wirst, dann glaubt Dirk ja wenigstens, es wäre seins.«

Anabel brauchte ein paar Augenblicke, um die Bedeutung des Satzes zu erfassen. Ihre Gedanken hatten um Begriffe wie *Gentechnik* oder schlimmstenfalls *Adoption* gekreist, und es dauerte eine Weile, bis sie zu ahnen begann, was Lissi meinte. Das allerdings konnte ihre Freundin nicht meinen.

»Was?«, fragte Anabel.

Ehe Lissi jedoch erklären konnte, dass sie genau das meinte, was sie gesagt hatte, spürte Anabel eine Berührung an ihrem rechten Arm und sah hin.

Direkt neben ihrem Stuhl stand das kleine Mädchen vom Nachbartisch und sah sie aus großen dunkelbraunen Augen so mitfühlend an, dass Anabel am liebsten spontan losgeheult hätte. Anabel warf der Mutter der Kleinen einen raschen Blick zu und registrierte das lächelnde Achselzucken, das besagte, *Ich konnte sie nicht daran hindern.* Und als Anabel wieder ihre kleine Besucherin ansah, hielt diese schüchtern einen Weingummi hoch.

»Ich bin manchmal auch traurig«, sagte sie. »Willst du ein Gummi, Tante?«

Anabel musste die Zähne zusammenbeißen, um nicht zu schluchzen. Sie lächelte und wollte sich bedanken, aber Lissi kam ihr überraschend dazwischen. Sie beugte sich um den Tisch herum zu dem kleinen Mädchen und sagte freundlich, aber bestimmt:

»Nein, danke, Kleines, das will die Tante nicht.« Lissi deutete lächelnd auf das kleine Stück Buntgummi. »Da ist nämlich Gelatine drin, und die ist aus Rindern, da kann man wahnsinnig von werden.«

Das kleine Mädchen sah die freundlich lächelnde Lissi an wie ein Monster aus einem ganz schlechten Albtraum. Die Welt schaltete um auf Zeitlupe. Anabel schloss langsam, für einen Sekundenbruchteil die Augen. Mit etwas Pech wäre der kleine Engel von diesem Moment an für den Rest seines Lebens kuriert von allen menschlichen Anwandlungen. Nie wieder würde sie versuchen, jemand zu trösten. Anabel hörte die Stimme der Kleinen entsetzt »Mama! Mama!« rufen, hörte das rasche Trippeln flüchtender Kinderfüße, öffnete die Augen und versuchte ein entschuldigendes Lächeln in Richtung der Mutter der Kleinen, die sich ängstlich an Mamas Beine klammerte und dicke Tränen vergoss. Anabels Entschuldigung wurde wortlos zurückgewiesen.

Anabel warf Lissi einen Blick zu, mit dem man Bilderhaken hätte einschlagen können.

Aber Lissi zog bloß entgeistert die Augenbrauen hoch. »Was denn!«, sagte sie vorwurfsvoll. »Für die Wahrheit ist es nie zu früh!«

Anabel schob sich die Sonnenbrille von der Stirn über die Augen und hoffte, dass die großen Gläser auch möglichst viel von ihrem hochroten Kopf verbargen. Sie spürte die Blicke der empörten Mutter auf ihrem Rücken brennen, als sie ihre diversen Tüten aufnahm. Wie konnte sie nur! Sich so benehmen! Sie, die doch offensichtlich selbst Kinder hatte!

Lissi verstand nur Bahnhof. »Was machst du? Wo willst du denn hin?«

»Weg«, sagte Anabel. *Bevor ich vor Scham im Boden versinke.* »Sei mir nicht böse.«

»Aber ... wir müssen reden, Süßilein. Glaub mir, das ist alles gar nicht so finster, wie du es jetzt siehst ...«

»Ja«, nickte Anabel, schon halb auf dem Weg. »Ja, kann sein. Aber nicht jetzt. Morgen. Ich ... ich muss noch einen Haufen Sachen besorgen, wir kriegen nachher Besuch.« Sie küsste Lissi auf die Wange. »Entschuldige, ist nicht mein Tag.«

»Oh, falls du den Besitzer findest ...« rief Lissi ihr nach. »Ich könnte heute auch noch ein paar nette Stunden brauchen!«

Und jetzt, fünf Stunden danach, sah es so aus, als sollte sich der ohnehin schon lausige Tag zu einem echten Fiasko entwickeln. Sie hatte wirklich alles getan, um das Beste aus dem Schlimmsten zu machen. Einen Haufen Geschenke besorgt. Für den Besuch, Dirks Freunde. Die leckersten Sachen zum Essen besorgt. Für den Besuch, Dirks Freunde. Sich damit abgefunden, dass sie niemals haben würde, was sie sich am meisten wünschte: ein Kind mit Dirk. Und nun standen sie sich in der Küche gegenüber, eine Dreiviertelstunde vor ihrer Verabredung und unmittelbar vor einem Ehekrach, der sich gewaschen hatte.

Ich würde die Sachen auch lieber für mein eigenes Kind kaufen, aber ich glaube, ich habe keins. Oder hab ich was verpasst? Wenn das kein exzellenter Gong für einen schönen Mittelgewichtskampf Scholz gegen Scholz war, was dann?

Sie ärgerte sich über sich selbst. Dirk stand vor ihr, in der Küche, und verdrehte die Augen. Er hob die Arme halb hoch, zu einer hilflosen, genervten Geste und ließ sie wieder fallen, zurück an seine Seiten.

»Okay«, seufzte er, »fangen wir wieder damit an.«

Anabel schüttelte entschieden den Kopf. Sie schluckte ihren Ärger herunter. »Nein«, sagte sie. »Nein, das tun wir nicht.« Sie wandte sich ihm zu, lächelte ihn entschuldigend an. »Und zwar ganz bestimmt nicht ... Entschuldige bitte.«

Es war ungerecht, und das wusste sie selbst am besten. Wie konnte sie ihn für etwas bestrafen, was er nicht wusste? Da sie sich entschlossen hatte, ihn zu seinem eigenen Schutz nicht mit der vernichtenden Wahrheit zu konfrontieren, musste sie tapfer sein. Und tapfer bleiben. Lächelnd ging sie zu ihm und drückte ihm einen zärtlichen Kuss mitten in sein Stirnrunzeln.

»Es tut mir Leid, okay? Ich will mich nicht streiten. Ich muss nämlich kochen, denn auch das leckerste Baby-Hemdchen ersetzt nun mal kein Abendessen.«

Dirk lächelte jetzt ebenfalls, kolossal erleichtert über die spontane Wendung zum Guten. »Nein«, sagte er. »oder zumindest müsstest du das Hemdchen schon sehr, sehr lange kochen ...« Er öffnete die Kühlschranktür und nahm eine geöffnete Flasche Vernacchia heraus. »Wein?«

»Gern«, sagte sie, zog sich die Jacke aus und hängte sie über die Lehne eines der Küchenstühle. Dann riss sie die Tüte mit den Babykarotten auf, nahm ein Messer aus der Schublade und machte sich an die Arbeit. Es blieb nicht viel Zeit.

»Meinst du, die sind sauer, wenn wir die Sachen nicht alle einpacken?«

Dirk ließ den Korken mit einem satten Schmatzen aus der Flasche ploppen. »Schatz«, sagte er mit einer Riesenportion Ironie, »Sie werden dich dafür hassen.«

Natürlich taten sie das nicht. Weder Clarissa noch Martin. Martin war, wie immer, erstens charmant, zweitens komisch und drittens völlig hingerissen von Anabels Kochkünsten, Clarissa war, wie immer, anfangs nicht sehr charmant und gar nicht komisch, sondern bis zum zweiten Glas Rotwein vollkommen unentspannt – aber dafür demonstrativ begeistert von den viel zu vielen Geschenken für den Nachwuchs. »Ach, ist das alles entzückend!«, trillerte sie, »Oh nein, wie süüüß!«, und »Wo gibt es denn so goldige Sachen?« Nachdem sie ausgiebigst die Kleiderberge für Tom-Henry gewürdigt hatte und damit allen Anwesenden, vor allem den beiden männlichen, zunehmend auf die Nerven gegangen war, begann sie nach dem zweiten Glas Wein auch Anabels Kochkünste schier in den Himmel zu loben. »Bella, du solltest ein Restaurant eröffnen!« »Diese Karotten, auf dem Punkt, die kann man ja *lutschen*!«, »Zum Niederknien, also wirklich.« Niemand, nicht einmal Dirk, blieb von ihren dauernden Unterbrechungen verschont.

Mindestens dreimal während des Essens flötete sie dem Herrn des Hauses in die Parade, sobald der versuchte, das insgesamt eher ziellose Gespräch von persönlichen Dingen auf das einzige Thema zu lenken, das ihn und seine Freunde zu interessieren hatte: seine Karriere. Martin erbarmte sich schließlich seines Freundes und verlangte ihm eine Anekdote ab, die sie alle bereits kannten – und

Dirk berichtete mit stolzgeschwellter Brust noch einmal von seinem »Riesencoup« des letzten Jahres, als er von der Telekom eine Beteiligung an einem Start-up für siebenhundertfünfzigtausend zurückgekauft hatte, für die er »vor dem Platzen der Blase« genau das Doppelte kassiert hatte – von der gleichen Firma.

»Tragisch – nicht für mich –, aber was sollten die anderes machen? Deren Venture-Capital-Abteilung war schon lange dicht, die mussten abstoßen, und die Preise waren nun mal unten. Die waren natürlich nicht begeistert, siebenhundertfünfzig Riesen sind sogar für *The Big T* ärgerlich, auch wenn die Milliarden im Keller …«

»Gaaaanz köstlich, wirklich, Anabel!« Clarissa flötete mit zirka hundert Dezibel dazwischen und deutete mit Messer und Gabel gleichzeitig auf die Reste des perfekten Filetsteaks auf ihrem Teller.

Martin nickte dazu. »Mmh. Mit was hast du das gemacht, ist das Oregano?«

»Majoran, Rosmarin und Knoblauch«, sagte Anabel.

»Sehr lecker.«

Dirk nickte zustimmend, wenig begeistert, dass man ihn unterbrochen hatte.

»Danke«, sagte Anabel und schenkte Clarissa Wein nach.

»Hundert Prozent Gewinn«, sagte Dirk, »da kann man jedenfalls nicht meckern …«

»Und dann nur in der Pfanne oder danach noch im Ofen?«, fragte Clarissa.

»Ofen«, erwiderte Anabel und verkniff sich ein Prusten.

Martin war so nett, auf Dirk einzugehen. »Nein, da kannst du dich wahrhaftig nicht beklagen«, sagte er. »Andererseits ... wenn ich bedenke, dass ich Aktien von dem Laden hatte ... und dass ich die irgendwann mit sechzig Prozent *Verlust* verkaufen musste – dann schuldest du mir eigentlich was, oder?«

Dirk lachte. Martin lachte ebenfalls, und Anabel wusste für einen Augenblick nicht, ob sie ihn bemitleiden oder bewundern sollte. Er war unbestreitbar sympathisch. Ein netter Kerl, aber vielleicht war »nett« gar kein so nettes Attribut für einen Mann. Er und Dirk kannten sich seit dem Studium, aber im Gegensatz zu Dirk, der sich von Anfang an in der freien Wirtschaft nach ganz oben hatte durchboxen wollen, war Martin auf Nummer Sicher gegangen und hatte direkt nach seinem Abschluss in der Mineralwasserfirma seines Vaters angeheuert. Seine Anzüge waren von der Stange, er brauchte nicht anzugeben mit maßgeschneiderten Stücken aus London, und bei Gelegenheiten wie dieser trug er bevorzugt Rollkragenpullover und Jeans, während für Dirk auch beim Essen im privaten Kreis der Gipfel des *casual* erreicht war, wenn er sein Jackett ausgezogen und die Ärmel seines perfekt gebügelten Brooks-Brothers-Hemdes hochgekrempelt hatte.

Mit Clarissa war der nette Martin seit sieben oder acht Jahren zusammen, ohne nennenswerte Krisen, soweit Anabel wusste. Clarissa hatte Germanistik studiert, sich als Lektorin von Verlag zu Verlag hochgearbeitet und gönnte sich jetzt, nach planmäßigem Erhalt ihres »Wunschkindes« ein oder zwei Jahre Babypause. Vielleicht auch drei. Anabel fand sie nett, manchmal jedenfalls. Martin fand sie immer nett. Freundlich. Lieb. Und er brachte seine Mitmenschen mit charmantem Understatement zum Lachen. Dirk hingegen war absolut nicht nett, brachte niemand zum Lachen, und Understatement war ihm so fremd wie brasilianische Belletristik.

Anabel konnte sich beim besten Willen nicht vorstellen, was eine Frau an einem Mann wie Martin finden konnte.

»Okay«, sagte Dirk gönnerhaft zu seinem netten Stichwortgeber und haute ihm kumpelhaft auf die Schulter. Er ließ die Hand liegen. »Okay, ich schulde dir was. Zum Beispiel ... allwöchentlich eine warme Mahlzeit. Versprochen, bis zum Lebensende.«

»Akzeptiert«, nickte Martin, »aber nur, wenn Anabel kocht – nicht du. Dir brennt doch sogar das Wasser an.«

Diesmal lachten die Frauen mit, aber Clarissa nutzte überdies die günstige Gelegenheit, um das Thema zu wechseln – indem sie wieder auf *ihr* Thema zurückkam.

»Sag mal, Bella, das wollte ich dich vorhin schon fragen, dieser Petit-Filou-Laden, wo ist denn der eigentlich? Das sind ja supersüße Sachen!«

Martin verschluckte sich fast an einer der butterweichen Baby-Karotten. »N-n, Schatz, ich glaub nicht, dass du da noch mal hinmusst. Was Anabel gekauft hat, reicht locker bis zum Abitur.«

»Ja, das war aber wirklich zu viel! Ihr seid so lieb!«

Dirk winkte lässig ab. »Ach, komm. Das war doch nun das wenigste, was wir tun konnten.«

Anabel bedachte ihn mit einen erstaunten Blick, den er mit einem verschwörerischen Grinsen beantwortete. Was wiederum sie mit einem kurzen Grinsen beantwortete, denn auch dafür schätzte sie ihn: Ganz gleich, welche Diskussionen sie hinter verschlossenen Türen führten, das ging *niemand* etwas an, auch die besten Freunde nicht.

Sie spürte Clarissas tätschelnde Hand auf ihrem Unterarm. »Aber das verspreche ich euch, wir revanchieren uns. Süße, ich schütte dich genauso mit superschnuckligen Sachen zu, wenn dein Tom-Henry oder deine Karoline auf die Welt krabbelt ...«

»Wo ist der denn eigentlich heute Abend, der Kleine?«, fragte Anabel rasch.

»Bei Oma. Zum ersten Mal. Aber Handy ist an.«

»Wie machst du das denn? Du stillst doch, oder?«

»Ja.« Clarissa tupfte sich den Mund mit der Serviette ab. »Ja, ähm, Pumpe.«

Dirk sah sie an, als hätte er sich verhört. »Bitte?«

»Klingt tierisch«, sagte Martin grinsend, »ist aber vor allem tierisch laut. Und erinnert einen Hauch an landwirtschaftliche Betriebe, ist nur nicht ganz so pittoresk.«

Anabel lachte, Dirk grinste, Martin zuckte lächelnd die Achseln, nur Clarissa war nicht amüsiert.

»Na ja«, sagte sie kühl, »andererseits beschwerst du dich dauernd, dass wir zu Hause festgenagelt sind.«

Die Stille, die folgte, war kurz, aber unangenehm.

Clarissa selbst bog die Sache wieder gerade – mit betont heiterem, lässigen Tonfall, den ihr unter normalen Umständen niemand abgekauft hätte. In diesem Fall jedoch waren alle gern dazu bereit.

»Es ist halt eine Riesenumstellung«, sagte sie fröhlich und zuckte die Achseln. »Aber es ist vor allem wun-derschön!« Und mit einem etwas zu lauten »Stimmt's?« in Martins Richtung gab sie ihrem Gatten drohend Gelegenheit, seine peinliche Bemerkung ungeschehen zu machen. Martin meisterte die Aufgabe souverän.

»Absolut«, sagte er grinsend. »Inzwischen. In den ersten paar Monaten dachte ich, man hat uns die Reinkarnation eines argentinischen Gefängniswärters geschickt, aber seit der Junge sechs Stunden am Stück pennt, ist es echt cool.«

Dazu hatte Anabel allerdings einen Haufen Fragen, nicht zuletzt, weil sie Martins und Clarissas Blicke bemerkt hatte. Aber ehe sie den Fuß erneut auf vermintes Gelände setzen konnte, war Clarissa so klug, sie mit einem geschickten Ablenkungsmanöver ihrerseits auf gefährliches Terrain zu schicken.

»Was ist denn eigentlich mit *euren* Plänen?«

»Aber wie ist denn das mit dem ...«, sagte Anabel, aber Clarissa war wachsam genug und setzte sofort nach.

»Ich meine, ewig darf man das ja auch nicht aufschieben!«

Sie sah Anabel auffordernd und wahnsinnig neugierig an.

Keine Chance zu entkommen. Auch Martin sah sie an. Sogar Dirk. Sie musste antworten, aber sie durfte nicht zulassen, dass das Thema auf dem Tisch blieb.

»Das stimmt«, erwiderte sie schließlich, unglaublich entspannt, »Aber bei dir hat ja auch alles problemlos geklappt, also – heb ich mir die Panik noch fünf Jahre auf.« *Strike!* »Also, wir ... wir arbeiten dran.«

»Oh«, konterte Clarissa mitleidig, »Arbeiten klingt aber nicht sehr spaßig.«

»Wir üben noch«, sagte Dirk.

Während Clarissa lachte und seine wahnsinnig witzige Bemerkung belustigt wiederholte, setzte Anabel kalt lächelnd nach.

»Und so lange tröste ich mich damit, dass ich noch immer 34 trage.« Sie zuckte lässig die Achseln, ohne Clarissa anzusehen. Ein tonloses »Ja« aus der Richtung ihrer immer noch mit reichlich Schwangerschaftsbäuchlein geschmückten Freundin signalisierte ihr, dass diese Runde am Ende doch an sie gegangen war.

Martin, der wenig oder nichts von dem kurzen Gefecht unter Frauen mitbekommen hatte, winkte beruhigend ab. »Ach, das klappt schon«, sagte er zu Anabel. »Nur nicht die Hoffnung aufgeben. Ich hätte auch nie gedacht, dass ich das hinkriege. Und schon gar nicht, dass da so ein Brüll-Braten bei rauskommt.«

»Eben«, ergänzte Dirk, »man kann's ja auch nicht erzwingen, aber Übung macht die Meisterin. Irgendwann macht sich halt doch mal die richtige Eizelle auf den Weg ...«

Anabel merkte, dass Clarissas Blick bei diesen Worten in ihre Richtung schoss und auf ihrem Gesicht hängen blieb, also versuchte sie sich nicht anmerken zu lassen, dass ihr geschätzter Gatte gerade im Vorbeigehen eine Atombombe in ihr Herz geschmissen hatte.

»... und dann«, fuhr Dirk launig fort, »heißt es auch für uns: Willkommen, kleiner Mensch! Auf Wiedersehen, spontane Kinobesuche, auf Wiedersehen, Nachtruhe!«

Er lachte.

Martin lachte mit, nickend.

Clarissa lächelte Anabel an.

»Warst du denn mal beim Arzt?«, fragte sie mitfühlend.

Contenance!, brüllte eine Stimme in ihrem Kopf. Die Stimme einer Herbergsmutter, einer Feldwebelin, einer Kung-Fu-Lehrerin.

Sechs Augen waren auf sie gerichtet. Erwartungsvoll. Neugierig. Aufrichtig besorgt. Mitfühlend. Und Dirks Blick war der interessierteste von allen.

Sag, dass du nicht *unseren Freunden gegenüber behauptest, es läge an* mir!, verlangte sie wortlos.

Er sah sie bloß interessiert an.

Griff nach einem übrig gebliebenen Stück Brot, riss etwas ab, schob es sich in den Mund. Sah sie an.

Das glaube ich nicht, wollte sie schreien. *Du erzählst deinen Freunden, ich wäre unfruchtbar, ich müsste üben? Du Vollidiot, ich müsste schon schwanger sein, wenn ich nur an einem zeugungsfähigen Mann vorbeilaufe. Du bist die Niete ... Aber kann ich dir das sagen, dir beweisen, dass du das Wichtigste für alle Alphatiere nicht kannst? Du wärst* morgen *am Ende der Herde, am* Arsch *der Herde! Und deshalb kann ich* dir das nicht sagen, *verdammt noch mal. Aber es reicht ja wohl, dass du* nichts *merkst. Musst du mich auch noch vor diesen harmlosen Harmoniesüchtigen zum Pflegefall machen? Du hast sie doch wirklich nicht alle, du ... du Oberpenner!*

Sie sah sich nach der schweren Dekantier-Karaffe greifen, die vor ihr auf dem Tisch stand, und schleuderte sie mit Wucht und Wut in Dirks Richtung. Mit lautem Krachen zerbarst der dicke Glasboden an seiner Stirn, und blutend brach der grobe, dumme, eingebildete Kerl hinter dem Tisch zusammen, obwohl er schon vorher, während ihres Vortrags, zu einem armseligen grauen Männlein zusammengeschrumpelt war. *Damit das mal klar ist! Das geschieht dir recht, und freu dich, dass hier kein* Messer *lag!*

Nichts dergleichen geschah.

Stattdessen wandte sich Anabel nach einem kaum merklichen Zögern mit einem kleinen, bezaubernden Lächeln nach links, zu Clarissa, und nickte artig.

»Ja«, sagte sie. »Ja, sicher war ich ... beim Arzt. Wir ... wir kriegen gerade raus, woran es liegt.«

Drei Köpfe nickten Verständnis und Zustimmung.

»Bei wem bist du?«, fragte Clarissa.

»Maiberg.«
»Der ist gut.«
»Ja«, sagte Anabel.
Sie nahm die Dekantier-Karaffe.
Sie lächelte.
»Noch Wein, jemand?«

Dürfte ich euch mal unser privates Badezimmer zeigen?, dachte sie, nachdem die beiden endlich gegangen waren, nachdem Dirk im Bett lag, und während sie weiterhin versuchte, möglichst so lange im Bad zu bleiben, bis er tief und fest eingeschlafen wäre. Bedauerlicherweise hörte sie, da die Tür nur angelehnt war, immer noch das leise Rascheln, mit dem er seine *Financial Times* immer wieder umblätterte, in nervtötend unregelmäßigen Abständen.

An der Wand rechts von ihr hing der Medizinschrank. Der kleine Bruder des großen Medizinschranks neben der Küche. Der kleine mit den wichtigsten Notfallmitteln. Gegen Kopfschmerzen, Schnupfen, Husten, Heiserkeit, Ohrenschmerzen, Nebenhöhlenschmerzen, Kieferhöhlenschmerzen, Nervenschmerzen, Rückenschmerzen, Bauchschmerzen, Darmschmerzen, Hämorrhoiden, Zahnschmerzen, Augenschmerzen, Magenschmerzen, Muskelschmerzen, Sehnenschmerzen, Knieschmerzen, Verspannungen, Ohrgeräusche, Venenentzündungen, Thrombosen, Schlaganfälle, Herzinfarkte, Leberkrebs und Gerstenkörner. Also nur das Nötigste für einen gestandenen Hypochonder wie Dirk.

Schlimmer noch aber war seine andere Sammlung, die auf dem extra neu in die Wand geschraubten breiten doppelbödigen Regal an der Wand neben der Badewanne. Die Parfüm- und Rasierwasser-Kollektion.

Er hatte sage und schreibe neunundsiebzig verschiedene Düfte. Nach ihrer letzten Zählung. Einige davon benutzte er nicht mehr. Und zwar ungefähr vier – drei umgekippte und den klassischen Lagerfeld, nachdem ihm deswegen ein Kerl in einer Bar den Hintern getätschelt hatte. Der Rest blieb permanent im Programm und wurde je nach Anlass aufgetragen oder geschüttet: *Armani* bei Hitze, *Boss* bei Nieselregen, *Basala* bei Landregen, *Hilfiger* bis 22 Grad, *Guerlain* bei leicht über null, *Jil Sander Pure* bei Terminen mit Asiaten, *Allure* bei Vorstandssitzungen (*Eternity* bei Aufsichtsräten), *Bulgari Black* in der Oper, *Kiton* zum Sushi-Essen (privat), *Escape* beim Tennis, *Cool Water* in der Sauna, *Zino Davidoff* zur Adventszeit, *L'eau par Kenzo* im Spätseptember (bei Sonne und zwölf bis achtzehn Grad gefühlte Temperatur), *Gucci Envy* bei Nebel mit Sichtweiten unter 50 Meter ... und so weiter und so fort.

Bei unklarer Wetterlage war Anabel oft gespannt, wer aus dem Badezimmer kommen würde; mit geschlossenen Augen hätte sie manchmal jedenfalls nicht gewusst, mit wem sie gerade zusammen war. Wäre ein Orkan durch ihr Badezimmer gewirbelt – ihr Mann wäre unwiederbringlich hinüber gewesen. Zum Glück lebten sie in Berlin, nicht in Florida.

Zu jedem Parfüm gab es natürlich auch den kleinen Bruder auf dem Regal, das Rasierwasser. Was Dirk damit anstellte, war Anabel komplett schleierhaft. Trank er das Zeug? Massierte er sich die Füße damit? Zum Rasieren brauchte er es jedenfalls nicht, denn Dirk war ein *weißer Indianer;* er hatte praktisch keine Haare am Körper. Was Anabel prinzipiell sehr angenehm fand, weil sie kaum etwas unappetitlicher fand als Behaarung, egal wo. Im Gesicht eines Mannes, das konnte sie notfalls akzeptieren, solange er sich jeden Morgen rasierte, aber der Rest eines Männerkörpers hatte idealerweise nur stellenweise mit einem leichten blonden Flaum bedeckt zu sein, ansonsten haarlos. Sie hätte sich eher erschossen, als an eine behaarte Schulter zu sinken.

Während sie sich eine zentimeterdicke Abwehrschicht Nachtkreme ins Gesicht schmierte und immer noch das enervierende Rascheln aus dem Schlafzimmer nicht aufhören wollte, wurde ihr klar, dass sie ihr Geheimnis mit ins Grab nehmen würde. Nie im Leben könnte sie ihn zerstören. Sie kannte sein Geheimnis; sie kannte sein Bad. Dirks Fassade war aus Glas. Das harte Alphatier war ein unbehaarter Hypochonder, der nicht wusste, nicht einmal ahnte, wer er eigentlich war. Der nicht mal wusste, wie er riechen sollte. Ein Chamäleon, ein Scheinwesen, dessen Erfolg und Existenz nur daran hingen, dass niemand ihn durchschaute. Dass niemand in sein Badezimmer sehen durfte. Oder in seine klinisch tote Spermaprobe.

Das Rascheln aus dem Nebenzimmer hörte nicht auf.

Anabel war hundemüde, aber sie wollte nicht ins Bett. Nicht zu ihm. Ihr Blick fiel auf die Badewanne. Sie hatte genug getrunken. Bestimmt würde sie, gepolstert von ein paar Handtüchern, ganz prima in der Wanne schlafen können. Ihr musste nur noch eine Erklärung dafür einfallen, die auch ihm einleuchtete ...

»Bella«, rief er hellwach aus dem Schlafzimmer.

»Ja?«

»Denkst du bitte dran, dass du morgen Kohler anrufst wegen der Heizung?«

»Hab ich mir aufgeschrieben«, erwiderte sie.

»Vergiss es nicht, ich friere mir morgens echt die Füße ab.«

Sie verdrehte die Augen. »Vielen Dank für den doppelten Hinweis, deine blöde Frau kann sich das ja sonst nicht merken«, knurrte sie und trug noch ein bisschen mehr Kreme auf.

»Was?«

»Ja, Schatz, mach ich!«

Sie betrachtete den weißen Clown im Spiegel. Das sah furchtbar genug aus. Nicht mal ein notgeiler Schiffbrüchiger nach drei Jahren auf dem Aua-Aua-Atoll würde so eine Frau anfassen wollen.

Sie verließ das Bad.

Er lag im Bett, in seinem Seidenpyjama, die Brille halb auf der Nase, die Wirtschaftswoche neben sich, die *Financial Times* in den Händen. Er sah sie an, über den Rand der Brille, und runzelte halb empört, halb belustigt die Stirn.

»Ach, komm, Bella, wisch dir den Quatsch aus dem Gesicht ...«

Unbeeindruckt kroch sie unter die Decke und machte das Licht auf ihrer Seite aus, während er den Satz beendete.

»... und lass uns mal wieder ein bisschen lieb zueinander sein ...«

Unfassbar, dachte sie. *Was denn noch?* Na schön, eine Gurkenmaske hätte vermutlich gereicht, denn niemand hatte gern Sex mit einem Salat. Aber daran hätte sie denken müssen, bevor sie ins Bad gegangen war.

Er legte seine Zeitung weg, setzte die Brille ab und sah sie fragend an.

»Was ist los?«

»Nichts.«

»Komm.«

»Nichts. Ich bin nur müde.«

»Bist du sauer auf Clarissa, weil sie ein Kind hat?«

»Was?«, sagte sie, und sie klang schlagartig wach.

»Na ja, ich meine ... was soll das, diese Stutenbissigkeit?«

»Wo bin ich denn stutenbissig? Spinnst du?«

»Na, also, bitte – ganz blöd bin ich ja nun auch nicht. Spitze hier, Spitze da, Clarissa nervt dich mit ihrem Mamasein, und du nervst zurück mit *Ätsch, ich trag aber Größe 34*. Wobei, am schönsten fand ich«, lachte er leise, »als du beim Abräumen gesagt hast, *Schön, dass du als Einzige deinen Teller leer gegessen hast.*«

»Hab ich das gesagt?«

»O ja.«

»Peinlich.«

»Nee. Lustig.« Lächelnd kam er näher, fuhr seinen Arm aus und ließ ihn unter ihre Decke gleiten, über ihren Rücken. »Außerdem hast du Recht: Madame hat wirklich mindestens zehn Kilo zu viel auf den Hüften. Da lob ich mir doch diesen Traumkörper, den meine Frau gerade in meine Reichweite hat schweben lassen.«

»Ich bin müde«, sagte sie und drehte sich weg. »Wirklich, Dirk.«

»Ich weck dich wieder auf.« Er küsste sie in den Nacken und versuchte, sie wieder zu sich zu drehen. Seine Hand wanderte nach vorn, vom Bauch auf ihre Brüste zu.

Sie schob die Hand weg.

»Ohne Scheiß, ich bin wirklich sehr, sehr müde.«

»Hey.« Es war ein Grunzen, das verführerisch klingen sollte, aber es bewirkte bestenfalls das Gegenteil dessen, was es bewirken sollte.

»N-nh«, machte Anabel unwirsch. »Keine Chance. Sorry. Ich penn schon.«

Er unternahm einen weiteren Versuch. Seine Hand kehrte zurück, das Brummen aus seiner Kehle blieb unverändert.

»Hey, ich hätte aber gerade richtig Lust ... zum Üben.«
»Morgen.«
»Hey.«

Seine Hand landete dort, wo sie hinwollte – und dort, wo Anabel sie ganz bestimmt nicht haben wollte. Sie schob sie weg, diesmal sehr energisch.

»Morgen. Nicht jetzt.« Sie imitierte eine bereits so gut wie eingeschlafene Frau. »Muss ... schlafen.«

Er begriff. Und Anabel erwartete eine oder mehrere dieser bissigen Bemerkungen, die jede Frau unweigerlich zu hören bekam, wenn sie einen Partner, der gerade Lust hatte, abwies. Er wäre der erste Mann seit Erfindung der Spezies gewesen, der sich das hätte verkneifen können.

»Okay.« Das erste Okay klang noch lässig. »Okay.« Das zweite klang schon ein bisschen link. »Schon klar.« Viel sagend, o so viel sagend. »Dann mal gute Nacht.« Gleich noch mal getoppt im feinen Doppelsinn.

Ein Kuss auf die Haare, sehr kurz und wie auf die Haare eines Kindes, das den ganzen Tag Matsch ins Wohnzimmer geworfen hat. Und? Darf es noch etwas Abschließendes sein? Eine Splitterbombe für die Nacht?

Ein Grunzen. Ein *sehr* souveräner, verächtlicher Laut. »Aber falls dir das neu sein sollte: Zum Kinderkriegen gehört, jedenfalls im Normalfall, so was wie Sex. Nur zur Information.«

»Tut mir Leid.«
Schweigen.
»Schlaf schön.«
»Hjha.« Mitschwingend: *Dass ich nicht lache. Das hast*

du mir ja wohl komplett versaut. Als ob ich jetzt noch ein Auge zubekommen könnte, na, vielen Dank dass ich morgen den ganzen Tag nicht vernünftig arbeiten kann, geht ja auch nur um unsere Existenz, aber dir sind ja sogar fünf Minuten Schlafverzicht wegen mir schon zu viel; gut, das zu wissen, du bist ein grausamer Mensch, und ich bin in meinem ganzen Leben noch nie so schlecht behandelt worden.

»Nacht«, sagte sie, in der Hoffnung auf ein versöhnliches Schlusswort.

Aber es kam nicht. Stattdessen ausgiebiges Zurechtkrempeln seinerseits, geräuschvoll, vorwurfsvoll, und so weit am anderen Ende des Bettes wie es physikalisch möglich war, ohne dass er im Nebenzimmer landete.

Anabel starrte auf die Badezimmertür vor sich, im schwachen Licht des Mondes, wischte sich eine Träne von der Nasenspitze und hätte in diesem Moment ohne Zögern ihre gesamte Schuh- und Taschensammlung für irgend einen netten Menschen hergegeben, der sie einfach nur in die Arme nahm, ganz fest hielt und eine halbe Stunde heulen ließe.

Lissi erklärte es ihr. Natürlich. Lissi konnte ja alles erklären, und das auch noch so, dass man selbst die schlimmsten Gewitterwolken vergaß. Als Anabel sie am Tag nach dem Desasterabendessen anrief, aus ihrem kleinen, feinen, aber vor allem erfolglosen Antiquitätenladen, brachte Lissi das Ganze auf den Punkt.

»Bella«, sagte sie streng, »von einem Karrieremann Feingefühl zu verlangen ... hast du schon mal 'ne deutsche Dogge Chopin spielen hören? Das ist einfach nicht *fair* der Dogge gegenüber, das *kann* die gar nicht.«

Anabel musste lachen, obwohl ihr nicht danach zumute war. Die Rechnungen, die sich links von ihr auf dem Schreibtisch türmten, waren auch nicht geeignet, ihre Laune zu verbessern. Sie hatte erwogen, alles einfach wegzuwerfen oder zu verbrennen, aber das nützte erfahrungsgemäß wenig. Der Vermieter brachte sich immer wieder in Erinnerung, die Telekom sowieso, und Vater Staat schien inzwischen sogar auf Verluste dringend Steuern erheben zu müssen. Dass der Laden seit drei, vier Jahren nicht lief, wie er sollte, wusste sie selbst. Aber sie hasste es, das zuzugeben. Vor allem Dirk gegenüber. Sie würde ihn bitten müssen, ihr ein bisschen Geld zu überweisen. Für die Miete. Und das Telefon. Wie peinlich. Wie erbärmlich. Aber eine Räumungsklage wäre ihr noch peinlicher gewesen, also blieb ihr nichts anderes übrig. Allerdings würde sie sich damit eine weitere Blöße geben und er das bei passender Gelegenheit ausnutzen. Was er gern tat. Er verdiente das Geld, und er wies gern darauf hin. Was hatte er am Vorabend gesagt, nach dem ersten »Oh Gott, *sooo* viele Sachen!« von Clarissa? *Tja, Bella denkt antizyklisch, Geiz ist Quatsch, das Monatseinkommen muss komplett re-investiert werden, notfalls täglich.*

Sehr komisch. Und sehr normal für ihn. Er meinte es ja nicht böse ...

»Du hast Dirk noch nie gemocht, oder?«, hörte sie sich laut in den Hörer fragen.

»Was ist denn das für 'ne Frage?«, erwiderte Lissi. »Natürlich konnte ich Dirk vom ersten Tag an nicht leiden, aber praktisch gesehen, fand ich den Heini immer oberstes Regal.«

Anabel seufzte. »Ich hab ihn doch nicht aus praktischen Gründen geheiratet, Lissi.«

»Nicht?«
»Nein!«
»Wieso denn dann?«
»Weil ... weil ich ihn liebe.« Das war alles andere als witzig gemeint, aber Lissi schüttete sich förmlich aus. »Hör auf zu lachen«, protestierte Anabel.
»Ja, ja – weil du ihn natürlich *liebst*.«
»Ja, genau deshalb.«
»Bella, Schatz. Süßilein. Männer kann man nicht lieben und Dirk schon gar nicht. Also, gut, ich gebe zu: Man kann vorübergehend seinen Verstand an der Garderobe abgeben, wenn *er* der Mann aus der Davidoff-Werbung ist, außerdem Aldi-Erbe und nebenher französische Chansons komponiert – aber *Dicky!* Thh! Süßilein! Bitte! Der hat so viel Sexappeal wie 'ne Dose Ravioli!«
»Du bist fies.«
»Ich bevorzuge *realistisch*«, erwiderte Lissi und wechselte mit atemberaubender Geschwindigkeit das Thema. »Du, wie sieht eigentlich Clarissa inzwischen aus, immer noch wie 'ne Kegelrobbe in grünen Tüchern?«
Anabel schüttelte grinsend den Kopf, während sie durch die große Scheibe des Ladens sah, wie ein Wellblechkleinlaster mit der rot geletterten Aufschrift *Weinland* direkt vor dem Laden hielt. Clemens, der Lieferant, stieg aus und winkte ihr zu, sie winkte zurück. Er öffnete die Hecktüren des Kleinlasters und verschwand im Inneren.
»Clarissa hat schon ein bisschen abgenommen, so achtundsechzig, schätze ich«, sagte Anabel beschwichtigend.
»Konfektionsgröße?«
Wieder musste Anabel lachen. »Lissi, du bist echt so was von link ...«

Sie ging zur Tür und öffnete. Clemens trat ein, zwei Weinkisten unter den Armen, ein Lächeln auf dem Gesicht, und ging an ihr vorbei nach hinten, in die Küche.

»Du, Süßi«, sagte Lissi. »Nichts für ungut, aber ich muss hier kurz einen Arbeitsplatz retten, und zwar meinen. Klappt das gleich? Dann können wir ja weiterschnattern.«

»Ja, klar. Halb eins?«

»*Realto?*«

»Si.«

»Schön. Bis gleich.«

»Ciao.«

Anabel legte auf. Clemens kehrte aus der Küche zurück und ging an ihr vorbei, mit einem sehr charmanten, aber auch sehr souveränen Lächeln. Wäre sie fünfzehn Jahre jünger gewesen, hätte sie für dieses Lächeln alles stehen und liegen lassen. Und erst recht für den Typen, den es dazugab, denn der entsprach genau dem, was sie früher gemocht hatte: charmant, intelligent, tolle Stimme, grüne Augen, dunkelblonde unsortierte Haare, dazu alles, nur kein Anzug – aber eben auch nicht die übliche ausgebeulte 501 aus den späten Achtzigern, sondern G-Stars, Puma, Carhartt und Konsorten. Früher war sie auf solche Spinner reingefallen. Immer wieder mit dem gleichen Ergebnis: einem gebrochenen Herzen, einem überstürzten Umzug und einem leeren Konto.

Sie war froh, dass diese Zeiten vorbei waren. Und noch froher, Dirk zu haben. Aber Clemens machte ihr trotzdem Spaß, und das jedes Mal, wenn sie sich sahen. Er war, im besten Sinn des Wortes, ein Kumpel, mit dem man ein paar alberne Bemerkungen austauschen konnte, manchmal einen halben Flirt; jemand, der sie einfach mochte, und den auch sie gut leiden konnte. Einfach so.

»Hi«, sagte er strahlend. »Ich hab noch zwei Kisten draußen ... geht's gut?«

Anabel verzog tadelnd das Gesicht.

»*Geht's gut* gehört zu den fiesen Fragen, Clemens, das hab ich dir, glaub ich, schon mal gesagt ...«

Er verzog schmerzverzerrt das Gesicht. »Ah, shit! Stimmt, das mach ich immer falsch. Komplett unhöflich, da kann man ja nur *Ja* antworten.« Er legte die Stirn in Falten. »Mmh. Aber was sagt man beim Antiquitätenhändler? *Was gibt's Neues?*«

Anabel lachte.

»Gut, auch wieder nichts«, sagte Clemens. »Dann nehme ich mal ... hey, schöne Frau, wie geht's?«

»Die schöne Frau aber bitte nur bei länger bestehender Bekanntschaft.«

Er nickte zustimmend, mit einer angedeuteten, sehr förmlichen Verneigung. »Sowie bei stillschweigendem Konsens, dass es sich nicht um den Versuch einer Anmache handelt. Was mir in diesem Fall gegeben scheint, weshalb ich die Formulierung um Haaresbreite als opportun erachte.«

»Es geht«, sagte sie lächelnd. »Und selber?«

»Es geht? Klingt ja dramatisch. Soll ich mir Sorgen machen?«

»Quatsch.«

»Was fehlt – an wesentlichen Dingen? Geld, Gesundheit oder Glamour?«

»Nein, alles da.«

»Dein Mann betrügt dich mit einer elegant frisierten Bilanz?«

Wieder musste sie lachen. »Nein.«

»Auch nicht, okay«, sagte er und kapitulierte, indem er kurz die Handflächen hob, »ich passe – aber falls du mal einen Lebens- und Beziehungsberater brauchst ...«

Anabel ergänzte den Satz – was leicht war, denn dieser Teil gehörte zu ihren Standardwortwechseln. »... frage ich ganz bestimmt nicht *dich,* denn von Beziehungen hast du keine Ahnung.«

»Wir verstehen uns«, nickte Clemens mit gespieltem Ernst, und machte sich auf dem Rückweg zu seinem Transporter. »Aber falls du mal hören möchtest, wie man's garantiert *nicht* macht, frag mich – jederzeit.«

»Soll ich dir tragen helfen?«

»Ja, so weit kommt's noch ...« Er hievte zwei weitere Zwölferkisten aus dem Heck und kehrte zurück. »Sind nur noch die zwei hier.« Er erreichte sie, blieb vor ihr stehen und setzte wieder das übertrieben ernste und besorgte Gesicht auf. »Ähm. Also, es geht mich ja nichts an, aber ... nicht, dass ihr mir hier zu den anonymen Antialkoholikern überlauft, so wenig habt ihr seit Monaten nicht bestellt.« Er sah sie dramatisch an, und sie verkniff sich ein breites Grinsen; das war ganz schlechter Shakespeare, aber gekonnt gespielt. »Sag mir die Wahrheit«, knurrte er, »Habt ihr einen anderen?«

»Clemens, es gibt keinen anderen ...«

Er schaltete sofort um – von *King Lear* auf *Forrest Gump*.

»O, gut, genau *das* wollte ich hören ...«

Eigenartigerweise fiel darauf weder Anabel noch ihm eine komische Ergänzung ein. Weshalb er sich räusperte, die Kisten abstellte und unter seinem Arm eine einzelne Flasche hervorzog.

»Kennst du den?«, fragte er sie und hielt ihr die Flasche hin. Anabel nahm sie und betrachtete das Etikett. Ein 95er Chianti mit dem schönen Namen *Rancia*.

»Nein«, sagte sie.

»Sünde«, sagte Clemens, der jetzt wieder ganz Weinhändler war. »Fattoria Felsina kennst du aber, den Berardenga hattet ihr gelegentlich. Aber der hier – müsst ihr probieren, ein absolutes Gedicht. Ab drei Kisten – Sechser – kriegt ihr Rabatt.«

Sie nickte. »Okay. Was, ähm, wie viel ...«

»Zweiunddreißig«, erwiderte er mit schmerzverzerrter Miene. »Ich weiß, das klingt nach reinem Wucher, aber ich zahl selber achtundzwanzig.«

Anabel nickte, dachte an die Miete, stockte, nickt noch mal, dachte an die Telefonrechnung und das Darlehen, das sie, die *verschwenderische Frau,* von ihrem Mann brauchte. Sie wollte das anstehende Gespräch nicht durch ein weiteres glasklares Indiz für ihre Unfähigkeit im Umgang mit Geld erschweren. Mit bedauerndem Lächeln hielt sie Clemens die Flasche hin.

»Ich weiß, dass du faire Preise machst. Aber ... im Moment ... ich glaube, da macht mein Finanzminister gerade nicht mit.«

Clemens runzelte für einen Sekundenbruchteil die Stirn, und als er ihr in die Augen sah, hatte sie das unangenehme Gefühl, dass er wesentlich weiter und tiefer schaute, als sie wollte. Aber er stellte keine Frage, und sie verzichtete auf alle weiteren Erklärungen. Mit einem Achselzucken wies er die Flasche zurück.

»Okay, dann trink sie einfach auf mein Wohl, und falls jemand fragt – hast du sie für zwei neunundneunzig an der Tanke geschossen.«

Das geht doch nicht, sagte Anabel stumm. Worauf er ebenso stumm erwiderte, *und ob das geht. Und jetzt bitte keinen Spruch wie »Das kannst du dir doch gar nicht leisten«, das wäre zwar vielleicht wahr, aber trotzdem fies.*

Anabel lächelte. »Danke.«

»Aber sag mir, wie du ihn findest, okay?«

»Mach ich.«

»Halte dich tapfer.«

Ein Lächeln, ein Winken über die Schulter, weg war er.

Und Anabel ertappte sich bei der Frage, wie jemand, der nun definitiv *keine* Karriere gemacht hatte sondern bloß mit einem klapprigen Blechlaster wohlhabende Trinker belieferte, ständig so unerhört ausgeglichen und gut gelaunt wirken konnte. Denn das empfand sie durchaus nicht nur als angenehm, sondern auch als anstrengend und irritierend. Wie diese kleinen schwarzen Kinder in den Nachrichten, denen hunderte von Fliegen um den Kopf schwirrten und die trotzdem lachend Fußball spielten.

Irgendetwas konnte mit denen jedenfalls nicht stimmen. Mit den kleinen Afrikanern nicht, und mit Clemens erst recht nicht. In Berlin konnte man sich ja nicht mal auf ständige Adrenalinschübe wegen der herrlichen Äquatorsonne herausreden.

»Süßilein!«, rief Lissi schon vom Eingang des *Realto,* in einer Lautstärke, die sämtliche Gäste des Lokals in ihre Richtung schauen ließ, »entschuldige, mea pulpa, mea maximum pulpa!«

Während sie auf Anabel zuwehte, von Kopf bis Fuß in enges Rot geschnürt, wandten sich die Gäste Anabel zu, der das Ganze rechtschaffen peinlich war. Aber wenn Lissi sich richtig Mühe mit ihrem Outfit gegeben hatte – so wie heute –, dann musste sie eben um jeden Preis sichergehen, dass das auch niemand entging.

Sie flatterte wie ein knallrotes Huhn um den Tisch herum, küsste Anabel aufgeregt auf beide Wangen und erklärte unter gehörigem Gefuchtel, was gerade wieder alles schief gegangen war. Einer der Controller der Werbeagentur, für die sie zu arbeiten vorgab, hatte einen neuerlichen Versuch unternommen zu ergründen, was genau sie eigentlich *machte,* und es hatte Lissi viel taktisches Geschick gekostet, ihn von dieser Frage abzulenken.

»Zumal der wirklich überhaupt nichts gemerkt hat! Irre! Da hätte ich genauso vor Stevie Wonder stehen können!« Sie schüttelte den Kopf, dass ihre Ohrringe nur so klingelten. »Stevie Wonder mit 'ner Wäscheklammer auf der Nase! Ich hab einen halben Liter *Angel Innocent* im Ausschnitt, damit machst du normalerweise sogar den Papst zu einer sabbernden Bestie, aber der Typ – null! Tsss!«

»Aber du hast ihn abgehängt?«, fragte Anabel.

»Ja, klar. Am Ende. Ich meine, ich scheuche so viele Leute rum, Hiwis, Praktikanten, Büroboten und Tippsen – ich verliere ja manchmal selber den Überblick. Und da gibt es dann reichlich Kandidaten, die ich notfalls opfern kann. *Die Frau Heinze könnte ein bisschen schneller arbeiten, aber das ist ja nicht nur eine Frage des Wollens – und der Herr Barth, na ja, der war halt vorher bei der Post.* Also, dieser Kontrollfreak findet schon noch andere, die er effizienter machen kann. Muss ja nicht ich sein.« Sie ließ genervt Luft ab. »Meine Nerven! Ich meine ...« Sie reckte die Brust vor, mit fragendem Blick. Anabel nickte bloß. Rot geschnürt, pralle Kugeln, haarscharf vorbei an *FSK 18*.

»Welcher Mann ...« Lissi unterbrach sich selbst und deutete kurz mit dem Daumen über ihre Schulter. Dort, am Eingang, an der Bar, stand ein junger italienischer Kellner, dem – wie Anabel erst jetzt bemerkte – die Augen förmlich aus dem Kopf fielen. Und da er in Lissis Richtung sah, war die Ursache vermutlich keine Erbkrankheit. Anabel fragte sich, wie Lissi das überhaupt bemerkt haben konnte, da sie die ganze Zeit mit dem Rücken zu ihm gesessen hatte, aber andererseits überraschte sie in dieser Hinsicht nichts mehr.

»Kuck dir den an«, sagte Lissi, »das ist die normale Reaktion. So muss das auch sein, sonst sind ja die Regeln außer Kraft gesetzt. Das ist ein Mann – kein richtiger Mann, sondern ein typischer Mann. Dem könntest du jetzt die Kontaktlinsen rausnehmen, und der würde das nicht mal merken – und das nur, weil hier zwei wirklich sehr attraktive ... Titten sitzen.« Wieder unterbrach sie sich selbst, weil sie merkte, dass sie den Faden einigermaßen gründlich verloren hatte. »Aber, mal ehrlich, ist das nicht entwürdigend? ... Für ihn, meine ich ... *Garcon!*«, brüllte sie.

Der Junge mit den großen Augen zuckte zusammen und eilte auf ihren Tisch zu.

»Was kann ich für Sie tun, gnädige Frau?«

Lissi sah ihn kaum an, sie blätterte stattdessen in der Karte. »Erst mal die gnädige Frau weglassen«, sagte sie kalt, »so redest du ja auch nicht mit deinen schwedischen Webseiten. Und zweitens was empfehlen, erst mal was zu essen und dann dich selber – was gibt's denn Leckeres?«

»Äh ...« war alles, was der konsternierte Kellner herausbrachte.

Lissi klappte die Karte geräuschvoll zu.

»Gut, dann nehme ich die Nudeln mit Scampi. Und einen Prosecco.«

»Die Dorade, bitte«, sagte Anabel. »Und ein Wasser.«
»Sehr w...«
»Und einen Prosecco«, sagte Lissi. »Also zwei. Danke, und husch.«

Völlig verdattert machte sich der Kellner aus dem Staub. Anabel sah Lissi skeptisch an und rechnete mit dem Schlimmsten. In dieser komplett sprunghaften und hyperaktiven Stimmung würde Lissi vor gar nichts Halt machen, schon gar nicht vor drängenden Themen.

»Hast du dich entschieden?«
»Was?«
»Wegen Dirk.«
»Ja, was, wegen Dirk?«

Lissi seufzte. »Bella, Süßilein, ich *weiß*, dass du ein nettes Mädchen bist und die liebste Maus der Welt, aber so geht das alles schon mal gar nicht weiter ...«

»Aha«, sagte Anabel und wollte das Thema sofort wieder zu den Akten legen, aber Lissi interessierte nicht, was irgendwer anderes wollte.

»... und deshalb – unterbrich mich nicht, versuch es nicht mal; ich denke darüber jetzt bestimmt schon zwei Jahre nach, fast so lange wie du, und nach dem, was du mir vorhin erzählt hast ... Also, Dicky – Dicky ist schon ein Guter.«

Anabel sah Lissi überrascht an.

»Na ja, nicht wirklich *gut,* ich meine, für den wär das bestimmt das sexuelle Niagara, beim Börsenkursegucken auf n-tv einen geblasen zu kriegen, und diese rosa Ralph-Lauren-Hemden, da kriegt man ja Augenkrebs von, aber: Er ist ein fleißiger Typ und – wichtig – er hat 'ne Menge Kohle. Andererseits ist er importent ...«

»Zeugungsunfähig, außerdem heißt das impotent.«

»Was denn nun?«

»Und es heißt Nirwana, nicht Niagara.«

»Du versuchst abzulenken, aber: nicht mit mir!«

»Wollte ich auch gar nicht, aber ...«

»So oder so, importent, tote Hose, und das bedeutet, dass du nie, aber wirklich was von nie, ein Kind von ihm kriegen wirst. Und das willst du. Wieso auch immer – kann ich nicht nachvollziehen, ist aber so. Du. Willst. Ein. Kind. Richtig?«

»Lissi, ich ...«

»Ja? Oder nein?«

»Ja, aber ...«

»Kein aber. Denn du willst *aber* garantiert nicht noch mal zehn Jahre durch die Männergeschichte reisen, tausend Spinner, Spacken und Schwachmaaten durchprobieren und am Ende vielleicht doch keinen finden, der all das ist, was du willst. Also: Du willst Dicky, und du willst ein Kind. Das geht aber nicht.«

»Was soll das?«, fragte Anabel und klang so verletzt, wie sie war. »Was soll der Scheiß? Das *weiß* ich, und das ist schlimm genug, wieso musst du jetzt auch noch ...«

»Wie alt bist du, dreiunddreißig?«

»Ja.«

»Wird aber Zeit.«

»Lissi, wer bist du, meine Mutter?«

»Zum Glück nicht! Also, Dicky und ein Kind, das willst du. Und – hallo –, ich bin deine dickste Freundin, das heißt, ich *wäre* deine dickste Freundin, wenn ich nicht diese scheißschlanke Taille hätte, und das heißt, ich will, dass du glücklich bist – und alles kriegst.«

»Und?«, fragte Anabel, inzwischen mehr als nur ein bisschen genervt.

»Wir leben nicht mehr im neunzehnten Jahrhundert. Oder im zwanzigsten, ich krieg das immer durcheinander. Jedenfalls bist du nicht deine Mutter oder deine Oma. Du musst dir nichts mehr gefallen lassen als Frau.«

»Darum geht's doch nicht.«

»Doch, genau darum, und *nur* darum. Man hat uns immer eingetrichtert, dass wir uns entscheiden müssen: Bett oder Scheiterhaufen, Kinder oder Karriere. Ein Mann oder keiner. Aber mussten Männer das jemals? Nö, die konnten Kinder und Karriere haben, eine Frau zu Hause und ein Dutzend Matrizen in diversen Betten unterwegs. Wir nicht. Früher. Heute ist das anders. Heute geht das nämlich, alles. Meine Oma hat damals zu meiner Mutter gesagt, *Rita, eine Frau sollte sich einen Mann suchen, mit dem sie sich versteht, einen Mann, der handwerklich begabt ist, einen Mann, mit dem sie guten Sex haben kann, einen Mann, der ein guter und treuer Versorger ist.* Das gilt auch heute noch, allerdings mit dem Zusatz: Sieh zu, dass sich die vier Typen nie begegnen.«

»Sehr lustig«, sagte Anabel.

»Nein, denn das gilt auch für dich. Du musst nicht verzichten. Herrgott, *keine* Frau muss mehr auf irgendwas verzichten, jedenfalls keine schöne, intelligente Frau. Du kannst ein Kind haben *und* Dirk behalten. Wo ist das Problem?«

Anabel hatte allmählich das Gefühl, mit einer Grenzdebilen am Tisch zu sitzen. Um dem Rechnung zu tragen, formulierte sie ihre Antwort mit reichlich Ironie und einem Fragezeichen für Blöde am Ende. »Er kann keine machen?«

Aber das veranlasste Lissi bloß, die Frage zu wiederholen, diesmal als bloße Geste mit entsprechender Mimik. *Na, bitte!*

»Ich hab meinen Frauenarzt gefragt«, sagte sie, »und weißt du, was der sagt?«

»Machen Sie mal Aah?«

»Ha-ha, nee: So um die dreißig Prozent, bei seinen Patientinnen.«

»Was? Dreißig Prozent was?«

»Dreißig Prozent andere Väter.«

»...?«

»Das ist völlig normal, Bella. Das machen *alle* so, na gut, fast alle, also jedenfalls alle, bei denen Männe bloß Krüppel auf die Spermakreuzfahrt schickt ...«

Als Anabel endlich begriff, was Lissi meinte – und dass sie es zu allem Überfluss auch noch *ernst meinte,* verdrehte sie gekonnt die Augen. Irgendwas musste schief gegangen sein auf ihrem und Lissis Weg von Hamburg nach Berlin. Irgendwas, in den Jahren, in denen sie sich aus den Augen verloren hatten, im Verlauf von Lissis Modedesignstudium oder in der Zeit mit diesem komischen Professor, in den sie sich damals verliebt hatte, oder mit einem der tausend anderen komischen Typen danach; vielleicht hatte sie auch bloß ihr Gehirn beim Shoppen abgegeben, oder einen schweren Zusammenstoß mit einer Hauswand gehabt, von dem sie Anabel nie erzählt hatte; irgendetwas schien jedenfalls nicht mehr zu stimmen in ihrem Kopf.

»Ihm ein Kind andrehen«, sagte Anabel.

»Andrehen, andrehen, das klingt ja kriminell!«

»Von einem anderen?«

»Na, von ihm selbst wohl kaum.«

Anabel spreizte die Finger und streckte beide Hände von sich, nach vorn.

»Lissi! Ende! Schluss jetzt, hör auf! Ich will ein Kind, ja, aber ich will ein Kind von Dirk ...«

»Keine Chance.«

»... und wenn das nicht geht, mein Gott, dann, dann adoptieren wir halt eins ...«

Lissi winkte mit großer Geste ab und lachte ein begeistertes »Hach!« in den Raum, das ihr die Aufmerksamkeit aller anderen Gästen erneut sicherte. »Super! Nein! Hach, wie schön! Adoptieren! Klar, irgendwas Braunes oder Gelbes ...« Als sie Anabels Blick bemerkte, der jetzt doch entschieden mordlustig war, bremste sie sich gehörig. Aber nur in der Lautstärke, nicht in der Sache. »Das ist doch totaler Quatsch, Bella, du ziehst doch kein Kind groß, das irgendeine Tante aus Ghana nicht haben wollte, obwohl es ihr eigenes war! Du willst *dein* eigenes.«

Anabel schüttelte fassungslos den Kopf.

»Nicht so die Stirn runzeln«, sagte Lissi unbeeindruckt, »das freut höchstens deine Kosmetikerin ... Was ist daran verkehrt? Bella: dreißig Prozent! Du bleibst mit Dicky zusammen, dein Dutzi-Dutzilein kann Medizin studieren, du kannst weiter Gucci, Prada und Versace leer kaufen, du kannst deinen Laden behalten – du bist glücklich, Dicky ist glücklich – *ich* bin glücklich. Das Einzige, was wir dazu noch brauchen, ist ein One-Night-Spender. Und zwar einer, der danach nie wieder auftaucht. Gute Gene, keine Drogen, keine Fragen. Und da Single-Clubs einfach nicht genügend Auswahl bieten, würde ich sagen, wir nehmen den einen großen Single-Club mit den vielen Stränden, Clubs und Betten: Ibiza, eine Woche, volles Programm. Sag mir nur wann, ich hab deinen Eisprung nicht im Kopf.«

Sie lachte über ihren versehentlichen Scherz, während Anabel sie ansah wie eine Außerirdische. Zum Glück tauchte der Kellner mit den Stielaugen in diesem Moment wieder auf und brachte die bestellten Gerichte. Er stellte die Teller vor den Frauen ab, Anabel bedankte sich.

»Danke«, sagte auch Lissi und sah den Jungen kurz an. Dann lächelte sie so versöhnlich wie eine Muräne. »Einen Vorteil hat das. So, wie dir die Zunge raushängt, brauchst du keinen Schlips.«

Mit einem gemurmelten, völlig unpassenden »Danke sehr« machte sich der Kellner wieder aus dem Staub. Er tat Anabel fast Leid. Genauso wie alle anderen Menschen, die Lissi in diesem aufgekratzten, völlig durchgeknallten Zustand erleben mussten.

»Lissi, du spinnst«, sagte sie kopfschüttelnd. »Du spinnst wirklich komplett.«

Lissi zuckte die Achseln. »Ansichtssache. Ich hab gerade meine Tage, und zwar meine direkten, sorry. Aber ich weiß eben, was passiert, wenn du ihm 'ne Adoption vorschlägst. Vergiss nicht, Süßi: Offiziell bist du die Niete.«

Und das Lächeln, das sie Anabel danach schenkte, war verheerender als alle anderen, die sie im Repertoire hatte; es war das traurige, mitfühlende Lächeln, und dazu fiel Anabel nun wirklich nichts anderes mehr ein, als sich voll und ganz auf die gnadenlose Zerstückelung ihrer Dorade zu konzentrieren.

Sie würde es ihr einfach zeigen. Nicht der Dorade, sondern Lissi. Was Liebe bedeutete. Dass sie eben nicht *die Niete* war. Weder offiziell noch inoffiziell. Und dass Dirk das auch nicht so empfand.

Sie würden ein Kind adoptieren. Braun, gelb oder grün. Und sie würde es lieben, als wäre es jenes eigene, auf das sie ihm zuliebe verzichtete.

Obwohl ihr das Thema auf dem Herzen und auf der Zunge brannte, dauerte es vier Tage, bis sie endlich Gelegenheit fand, mit Dirk darüber zu sprechen. Was vor allem daran lag, dass er wahnsinnig angespannt war wegen seiner Vertragsverhandlungen mit *Solotrust,* einem internationalen Private-Equity-Riesenkonzern, der (soweit sie das verstanden hatte) irgendwelche milliardenschweren Fonds auflegte, nebenher oder gleichzeitig Bauvorhaben in Asien abwickelte und deshalb Dirks Hilfe und wertvollen Kontakte gut brauchen konnte. Da Anabel nie ein Verhältnis zu Geld entwickelt hatte, sondern immer hemmungslos ausgab, was sie hatte, konnte sie seinen Monologen zwar durchaus interessiert lauschen, aber mit den Zahlen, die durch den Raum geisterten, nicht wirklich etwas anfangen. Hundert Millionen in Kuala Lumpur? Wo war Kuala Lumpur – *was* war Kuala Lumpur, ein Bär mit Asthma? Und wie viele Nullen hatten hundert Millionen? Zwei Millionen Honorar *per anno?* Das klang nach ausreichend Geld, um ganz Ostdeutschland zu renovieren, aber konkret bedeutete es eigentlich gar nichts – eine schöne Wohnung hatten sie auch so, sie mussten nie irgendwen fragen, wenn sie sich etwas Teures kaufen wollten, und selbst Mäntel von Gucci oder Prada kosteten keine Millionen. Ihr blieb daher einigermaßen schleierhaft, weshalb Dirk so aufgeregt war. Aber als er nach dem Abendessen am Donnerstag, vier Tage nach ihrem Gespräch mit Lissi, endlich einmal Luft holte und tatsächlich fragte, wie es ihr ginge, sprach sie das Thema an; ihr Thema. Sie verpackte alles geschickt, wie eine Douglas-Verkäuferin im Weihnachtsgeschäft: sprach fast beiläufig von ihrem Wunsch und von ihren Problemen, ein Kind zu bekommen; schaffte es sogar, ihre finanziellen Misserfolge mit dem Laden teils darauf zu schieben, dass ihr die Motivation fehlte – was mit einem Kind so oder so anders wäre, denn entweder würde sie »im Mutterfall« den Laden aufgeben (was weniger Verluste für ihn bedeutete) oder mit neuem Elan durchstarten (Ergebnis: dasselbe, weniger Verluste). Er hörte ihr zu, nickte gelegentlich an den richtigen Stellen, und schien reif zu sein für das, was sie eigentlich wollte.

Aber als sie das Wort »Adoption« aussprach, erkannte sie sofort in seinem Gesicht, dass sie sich getäuscht hatte. Und zwar gründlich.

»Adoption?«, wiederholte er verwirrt, als hätte er etwas verpasst.

Sie saß auf dem Sofa, im Wohnzimmer, und nickte. »Ja.«

»Warum?« Er war aufgestanden, entkorkte eine zweite Flasche Wein auf dem Esstisch und sah zu ihr herüber. »Ich meine ... Also, versteh mich nicht falsch, Bella, nichts gegen Kinder anderer Leute, aber ...«

Plopp.

Er unterbrach sich selbst, schenkte sich einen Schluck ein, probierte und goss zufrieden etwas mehr in sein Glas.

»Ich meine, die ... die will man doch nicht ständig um sich haben. Adoption.« Er zuckte die Achseln. »Das ist doch Sozialromantik. Ich meine, ein *Stammhalter,* ja, wirklich gern. Irgendwann. Wenn's passiert, passiert's, wir haben keinen Zeitdruck. Herrgott, du bist Anfang dreißig, du ...«

»Ich möchte nicht im Rollstuhl sitzen, wenn mein Kind zwanzig ist.«

Er sah sie erstaunt an. Erstaunt und zunehmend unwillig. »Wirst du auch nicht, mit Mitte fünfzig.«

»Ich ...« versuchte sie, aber er schnitt ihr das Wort ab, und sein Tonfall war nicht mehr besonders freundlich.

»Bella«, sagte er, »das ist doch Unsinn, wirklich. Gerade jetzt. Wenn diese Geschichte mit *Solotrust* klappt, dann sind wir die nächsten zwei, drei Jahre ständig unterwegs ...«

»Du.«

»Nein, *wir*. Ich hab dich nämlich nicht geheiratet, um das halbe Jahr von dir getrennt zu sein. Und wenn du jemanden brauchst, um den du dich kümmern willst: Der Typ steht vor dir. Und der Typ wird garantiert nicht wegen eines schwer erziehbaren Säuferkindes aus dem Heim auf dich verzichten.«

Anabel fühlte sich, als hätte ein dicker Mann unvermittelt auf ihrer Brust Platz genommen. Das Ganze entwickelte sich völlig falsch, und sie hatte nicht den blassesten Schimmer, wie sie es in die richtige Bahn lenken sollte, ohne Dirk von seinem Problem zu erzählen. Was sie nicht tun würde, niemals. Sie musste ihn auf anderen Wegen dazu bringen, etwas für sie zu opfern; so, wie sie etwas geopfert hatte, und zwar eine ganze Menge, nämlich ihr leibliches Kind, aus Liebe zu ihm.

Aber wie?

»Bella«, sagte er, etwas versöhnlicher, da er ihren Blick offenbar doch bemerkt hatte. »Solotrust bedeutet New York, Hongkong, Sydney – also, wenn wir schwanger werden: na, prima, gut, machen wir. Aber wenn wir im Moment nicht schwanger werden, dann kann ich nur sagen: umso besser. Im Moment.«

»Dirk, ich weiß, was dir wichtig ist. Aber ...«

»Nein, *und*«, ergänzte er ungefragt, »nicht aber, sondern *und* genau das sollte auch dir am wichtigsten sein, denn davon leben wir, meine Liebe, nicht von deinem defizitären Trödelladen und erst recht nicht von hysterischen Mutterfantasien.«

Du blödes, linkes, gemeines, fieses Arschloch, dachte sie und wollte ihn anschreien, ganz gleich, was sie sich ansonsten für den Abend vorgenommen hatte, aber das laute Klingeln seines Handys hielt sie davon ab.

Mit einem genervten Schnauben zog er das Gerät aus seiner Hemdtasche, schaute aufs Display und drückte auf den Empfangsknopf. Er wandte sich von ihr ab und sagte mit gehöriger Schärfe in der Stimme »Scholz«.

Anabel sah seinen blau-weiß gestreiften Rücken an.

Tiefschlag, dachte sie. *Abbruch. Disqualifiziert.* Das war mehr als unfair. Sie hielt sich nicht nur an die Regeln, sie kämpfte mit den Händen auf dem Rücken, mit verbundenen Augen, und er schlug tief. *Defizitärer Laden. Hysterische Mutterfantasien.* Der dicke Mann sprang hoch und landete atemberaubend schwer auf ihrem Brustkorb.

Sie hörte ihren Herrn und Meister sprechen, mit seinem unsichtbaren Gesprächspartner. »Rainer. Ja. Nein. Kein Problem. Klar wechseln wir den Standort, wenn es sein muss.«

Nicht heulen, dachte sie. Auf keinen Fall. Sachlich bleiben. *Setz dich durch. Du bist doch wer.* Nur wer? Egal, irgendwer. Seine Frau. *Du hast irgendwelche Rechte. Jenseits von Gucci. Jenseits von Kohler anrufen, Weindienst anrufen, Hemden aus der Reinigung holen, Beine breit machen, Bockmist anhören.*

»Berlin wäre optimal, logisch, aber wir gehen auch nach Hongkong oder Thailand ... Ja, Mann, das müssten die doch inzwischen begriffen haben, wir sind doch hier nicht in der Sesamstraße!«

Du bist doch wer. Nicht direkt jemand, den man für zwei Millionen im Jahr nach Hongkong holen möchte, aber immerhin. Du bist doch auch. Irgendwer. Oder warst du?

»Okay. Ja. Ja, bis später.«

Er legte auf. Kehrte zurück, offenkundig zusätzlich verärgert durch das Gespräch. Und sah sie an wie ein störrisches Kind.

Sie nickte. Mehrmals. Und sagte, halb für sich: »Kommt also nicht infrage, gut.«

»Was?«

Sie sah ihn an und hoffte. Wider besseres Wissen.

»Wovon haben wir denn geredet, eine ...«

»Ja«, ergänzte er mit schwerem Seufzen, »das frag ich mich auch.«

»... Adoption.«

Der Blick, der sie daraufhin traf, war alles Mögliche: fragend, ungläubig, wütend, entnervt, aber unterm Strich bloß fassungslos.

»Sag mal, spreche ich irgendeinen afrikanischen Dialekt? *No way.*«

Anabel nickte, die Arme vor der Brust verschränkt.

Sie sah ihn nicht an. *Nicht weinen. Nicht heulen. Nicht schwach werden.* Nicht auch noch das. Geschlagen, vernichtet und zertrümmert werden, das ist eine Sache. Winseln ist eine andere.

Als er wieder sprach, war sein Tonfall etwas sanfter. Als versuchte er eine Dreijährige zu beruhigen, die idiotischerweise – und natürlich selbstverschuldet – von der Schaukel gefallen war. Und falls sie bis zu diesem Augenblick noch gedacht hatte, sie könnte ihn nicht ausreichend hassen, um zu tun, was sie tun musste, waren ihre Zweifel endgültig dahin.

»Komm, Bella«, sagte er mild wie der schlechteste Vater aller Zeiten, »wir versuchen es weiter, hm? Auf die angenehme Tour. Schätzchen, wir werden in den schönsten Betten der Welt liegen, und am Ende nennen wir den Bengel mit zweitem Vornamen *Sydney*. Und wenn's am Ende wirklich nicht klappt, wenn deine Eierstöcke wirklich gar nicht wollen wie wir zwei, dann gehen wir in zwei Jahren adoptieren.«

»Das ist nicht so einfach, wie du dir das vorstellst.«

Sein Tonfall war sofort wieder der alte, nur noch etwas fieser, sofern das möglich war.

»Ja«, sagte er entschieden. »Sehr schön.«

Wieder klingelte sein Handy. Wieder sah er aufs Display.

»Muss ich nehmen«, sagte er. »Sorry. Möchtest du noch was trinken?«

Alle Keller des Chianti, jetzt, sofort, auf Ex oder intravenös, um binnen sieben Sekunden an einer spontanen Leberzirrhose sterben zu dürfen und deine unfassbar geistesgestörte Egomanenfresse nie wieder sehen zu müssen.

»Danke, nein.«

Sie stand auf, schnell und entschieden, mit stolzem Blick und stolz vorgerecktem Kinn, eine stolze Entscheidung im Herzen.

Er sah sie überrascht an. Das Handy klingelte.

Obwohl es sie maßlos ärgerte, dass Lissi immer mit allem Recht haben musste. Mit ihren Einschätzungen, was Dirk betraf, und mit der Einschätzung der Konsequenzen. Lissi war nicht dämlich. Lissi wusste, dass Dirk sich niemals, nicht einmal für Minuten, zu einem menschlichen Wesen entwickeln würde.

»Danke für das Gespräch«, sagte sie kühl, während sein

Handy zum dritten Mal klingelte. »Und sollte ich vergessen haben, es dir mitzuteilen: Lissi und ich fahren übernächste Woche nach Ibiza. Ich brauch mal frische Luft.«

Sie sah ihn noch ungläubig nicken, während sie das Zimmer verließ. Kommentieren konnte er ihre Bemerkung nicht mehr, denn er hatte bereits auf den Empfangsknopf seines Handys gedrückt.

Dem scharfen »Scholz!«, das er in die Leitung bellte, ließ sie das weit eindrucksvollere Geräusch einer mit Kleinwagengeschwindigkeit in den Rahmen knallenden Altbautür folgen.

Sollte er doch seinen wichtigen Gesprächspartnern erzählen, er befinde sich gerade wegen irgendwelcher Vertragsverhandlungen in Afghanistan, im Irak oder einem anderen Krisengebiet. Wozu er nicht einmal hätte rot werden müssen, denn im übertragenen Sinn entsprach das, von diesem Augenblick an, absolut der Wahrheit.

Die Sehnsucht nach frischer Luft begleitete sie durch die konsequent gesprächslosen Tage und Nächte danach, zum Flughafen und den ganzen Flug über bis auf die Insel – aber überraschenderweise ließ die Sehnsucht sie auch dort keine Sekunde los.

Denn von frischer Luft konnte auch nach der Ankunft auf Ibiza absolut nicht die Rede sein. Geschweige denn von Urlaub. Anabel kam kaum dazu, ihre Tasche auszupacken, denn der Terminkalender, den Lissi arrangiert hatte, sah keine Verschnaufpausen vor. Sonntag: *Space, Playa d'en Bossa. We love Space.* Techno, Trance und Menschenmassen. Harte Drinks und weiche Birnen. Montag: *DC 10, Circo Loco.* Noch mehr harte Drinks, noch mehr weiche Birnen, dazu Ohrensausen gratis obendrauf.

Dienstag: *Privilege, Freaks Opening Party* mit *Lexy* und *K-Paul*. Zehntausend durchgedrehte Tänzer, Schwindelanfälle. Wie bei Karstadt im Sommerschlussverkauf, nur lauter. Wesentlich lauter. Und mit wesentlich weniger Textilien im Angebot.

Nach den ersten drei harten Nächten auf Ibiza war Anabel komplett urlaubsreif und fragte sich, soweit das in ihrem halbkomatösen Zustand möglich war, weshalb sie und Lissi ausgerechnet im *Ca'n Curreu* logierten, einer unanständig schönen, unanständig teuren Finca-Anlage im Nordosten der Insel – denn vor lauter *Programm* nahmen sie weder das herrliche Apartment noch das exzellente Restaurant auch nur ansatzweise in Anspruch.

Während sie am Rand des Pools unter einem kühlen, feuchten Handtuch vor sich hin dämmerte und sich fragte, wie spät es sein mochte – und ob sie gleich schon wieder würden losziehen müssen, an den Baggerstrand von Las Salinas, danach in eine Bar, danach in die nächste Monsterdisco, in der mehr Menschen herumhampelten als in Bochum, sehnte Anabel sich nach einem freien, faulen Tag am Strand. Das Meer hören, die Sonne spüren, den Sommer riechen; mit einem guten Buch auf dem Schoß. Aber solche harmlosen Vergnügungen hatte Lissi nicht vorgesehen.

Ein leises, sprudelndes Zischen neben ihrem linken Ohr veranlasste Anabel, das Tuch kurz zu heben. Neben ihr, auf dem Tischchen neben ihrer Liege, stand ein Wasserglas, in dem eine Kopfschmerztablette wie ein Derwisch gegen seine Auflösung antanzte. Einen halben Meter dahinter saß Lissi auf ihrer Liege, in einem Bikini, der teuer aussah, obwohl die Hersteller praktisch keinen Stoff verarbeitet hatten.

»Danke«, sagte Anabel, nickte in Richtung der Tablette und ergänzte: »Aua.«

Ungläubig nahm sie zur Kenntnis, dass Lissi an etwas nippte, das verdächtig nach einem Cocktail aussah, und verkroch sich wieder unter ihrem Tuch.

»So schlimm?«, fragte Lissi.

»Schlimmer.«

»Tja. Das Problem mit dem Alles-durcheinander-Saufen ist, dass man am nächsten Morgen zwei Köpfe hat, und der innere ist größer.«

»Keine komplizierten Sätze, bitte.«

»Vielleicht hättest du den Campari am Schluss lassen sollen. Da wolltest du dich schon an der Tanzfläche festhalten, um nicht umzufallen.«

Anabel versuchte zu lachen, aber ihr Kopf bestrafte sie sofort. »Aua.«

»Ein bisschen mehr Ernsthaftigkeit«, sagte Lissi, »könnte uns jedenfalls nicht schaden. Wir sind ja nicht zum Vergnügen hier. Nur vom Saufen ist noch keine schwanger geworden.«

Anabel seufzte schwer. »Ich reiß mich ja zusammen. Aber die Typen waren wirklich nur besoffen auszuhalten.«

»Schnickschnack. Doch nicht alle.«

»Da muss ich was übersehen haben.«

»Allerdings. Den einen gestern fand ich ganz süß.«

Anabel spähte ungläubig unter dem Tuch hervor.

»Welchen?«

»Den mit der Tätowierung auf der Schulter.«

Anabel fing an, in dem umfangreichen Schnappschuss-Album zu blättern, das sie inzwischen in ihrem Kopf mit sich herumtrug. Bild für Bild, lauter hoffnungslose Fälle, die sie im Lauf der letzten drei Nächte eingescannt und umgehend zu den Akten gelegt hatte. Das Bild des Typen *mit der Tätowierung* sprang vor ihr geistiges Auge, und sie verzog das Gesicht.

»Nein«, sagte sie. »Der mit den sechs Litern Rohöl in der Frisur? Mit dem Muscle-Shirt?«

»Mh-mh.«

»Der war *süß*?«

»Ja.«

»Ist nicht dein Ernst.«

»Doch, der ...«

»Hast du die Fingernägel von dem Typ gesehen?«

Anabel nämlich hatte. Und Männer, die sich die Nägel praktisch bis zum Ellenbogen herunterkauten, waren in jeder Hinsicht indiskutabel, als Lover wie als Spenderväter.

»Mit so einem ...«, sagte Anabel.

»Verringert die Verletzungsgefahr ...«

»... kannst du doch nicht ernsthaft ...«

»... außerdem hatte er einen hübschen Arsch ...«

»Wenn der sich *da* schon nicht pflegt ...«

»Gut, vergiss es, aber was war mit dem anderen, dem danach, der uns einen ausgeben wollte?«

Wieder blätterte Anabel in ihrem persönlichen Album. Diesmal wurde sie schneller fündig. Und noch entsetzter.

»Lissi! Der hatte den ganzen Hals voller Haare! Bis ins Hemd! Ach, was sag, ich, Haare! Der sah aus, als hätte er zwei Hamster auf den Schultern sitzen!«

»Puh«, seufzte Lissi.

»Sag nicht puh!«, sagte Anabel. »Das ist alles nicht so einfach, wie du denkst ...«

»Nein, jedenfalls nicht, wenn es dann doch ganz dringend Brad Pitt in zwanzig Zentimeter größer und *mit* abgeschlossenem Architekturstudium sein muss. Dann *könnte* eine Woche eng werden ...«

»Es muss nicht Brad Pitt sein, aber es darf auch kein Gorilla sein, denn wenn ich einen putzigen kleinen haarigen Affen werfe, wird mein insgesamt haarloser Gatte sich garantiert wundern. Und wenn du mich, wie gestern, auf einen total knackigen, gut aussehenden Schwarzen aufmerksam machst ...«

»Ja, ja«, winkte Lissi indigniert ab, »da hab ich nicht richtig nachgedacht. Ich hab aber auch nie gesagt, dass ich unfehlbar bin.«

»Lissi, ich weiß das alles wirklich zu ...«

Lissis plötzlich veränderter Gesichtsausdruck ließ Anabel verstummen. Der Unterkiefer ihrer Freundin war ohne ersichtlichen Grund spontan der Erdanziehungskraft gefolgt und ein Stück nach unten geklappt. Lissi starrte über Anabel hinweg, und sie hörte offensichtlich nicht mehr zu.

Anabel drehte sich um und sah, was Lissi sah. Augenblicklich verstand sie deren Reaktion.

Der Mann sah wirklich unanständig gut aus. Besser gesagt, er sah so aus, wie Anabel ihn sich gemalt hätte, wenn sie denn hätte malen können. Anfang, Mitte dreißig, athletisch, knapp einsneunzig groß, dunkle, dichte Haare (allerdings nur auf dem Kopf, wogegen Brust, Schultern und Rücken frei von Bewuchs waren und auch die Beine angenehm unbehaart wirkten). Ein markantes Gesicht. Dezenter Bartschatten. Braun gebrannt. Kein Gramm Fett zu viel am Körper.

»Der uneheliche Sohn von Gere und Clooney«, hauchte Lissi. »Sag, dass du ihn haben willst, sonst nehme ich ihn ...«

Der schöne Mann warf den beiden einen Blick zu, lächelte ein kurzes, komplett hinreißendes Lächeln und ließ sein Handtuch auf eine der freien Liegen am anderen Ende des Pools fallen. Er wandte den beiden dabei kurz den Rücken zu, und Anabel registrierte ohne jede Verwunderung, dass auch der Hintern von Mr. Perfect perfekt war.

»Du hältst dich zurück«, sagte sie und stand auf.

Mit einem frustrierten Laut ließ Lissi sich auf der Liege zurücksinken, schnappte sich eine Illustrierte und setzte ihre breitrandige Sonnenbrille auf. Sie hatte zwar nicht vor zu lesen, aber andererseits konnte sie ja auch nicht einfach dasitzen und offensichtlich gaffen.

Anabel schlenderte am Poolrand entlang, auf die Liege von Mr. Perfect zu, und band sich im Gehen die Haare zu einem Pferdeschwanz. Sie hielt die Arme etwas länger als nötig nach oben, und sie schwenkte die Hüften einen Hauch mehr, als zum schlichten Erreichen der Dusche am Poolrand unbedingt erforderlich gewesen wäre, aber alles sah ganz natürlich aus, als bewege sie sich immer, von morgens bis abends, mit dieser schlafwandlerisch erotischen Sicherheit. Sie ging an Mr. Perfect vorbei, lächelte kurz, und war, als er das Lächeln erwiderte, schon wieder ganz konzentriert auf ihr wichtiges Ziel, die Dusche am Rand des Pools.

Sie hasste diese bescheuerten kalten Duschen. Normalerweise stieg sie ungeduscht in jeden Pool, aber das auch nur, wenn der angenehm temperiert war und sie beim Einsteigen über die Leiter trotzdem jede Menge klagende Laute von sich geben konnte. Das hätte Mr. Perfect aber vermutlich nicht besonders anziehend gefunden, außer wenn er an einem Helfersyndrom litt, und so sah er wirklich nicht aus. Er sah nach Sport aus. Nach Kraft. Nach

Sex. Nicht wie jemand, der wimmernd am Beckenrand treibende Heulbojen attraktiv fand.

Anabel stellte sich unter die Dusche, haute souverän auf den Duschknopf vor sich und hatte, als sie der eiskalte Wasserstrahl traf, das sichere Gefühl, umgehend sterben zu müssen. Statt sich das anmerken zu lassen, hielt sie das Gesicht in den Eisstrahl und ließ das Wasser, das sich nach höchstens minus zwanzig Grad anfühlte, über ihr Gesicht und ihren Körper laufen. Dann strich sie sich mit beiden Händen die nassen Haare zurück, trat forsch auf das Becken zu, nahm all ihren Mut zusammen und hechtete ins Wasser.

Lissi sollte ihr später gestehen, das alles, ihr Gang zur Dusche, das Duschen selbst und der Sprung ins Wasser hätten so unglaublich erotisch ausgesehen, dass sie für einen Augenblick überlegt hatte, lesbisch zu werden. Und da Lissi ganz entschieden ausschließlich auf Männer stand, war das ein Riesenkompliment.

Als Anabel wieder aufgetaucht war und erleichtert registriert hatte, dass sie sich nichts gebrochen hatte und dass ihre Kontaktlinsen noch immer auf ihrem Auge schwammen, nicht im Pool, tat Mr. Perfect es ihr nach – er ließ die Dusche allerdings aus und sprang direkt ins Wasser, mit einem Furcht erregend eleganten Sprung, den Anabel Bild für Bild in ihrem internen Fotoalbum ablegte, um nie zu vergessen, wo überall *Mann* Muskeln haben konnte.

Sie überlegte für einen Sekundenbruchteil, ob sie kraulen oder brustschwimmen sollte, aber da ihr Kraulstil ungefähr so elegant war wie der einer Schildkröte, entschied sie sich für die damenhaftere Variante.

Mr. Perfect hingegen kraulte zunächst einmal zwei Bahnen, und das elegant und vermutlich nur knapp über

Weltrekordzeit, ehe er sich für einen Augenblick ebenfalls aufs Brustschwimmen verlegte. Sie schwammen aufeinander zu, sie sah ihm in die Augen, die wunderbar braun waren, was sie mit leiser Enttäuschung erfüllte, da der perfekte Mr. Perfect grüne Augen haben musste – aber das ließ sich leicht verschmerzen. Sie lächelte sanft, als sie an ihm vorbeiglitt, er lächelte zurück, dann trennten sich ihre Wege. Auf der nächsten Bahn wiederholte sich das Spiel, auf der übernächsten wieder. Der Blickkontakt wurde länger, ihr Lächeln wurde um Nuancen geheimnisvoller. Als sie einander zum vierten Mal begegneten, wechselte er, als er direkt neben ihr war, von der Bauch- zur Rückenlage, und sah ihr nach; sie warf einen kurzen Blick über die Schulter, dann sah sie wieder nach vorn und wechselte den Kurs. Jenseits des etwa zwanzig Meter langen Bereichs, in dem man Bahnen schwimmen konnte, befand sich eine Art begrünter Rundkurs um eine kleine Palmeninsel herum, und auf diese Insel steuerte Anabel jetzt zu. Ungestörter konnte man hier nicht sein, denn die wenigen anderen Gästen lagen dort, wo Lissi lag, auf der anderen Poolseite, in der prallen Sonne. Am Ufer hinter der Insel standen zwar ebenfalls einige Liegen, aber die taugten nur am Morgen für Sonnenhungrige.

Anabel stützte die Arme auf den gekachelten Rand der künstlichen Insel, schob sich elegant aus dem Wasser und ließ sich auf die Unterarme zurücksinken. Sie legte den Kopf in den Nacken, schloss die Augen und tat so, als wäre sie völlig entspannt.

Sie hörte ihn. Hörte, wie er eine weitere Bahn kraulte. Und noch eine. Dann wurde es leiser, sehr leise, bis sie spürte, wie das Wasser um ihre Beine herum in Bewegung geriet, und hörte, wie er sich direkt neben ihr aus dem Becken stemmte. Sie hörte das Wasser von seinem Körper auf die Kacheln tropfen, dann wandte sie leicht den Kopf und öffnete mit einem Lächeln die Augen.

Sie hatte erwartet, dass er ihr in die Augen sehen würde. Dass er etwas sagen würde. Was sie nicht erwartet hatte, war eine klare, wenn auch nonverbale Aussage, die nicht mehr und nicht weniger bedeutete als *Ich will dich*. Er schaute ihr nicht ins Gesicht. Er ließ seinen Blick über ihren Körper streichen wie eine sanfte, fordernde Hand. Über ihre Brüste, über ihren Bauch, über ihre Schenkel. Dann ließ er den fordernden Blick langsam zurückschweifen, und während er das tat, verspürte Anabel eine fast unnatürliche Erregung. Vielleicht gab es das wirklich. Bloß grandiosen Sex mit einem grandiosen Körper. Ohne Worte.

Dann aber wanderte sein Blick weiter nach oben und fand ihre Augen.

Sie öffnete leicht die Lippen, aber sie wusste nicht, was sie sagen sollte.

Er lächelte sanft. *Er* würde etwas sagen. Etwas Einfaches, Großartiges, Animalisches, was sie einfach umhauen würde. Mit der Stimme von Russell Crowe. Anabel wusste nicht genau, was, aber *Ich will dich* hätte eigentlich schon gereicht. Seine Lippen öffneten sich leicht, und seine Zähne waren makellos und strahlend und perfekt wie der ganze Mann.

»Sie, ihr Bigini, isch der von der Boudieg vom Hohdell?«

Es war nicht die Stimme von Russell Crowe.

Es war die von Kermit, dem Frosch. Und erschwerend kam hinzu, dass dieser Frosch ganz offensichtlich Schwabe war.

»Was?«, sagte Anabel, und die eiskalte Dusche von eben kam ihr im Nachhinein wie ein warmer Regen vor.

Mr. Perfect deutete mit dem nackten Finger auf das Oberteil ihres Bikini. »Des gfalld mir«, quietschte er, »des wär au was für mei Frau, wenn's breislich ned zu deuer isch.«

Anabel versuchte vergeblich, sich wenigstens ein höfliches Lächeln abzuringen.

»Sie ... sie interessieren sich für meinen ... Bikini?«

Mit einer abwehrenden Geste, die ungefähr so linkisch wirkte wie ein Mönch in einer Striptease-Bar, erwiderte der unperfekteste Mr. Perfect der Weltgeschichte: »Hanoi, nur wenn der Breis stimmt!«

Lissi zufolge kannte die weibliche Fachwelt das Phänomen als *Schenkenberg-Syndrom,* aber tröstend war das für Anabel nicht, auch wenn Lissi es wie üblich gekonnt formulierte.

»Ein feuchter Traum von einem Mann, solange er nicht das Maul aufmacht. Sobald das passiert, kannst du dich nur noch intravenös an 'ne Wodkaleitung anschließen – oder die Beine in die Hand nehmen. Also, im Sinne von Weglaufen.«

»Toll«, sagte Anabel ohne jede Begeisterung und sah ihrer Freundin beim Fußnägellackieren zu. Die beiden saßen auf der Terrasse vor dem Apartment, aber während Lissi schon fast startklar für den nächsten nächtlichen Versuch war, hockte Anabel noch immer ungekämmt und ungeschminkt im Bademantel auf ihrer Liege und sah der Sonne zu, die langsam auf das schwarze Meer zusank. Anabels Müdigkeit nahm nie gekannte Formen an. Sie fühlte sich außerstande, einen Finger zu heben. Geschweige denn ein Cocktailglas.

»Laufsteg hin oder her«, sagte Lissi, »übertriebene Ansprüche bringen dich nirgendwo hin, jedenfalls nicht binnen sieben Tagen in ein Umstandskleid.«

Anabel verdrehte empört die Augen. »Ich kann mir doch keinen geizigen Schwaben machen lassen. Irgendwo ist ja auch mal gut mit Pragmatismus.«

»Ich bin nicht pragmatisch, ich sage nur, so machen wir das, und nicht anders. Und schon meine Oma hat immer gesagt, *Wer nicht wagt, der nicht gewinnt, und wer nicht fickt, der kriegt kein Kind.*«

»Das hat sie nicht gesagt.«

»Den einen Teil, doch.«

Anabel brachte ein müdes Lächeln zustande. Sehnsüchtig schaute sie der Sonne zu, die sich in ihr Bett aus dunklen Wellen verkroch.

»Was ist los, Süßi?«, fragte Lissi.

Anabel zuckte die Achseln. »Ich weiß nicht. Ich fühle mich ... Herrgott, als ob mir einer mit 'nem dicken Filzstift auf die Stirn geschrieben hätte: *Ich bin eine verzweifelte Hausfrau. Fick mich! Und sei es nur aus Pfadfinderehre.*«

»Ts-Ts«, schüttelte Lissi den Kopf, »da steht höchstens: Ich will ein ... kühles Getränk von dir.«

»Vielleicht mach ich mir einfach ein Schild an den Kopf: *Leer stehend! Kurzfristig zu vermieten. Dachgeschoss unmöbliert.*«

»Du denkst jedenfalls zu viel nach«, stimmte Lissi lächelnd zu. »Und das soll man eben nicht, das macht nur Kopfschmerzen, und von Kopfschmerzen kriegt man Falten. Ziehst du dich eigentlich noch um, oder gehst du so?«

»Lissi«, sagte Anabel und fühlte sich bleischwer. »Dieses ganze ... Ich habe nicht das Gefühl, dass das eine wirklich gute Idee war ...«

»Jetzt sag nicht, du willst aufgeben.«

»Nein. Hab ich schon. Glaube ich.«

»Nach drei Tagen? Das ist doch nicht dein Ernst, Bella.«

Anabel seufzte. »Ach, Lissi. Jetzt mal im Ernst.« Die Geste, die ihr dazu einfiel, war alles andere als souverän. »Wie geht denn das weiter, danach? Selbst wenn wir einen finden, der wenigstens einigermaßen geht ...«

»Wie, *wie geht das weiter?* Soll ich dir mein altes Bio-Buch vorlesen? Du wirst schwanger, du kriegst das Kind ...«

»Und wenn das aussieht wie der?«

»Na, solange *der* gut aussieht ...«

»Aber ich seh den dann mein Leben lang vor mir, oder was?«

»Na, vielleicht schlägt das Kind ja nach seiner Großmutter, da sieht man dann überhaupt keine Ähnlichkeit ...«

Anabel sah Lissi lange schweigend an. Dann schüttelte sie den Kopf und sagte: »Ich weiß nicht, wie die das machen.«

»Wer, die?«

»Die. Deine dreißig Prozent. Was ich für deutlich übertrieben halte, am Rande bemerkt.«

»Sagt mein Frauenarzt.«

»Dann arbeitet der im falschen Viertel.«

»Fährt Porsche«, sagte Lissi achselzuckend.

»Egal. Lass es dreißig Prozent sein, lass es zehn sein. Das ist ja immer noch ... unglaublich viel. Und selbst wenn es nur zehn Prozent sind. Diese Frauen, die ihren Männern Kinder von anderen unterjubeln. Wie leben die damit? Das Kind, okay, das liebt man ja so oder so, aber wie leben die mit der Lüge?«

Lissi seufzte ausdauernd. »Ach, *Lüge*. Bella, alle lügen, immer. Wenn alle ehrlich wären, wie viele wären dann nach zehn, zwanzig Jahren noch zusammen? Wenn alle ehrlich wären, das wär ja was! Dann müsste *er* zugeben, dass er schon nach zwei Jahren jede Nacht von einem coolen Dreier mit der neuen Praktikantin und Britney Spears träumt, und *sie* müsste zugeben, dass sie auch lieber mit Brad Pitt in der Kiste wäre als mit seinem Speckbauch, seiner Halbglatze und dem ungestutzten Kraushaardschungel um seinen kümmerlichen Stummelschwanz. Oder dass sie am liebsten gar keinen Sex mehr hätte, das soll's ja auch geben. Himmel, da wär aber was los, wenn wir *nicht* alle lügen würden.« Sie legte den Kopf schräg und sah Anabel mitfühlend an. »Du lügst, weil du Dirk liebst. Ist das so schlimm?«

Belügt man jemand, den man liebt?, fragte Anabel sich. Aber Lissi sprach weiter, ehe sie die Frage aussprechen konnte.

»Ist das überhaupt eine Lüge? Ich meine – du willst ihn, du willst mit ihm zusammenbleiben, und du willst ein Kind. Will ja wohl jede normale Frau.«

»Du nicht.«

»Mich hat auch noch nie jemand als *normal* bezeichnet, und falls du über den Abend hinaus meine Freundin bleiben willst, sagst du so was nie wieder.«

»Entschuldige«, lächelte Anabel.

»Du willst ihn, du willst ein Kind. Er kann keins machen. Tatsache. Wenn du ihm das sagst, zieht er zurück zu seiner Mama und strickt im Keller Panzer. Aber wenn er glaubt, dass er ein Kind gemacht hat, ist er *King Hose* – der Größte. Er hat's der ganzen Welt gezeigt. Er hat Erfolg. Er hat eine schöne, begehrenswerte Frau. Er hat einen Stammhalter. Bingo! Wieso willst du ihm das alles kaputtmachen? Das wäre doch regelrecht fies. Also, wenn das eine Lüge ist, dann ist es die barmherzigste Lüge aller Zeiten.«

Lissi zuckte die Achseln, dann malte sie weiter an ihren Fußnägeln herum. Obwohl Anabel zugeben musste, dass das alles wahnsinnig selbstlos klang, fragte sie sich zum ersten Mal, ob Lissi wenigstens manchmal wirklich nachdachte.

»Könntest du das?«, fragte sie. »Sag mal, ehrlich.«

»Klar.«

»Ehrlich.«

Lissi blickte auf. Sie sah Anabel in die Augen, und ihr Blick war ernst und, was Anabel überraschte, tief verletzt.

»Wenn mir einer so wehgetan hat«, sagte sie, »dann ja.«

»Wehgetan? Wie wer?«

»Wie Dirk. Dir.«

Während Lissi den Kopf wieder senkte und ein definitiv nicht vorhandenes Staubflöckchen von ihrem Fuß pustete, fehlten Anabel für einen langen Augenblick die Worte. Was sollte das bedeuten? Hatte Dirk ihr wehgetan? Ja? Jein. Weil er Dirk war, gut. Weil er keine Ahnung hatte, wer sie eigentlich war, was sie brauchte, was sie dachte, was sie wollte. Weil er sie nicht kannte. So wie er alle anderen Menschen nicht kannte, sondern bloß danach beurteilte, welchen Nutzen sie für ihn hatten, für ihn und seine Ziele. Aber hatte er ihr so wehgetan, wie Lissi offenbar meinte? Anabel hatte bis zu diesem Moment keinen Sekundenbruchteil an »Rache« gedacht, aber genau das schien Lissis Motiv zu sein. Oder das Motiv, das Lissi bei ihr, bei Anabel, vermutete. Meinte Lissi, dass sie sich rächen sollte? An Dirk? Weswegen? Oder: für wen, fragte sich Anabel und bemerkte verwundert, dass sie Lissi offenbar doch nicht halb so gut kannte, wie sie dachte. Wer hatte ihr so wehgetan, dass sie sich *rächen* wollte?

»Wer ...«, fragte sie leise. »Wer hat dir eigentlich so ...«

Sie kam nicht dazu, den Rest der Frage auszusprechen. Lissi unterbrach sie und kam resolut zurück zum eigentlichen Thema.

»Aber diese Frage, Süßi, die Frage, ob *ich* das könnte – die Frage ist ein bisschen link.« Sie lächelte. »Denn ich kann mir ja nicht mal vorstellen, Kinder haben zu wollen. Geschweige denn, mich neben einem Windeleimer zu schminken. Wenn ich Interesse an Menschen hätte, die nicht mal allein aufs Klo gehen können, würde ich im Altenheim anfangen. Also, frag mich so was nicht, das ist albern. Und abwegig.« Lissi stand auf und breitete die Arme aus. »Voilà: Blasen wir hier Trübsal, oder blasen wir zum Angriff?«

Alles an ihr signalisierte, dass sie ganz bestimmt nicht darüber sprechen würde, wer ihr wann irgendetwas getan hatte. Anabel blieb nichts übrig, als die Achseln zu zucken.

Also lächelte sie. Und nickte. Und kramte ihr Handy aus der Tasche des Bademantels. »Gib mir noch fünf Minuten. Ich muss mal eben Dirk zurückrufen, der war vorhin auf meinem Band.«

Lissi steuerte mit erbarmungslosem Hüftschwung auf die Terrassentür zu. »Ich such dir schon mal was Rattenscharfes zum Anziehen raus.«

Anabel tippte die Kurzwahltaste für Dirks Handynummer. »Die Jogginghose und mein Schlaf-T-Shirt reichen heute ...«

Sie hielt sich das Handy ans Ohr. Keine Mailbox. Gut.

Sie wollte unbedingt mit ihm sprechen. Er hatte ungewöhnlich nett geklungen auf ihrem Band, und das war schon ein Fortschritt. Denn in den Tagen nach ihrem Streit wegen der Adoption hatten sie praktisch nicht miteinander gesprochen. Anabel hatte erwartet, dass er sich entschuldigen würde, wenn sie nur lange genug schweige, aber das hatte er nicht getan. Mit wenigstens halbwegs sensiblen Männern konnte man so was machen, das funktionierte immer; aber Dirk schien eher froh darüber gewesen zu sein, dass sich nicht mit ihm redete und ihn nicht von der Arbeit abhielt.

Nach vier, fünf Tagen hatte er dann allerdings doch wieder mit ihr geredet.

Über seine Arbeit.

Als wäre nichts gewesen.

Was zu einer neuerlichen Runde des Schweigens geführt hatte.

Die Verabschiedung war daher einigermaßen gleichgültig ausgefallen, und alles in allem war Anabel bei der Abreise noch immer stinksauer auf Dirk gewesen und deshalb geistig so umnachtet, dass sie Lissis Idee für eine gute Idee gehalten hatte.

Die Erfahrungen der vergangenen drei Nächte hatten sie fast kuriert. Und jetzt, da Dirk auch noch nett um einen Rückruf bat ...

»Scholz!«, blaffte eine gereizte Stimme in ihr Ohr.

»Hi«, sagte sie sanft, »hier bin ich. Du warst auf meinem Band, und ...«

»Bella?«

Seine ungeduldige Stimme schwebte über dem Geräuschteppich eines Restaurants.

»Ja ...«

»Ich bin gerade mitten in einer Besprechung, kann ich dich später zurückrufen?«

»Ja, klar, ich dachte nur, ich ...«

»Ja?«

»Kommst du denn voran ...?«

»Erreiche ich dich später?«

»Klar, obwohl ... wir wollten ...«

»Geht's dir gut?«

»Ja.«

»Okay, hab Spaß. Ich melde mich nachher.«

Klack.

Anabel starrte das Handy an wie einen kleinen, eckigen Außerirdischen. Das konnte nicht sein Ernst sein. Unmöglich konnte das sein Ernst sein. Nicht nach dem, was sie in den vergangenen zwei Wochen miteinander erlebt hatten. Der Typ konnte doch wirklich nicht mehr alle Tassen im Schrank haben. Er musste sie so-fort zurückrufen! Und sich entschuldigen. Sonst ... Sie starrte das Telefon an. *Jetzt, Junge. Und ich möchte eine* lange *Entschuldigung hören.* Jetzt, *oder ich nehm den nächstbesten Schwaben.*

Anabel zählte sehr, sehr langsam bis zehn.

Das Handy blieb stumm.

Sie machte auf dem Absatz kehrt und marschierte auf die Terrassentüren zu.

»Lissi! Meinen Ledermini!«

Das *Bambuddha Grove* hatte mit seiner fernöstlich anmutenden Deko und den zivilisiert anmutenden Gästen auf den ersten Blick viel versprechend ausgesehen, aber Anabels finstere Entschlossenheit wich im Lauf der ersten halben Stunde an der Bar und auf der Tanzfläche mehr und mehr der gewohnten Resignation.

Konnte man mit einem Typen anbändeln, der ungepflegte Fußnägel in ungepflegten Reebok-Sandalen zur Schau trug? Auch wenn es sonst ganz passabel aussah? *No way.* Mit einem Goldkettchenträger? *Please!* Mit einem, der weiße Socken trug? *Nope.* Einen Bauchbeutel? *Give me a break!* Ein T-Shirt, auf dem »Dort Mund« stand, über einem nach unten zeigenden Pfeil? *No way.* Und wenn der Dortmunder hundert Mal launig ergänzte, mit *Düsseldorf* als Heimatstadt wäre man diesbezüglich »schon mal im Ansatz total verratzt«.

Lissi schien das alles nicht zu kümmern. Natürlich war sie ein Blickfang, und sie präsentierte ihre körperlichen Vorzüge so entwaffnend offen (und scheinbar naiv), dass jeder normal gestrickte Mann reflexartig zu sabbern begann, sobald sie in Sichtweite kam. Darüber hinaus aber verfügte sie über das lauteste, fröhlichste und dreckigste Lachen der Welt, das sie bei jeder sich bietenden Gelegenheit einsetzte – sogar bei Anmachsprüchen, für die Anabel nicht mal höflichkeitshalber ein Lächeln zustande bekommen hätte. Lissi war einfach unglaublich. Binnen zehn Minuten war sie förmlich umzingelt von Typen, deren IQ zusammengenommen der Raumtemperatur entsprach; und kein Goldkettchen störte sie, kein Brustpelz, keine fliehende Stirn.

Andererseits, dachte Anabel, *will sie ja auch nur Sex.* Hätte Lissi nach einem Kandidaten für die Vaterschaft gesucht, wäre sie sicherlich wählerischer gewesen.

Jedenfalls vielleicht. Vielleicht auch nicht.

Ein Mitte zwanzigjähriger Typ stellte sich neben Anabel an die Bar, lächelte sie an und fragte sie mit einer Geste – an ein Gespräch war bei dem Lärm kaum zu denken – ob sie den gleichen Drink wolle wie er, eine Caipirinha.

Anabel sah ihm kurz in die Augen, fand die Augen in Ordnung und nickte. Er lächelte ein nettes Lächeln und verschwand in Richtung Bar. Anabel schaute hinüber zu Lissi, die allmählich die Kandidaten aussortierte. Es waren nur noch drei übrig. Ein Schrank, massiv gebaut, aber bereits mit einem kleinen Hubschrauberlandeplatz auf dem Hinterkopf, ein drahtiger, großer Surfer mit dunkelblonder Rastamähne, sowie einer, der aussah wie der kleine Bruder von Al Pacino. Ein gutes Gesicht, aber leider auf einem Körper, der höchstens einen Meter vierzig kurz war.

Eine schlanke Männerhand hielt Anabel eine Caipirinha ins Blickfeld. Sie nahm den Drink und bedankte sich mit einem Nicken. Der Typ sah wirklich nicht übel aus. Vielleicht ein bisschen zu klein, höchstens einsachtzig, aber sonst brauchbar. Blaue Augen, dunkelblonde, unsortierte Haare, Shirt von Quiksilver, G-Star-Jeans, Puma-Sneaker, grün mit gelb. Er sah nach Spaß aus. Unkompliziert.

Sein lächelnder Mund näherte sich ihrem Ohr, und er fragte sie, ob »sie« ihre Freundin sei. Dabei nickte er in Lissis Richtung.

Anabel nickte zustimmend.

»Die soll bloß nicht den Zwerg nehmen«, rief er ihr ins Ohr. »Der trägt Plateau-Sneakers!«

Anabel lachte.

»Wo kommst du her?«

»München!«, log sie laut zurück.

»Echt!? Ich auch! Wo denn?«

Scheiße, dachte Anabel, und sah sich gezwungen, die Spur zu wechseln. »Ich hab deinen Namen nicht verstanden!«, brüllte sie entschlossen zurück.

»Mark!«, rief Mark. »Und du?«

»Sandra!«

»Wir sind nur noch heute hier«, brüllte Mark.

»Wer ist wir?!«

Mark deutete auf den Rasta-Surfer, der immer noch in Lissis Nähe stand.

»Toby und ich! Der Typ mit der Korkenmatte!«

»Verstehe!«

Die nächste Frage von Mark verstand Anabel ebenfalls, aber da sie glaubte, sich verhört zu haben, bat sie ihn verdutzt, sie zu wiederholen. Und nachdem er das getan hatte, drückte sie ihm das Caipi-Glas in die Hand, ließ ihn stehen und rauschte stinksauer in Richtung Waschräume, vorbei an Lissi, die ihr fragend nachsah.

Eine halbe Minute später trat Lissi zu Anabel in den Waschraum und fragte ihre Freundin, die sich die müden Augen nachstrich: »Bella? Was ist?«

»Nichts«, sagte Anabel.

Die Tür schwang auf, und ein blondes, zentimeterdick geschminktes Mädchen betrat den Raum. Sie lief fast gegen Lissi, die direkt hinter der Tür stand, und ging dann weiter, zu einem möglichst weit entfernten Spiegel.

»Komm, was ist?«, fragte Lissi.

»Was soll sein?« Anabel zog ihren Lippenstift nach.

»Du guckst, als hätte einer dein bestes Paar Schuhe überfahren.«

»Ach, ja?«, erwiderte Anabel gelangweilt.

»Jetzt ... Anabel. Nicht gleich aufgeben. Der war doch ganz niedlich, der Typ.«

»Superniedlich. Vor allem, wenn mich einer schon *vor* dem ersten Drink fragt, ob sein Freund später dabei sein kann.«

»Hat der gefragt?«

»Ja.«

»Echt?«

»Echt.«

»Und? Darf er?«

Anabel verdrehte die Augen und schüttelte den Kopf. »Von mir aus nicht, aber du bist auch mit drin in der Verlosung. Sein Freund ist dein blonder Bob Marley, und die hätten uns gern beide quer durcheinander.«

Lissi legte die Stirn in Falten und schwieg nachdenklich vor sich hin. Dann sagte sie: »Nimm's mir nicht übel, ich liebe dich, aber das kommt nicht infrage.«

Das blonde Mädchen am weit entfernten Waschbecken vertuschte sich in Höhe des rechten Wangenknochens um einen guten Dezimeter.

»Lissi«, sagte Anabel müde. »Ich glaub, ich bin zu alt für so was.«

»Wie, für so was? Für Sex?«

»Nein, das alles. Das hier. Hast du mitgekriegt, was dieses Vorschulkind am Eingang gesagt hat, als wir reingegangen sind, die sah aus wie *zwölf,* Herrgott. Okay, ich kann mit so was leben, *Jetzt kommen die schon zum Sterben her,* aber ...« Sie gestikulierte hilflos. »Wie ... wie kannst du darüber überhaupt nachdenken! Mit diesem Typen! Ich meine, der ist, die sind doch alle einfach ... hirntot ...«

»Was soll ich denn mit Hirn, der hat einen supergeilen kleinen Arsch ...«

»Lissi, das kann doch nicht ...«

»Süßilein, wozu bin ich denn hier? Um die ibizantynische Architektur zu bewundern?«

»Ibizenkische.«

»Nee, die auch nicht, und wenn die noch so autistisch ist.«

»Authentisch.«

»Nee, nicht mal dann, und erst recht nicht. Also, echt, Bella.« Lissi schüttelte missbilligend den Kopf. »Ich geh da mal wieder raus. Nicht, dass der mir kalt wird.«

Die blonde Frau am fernen Waschbecken stellte das Schminken ein und sah, wie Anabel, Lissi nach, die energisch auf die Tür zuschaukelte.

»Denk an die Kondome«, sagte Anabel gleichgültig, »der hat bestimmt keine.«

»Klar«, erwiderte Lissi lässig, während sie die Tür öffnete »Kondome. Da kann ich ja auch gleich meine Pizza mit dem Karton essen.«

Die Tür fiel hinter ihr zu. Anabel sah die blonde Frau an, die mit offenem Mund hinter Lissi herstarrte.

»Keine Angst«, sagte sie. »Die beißt nicht, die will nur spielen.«

Und mit diesen Worten folgte sie Lissi, finster entschlossen, sie vor Schlimmerem zu bewahren – und umgehend aus diesem Laden zu entfernen.

Anderthalb Stunden später dachte Anabel mit leiser Wehmut an das *Bambuddha Grove* zurück und verfluchte sich, dass sie Lissi tatsächlich aus dem Club geschwatzt hatte. Sie hatte gedacht, das wäre eine prima Idee. Sie hatte es sogar geschafft, Lissi das *Pacha* auszureden. Sie hatte sie sogar überreden können, stattdessen einen kleinen Strandclub anzusteuern, der nicht auf Lissis Baggerfahrplan gestanden hatte. Das *Kumharas*, direkt am Strand von San Antonio gelegen, war eigentlich ein Club nach Anabels Geschmack, eine indisch angehauchte Hippie-Trance-Location mit reichlich Hängematten und entspannt lächelnden Menschen aus aller Herren Länder; Shiva grüßte vielarmig von einem Brunnen, und die Musik war deutlich besser als in den großen Clubs; Chill-out-Sound vor Meeresrauschen, bevorzugt von Bands wie *Vargo* und *Lovers Lane,* deren *Island Memories* Anabel schon vorher geliebt hatte – als sie noch gar keine Erinnerungen an *Eivissa* gehabt hatte, weder gute noch schlechte.

Aber natürlich gab es auch im *Kumharas* Männer, und Lissi nahm den Flirtfaden fast nahtlos wieder auf. Mit dem Nachteil, dass Anabel ihr Giggeln und Lachen noch lauter und noch näher hörte, und dass sie sich noch schlechter verstecken konnte als in einem großen Club, weil Lissi jedem im zweiten Satz mitteilte, »die Süße« wäre ihre Freundin. Eine Weile lang versuchte Anabel, sich quasi davonzutrinken, aber statt zügig betrunken zu werden, wurde ihr bloß zügig schlecht.

Um halb zwölf fand sie sich allein am Wasser wieder, so weit wie möglich entfernt von Lissi und dem Treiben an der Bar, blickte über das dunkle Meer und fragte sich, ob sie im falschen Film war oder im falschen Kino.

»Schlechten Abend gehabt?«, sagte eine freundliche Stimme.

Anabel drehte sich um. Die freundliche Stimme gehörte zu einem freundlichen, dennoch markanten jungen Männergesicht. Braun gebrannt, umrahmt von dunkelblonden, mittellangen Haaren, etwa einsfünfundachtzig groß, weißes, halb aufgeknöpftes Hemd, Bluejeans, über dem linken Knie eingerissen, Espadrilles. Er hielt höflich Abstand und hatte zwei Gläser Weißwein in den Händen. Eins davon hielt er in Anabels Richtung.

Kein Ehering.

Anabel nahm das Glas.

»Danke. Und, ja.«

»Warum?«

Anabel warf einen Blick zu Lissi, die, von Männern umschwirrt, an der Bar giggelte. »Weiß nicht«, sagte sie achselzuckend. »Leicht abweichende Vorstellungen von gelungener Freizeitgestaltung.«

»Bist du mit ihr hier?«, fragte die freundliche Stimme verwundert.

»Ja.«

»Gegensätze ziehen sich an.«

»Wir sind nicht so gegensätzlich«, sagte Anabel und fragte sich im gleichen Moment, ob das überhaupt stimmte.

»Dann täuscht der Eindruck«, sagte er. »Du meinst, in Wirklichkeit ist sie auch eine dezente, schöne und charmante Frau?«

Lissis grellstes Lachen untermalte das Kompliment. Anabel lächelte. »Nein, in Wirklichkeit bin auch ich eine laute, aufgebrezelte, völlig durchgeknallte Person.«

Er lachte. Ein schönes Lachen.

Gibt es eigentlich einen blöderen Satz als *Wer suchet, der findet,* fragte Anabel sich verwundert. War es nicht oft genug so, dass man gerade dann fand, was man suchte, wenn man aufhörte zu suchen?

»Ich bin Tim«, sagte die freundliche Stimme. Die mehr war als freundlich, wie Anabel bei genauem Hinhören merkte. Und er sah wirklich gut aus.

»Laura«, sagte Anabel.

»Schöner Name. Passt«, sagte Tim.

Wieder hörten sie Lissis lautes Lachen, wieder sahen beide hin, und Anabel hoffte inständig, dass ihre inzwischen gründlich betankte Freundin nicht ihren wirklichen Namen quer über den Strand riefe.

»Seid ihr schon lange hier?«, fragte Tim, »Du und der andere durchgeknallte Paradiesvogel?«

»Drei Tage. Und du? Der Bräune nach zu urteilen ...«

Er nickte. »Vier Wochen.«

Anabel fand, dass er schöne Hände hatte.

»Vier Wochen? Na, herzlichen Glückwunsch. Wer kann sich denn so was leisten?« Er wollte antworten, aber sie ließ ihn nicht. »Lass mich raten ... du bist ... Student, nee. Millionenerbe, nee, auch nicht ...«

»Wieso nicht?«

»Deine Haltung.«

»Meine was?«

»Millionenerben stehen anders. Also, diese ganzen Jungs, die ihr Geld geerbt haben und mit goldenen Löffeln gefüttert wurden. Die stehen alle, als ob sie sich an Land nicht richtig wohl fühlen – vermutlich, weil sie auf Yachten laufen gelernt haben.«

Er lachte wieder. Anabel mochte sein Lachen.

»Achte mal drauf«, sagte sie.

»Mach ich. Sofern ich mal einem Millionenerben begegne.«

»Arzt?«, fragte sie, ohne eine Antwort zu erwarten. Seine Augen waren toll. Strahlendes, fast unnatürliches Blau. »Nein, Ärzte können ja nicht vier Wochen weg. Bleibt eigentlich nur DJ, aber dann wärst du nicht hier, sondern in einem von diesen Monsterclubs.«

»Waffenhändler?«, schlug er vor. »Drogenhändler?«

Sie mochte sein Lächeln. Und seine Zähne. Und er war, bei genauerem Hinsehen, doch ziemlich gut gebaut.

»Mädchenhändler«, sagte sie.

»Hundert Punkte.«

»Echt?«

»Nee.«

»Gott sei Dank.«

»Ist nur ein Hobby.«

Diesmal musste sie lachen.

»Und im Ernst?«, fragte sie. »Wie machst du das, so lange hier sein?«

»Absolut nicht aufregend, sorry. Keine Waffen, keine Drogen, kein Organhandel. Ich schreib an meiner Doktorarbeit.«

Intelligent würde ihr Kind also werden, das stand schon mal fest.

»In was?«

»Kunstgeschichte.«

»Ach, komm, das studieren doch nur Mädchen.«

»Deshalb hab ich's ja belegt.«

Während sie wieder lachte, fuhr er fort. »Na ja, und mein Vater hat diese Bude hier, und die steht meistens leer, weil er halt immer in der Weltgeschichte rumfliegt, zu seinen komischen Firmen, deshalb fahr ich, so oft ich kann, hierher. Solange er nicht da ist, ist es echt nett.«

Unternehmergene – gebongt. Konnte ja auch nicht schaden, jedenfalls, wenn sie einen Sohn von ihm kriegte.

Anabel bemerkte aus dem Augenwinkel, dass Lissi zu ihr herübersah. Anerkennend. Zum Glück hob sie nicht den Daumen, denn auch Tim bemerkte es und lächelte ihr zu. Dann sah er wieder Anabel an, und sie sah ihm tief in die Augen.

»Entschuldige«, sagte sie, »ist garantiert 'ne bescheuerte Frage, aber ... das sind ja wohl Kontaktlinsen, oder – das ist nicht echt, dieses Blau ...«

»Doch«, lachte er. »Das ist echt. Ich brauch keine Linsen, ich kuck wie ein Adler.«

Während er fröhlich erzählte, dass er noch nie in seinem Leben zum Zahnarzt oder Augenarzt gemusst hatte, dachte Anabel bloß: keine Brille und keine Spange für den Nachwuchs. Ihr Glas war fast leer, und sie war inzwischen doch ein bisschen betrunken. Und mehr als ein bisschen sicher, dass sie höchstens noch zwei Gläser brauchen würde, um ihm eine faire Chance zu geben.

An Tim war absolut nichts auszusetzen. Er war zwar nicht Mr. Perfect, aber mindestens Mr. First Class, er hatte eine schöne Stimme, einen schönen Körper, er war intelligent und witzig, er hatte keine sichtbaren Defekte, er war klug und ehrgeizig, hatte Unternehmergeist im Blut, und er war offenbar kerngesund. Seine Augen, sein Mund, seine Nase, alles war vererbenswert. Und er hatte nicht einmal angewachsene Ohrläppchen ...

Tim stand so vor Anabel, dass eine der Lampen über der Bar leicht versetzt hinter seinem linken Ohr pendelte, und Anabel blinzelte, als sie das Entsetzliche entdeckte. Zum Glück bemerkte Tim ihr Blinzeln nicht, sondern plauderte munter weiter, erzählte von der Finca seines Vaters, dem herrlichen Pool und den Orangenbäumen.

Das weiße Haar, das aus seinem Ohr wuchs, war mindestens vier Zentimeter lang.

»Besonders abends«, hörte sie ihn wie aus weiter Ferne sagen. »Wenn die Sonne untergeht ...«

Und das war bestimmt nicht das einzige Haar. Sondern nur das einzige, das er morgens übersehen hatte.

»Du kannst von der Dachterrasse übers Meer schauen ...«

Garantiert hatte der *Dutzende* davon. Hunderte. Die ihm aus dem Ohr wuchsen und aus der Ohrmuschel. Und die anderen waren mit Sicherheit *schwarz*. Und entsetzlich dick. Die machten bestimmt ein Geräusch wie eine kleine Uhrenfeder, wenn man versuchte, sie auszureißen oder zu verbiegen.

»Ich hab ein Riesenbett nach oben bringen lassen, und meistens schlafe ich unter den Sternen ...«

Und da vorn, auf seiner Nase, da waren, wenn man genau hinsah, mindestens zwanzig kaum wahrnehmbare schwarze Punkte, und was das bedeutete, war ja wohl völlig klar.

»Klingt vielleicht albern, aber ich mag das, den warmen Wind auf der Haut, Champagner und den Sonnenuntergang ...«

Nasenbehaarung. Außen! Eine schwarze Wiese, ach, was, eine *Weide,* direkt auf der Nasenspitze. Sobald der sich mal einen Morgen nicht die Ohren und die Nase rupfte, sähe er spätestens um elf Uhr aus wie irgendwas ganz besonders Fieses aus *Der Herr der Ringe.*

»Mein Vater würde mich erschlagen, wenn er wüsste, dass ich seine Anlage nach da oben gebracht habe, aber ohne Klassik ist das alles nur halb so schön ...«

Das Haar aus dem Ohr war inzwischen deutlich gewachsen, da war Anabel sicher. Mindestens um zwei Zentimeter. Und das in weniger als zwei Minuten! Ihr Magen rebellierte.

»Und morgens, klar, wirst du von der Sonne geweckt – du fühlst dich wie neugeboren nach so einer Nacht ...«

Willst du einen *Gremlin* als Kind?

Anabel hielt sich die Hand vor den Mund, als sie ihr Sodbrennen spürte, und drückte ihm das fast geleerte Weinglas in die Hand.

»Alles in Ordnung?«, fragte er.

»Hmmm«, nickte Anabel und vermied es, ihn anzusehen. Sie sah sich morgens neben ihm aufwachen, im Bett auf der Dachterrasse – und sein ganzes Gesicht war zugewachsen von seinen über Nacht wie verrückt gewucherten Augenbrauen, Nasenhaaren und Ohrhaaren.

»Was ist?«, fragte er aufrichtig besorgt.

»Nichts«, brachte sie hervor. »Ich muss nur mal eben ... Tschuldige.«

»Kein Problem«, sagte er verwirrt.

Anabel stürmte davon, die Hand vor dem Mund, auf die Toiletten zu. *Ich will keinen Fellball zur Welt bringen! Ich will nicht morgens mein Kind mähen müssen! Ich will keine Haare, die über Nacht unter der Tür durchwachsen und ins Schlafzimmer kommen und sich um meinen Knöchel wickeln!* Als sie an der völlig verdatterten Lissi vorbeirannte, schaffte sie es noch, ihr ein ersticktes »Wir treffen uns am Auto!« zuzuwimmern, dann knallte sie die Toilettentür zu und beendete ihren Versuch, unter der mediterranen Sommersonne einen Kuckucksvater zu finden, mit äußerst undamenhaften Äußerungen in Richtung einer Porzellanschüssel.

Dirk hatte die Angewohnheit, alle Fragen nach dem Befinden seiner Mitmenschen so zu formulieren, dass eine kurze Antwort völlig ausreichte. Dirk fragte nie »Wie geht's?«, sondern immer »Geht's gut?«, und das Fragezeichen war dabei kaum hörbar. Wer darauf etwas anderes antwortete als »Ja«, musste schon über ein ausgeprägtes Ego verfügen. Dirk fragte auch nicht »Wie war's?«, sondern »Hattest du Spaß?«, und auch darauf sollte die Antwort nach Möglichkeit »Ja« lauten. Dirk hatte einfach keine Zeit, sich längere Antworten anzuhören, denn Zeit war eine kostbare, nur begrenzt zur Verfügung stehende Ressource und musste sinnvoll genutzt werden. Wobei »sinnvoll« bedeutete, »Gewinn bringend« – und den Berichten irgendwelcher Freunde zu lauschen, die Probleme mit ihren Arbeitgebern oder Eltern hatten, oder der eigenen Frau zuzuhören, wenn sie Anekdoten aus dem Urlaub zum Besten gab, das konnte unter keinen Umständen sinnvoll sein.

Anabel wusste das. Manchmal ging ihr diese Haltung ihres Mannes auf die Nerven, manchmal konnte sie ganz gut damit leben, aber nach dem Ibiza-Urlaub fand sie es zum ersten Mal wahnsinnig sympathisch.

»Hattest du Spaß?«

»Ja.«

»Schön.«

Sie saßen am Esstisch, einen Tag nach ihrer Rückkehr, und Dirk entkorkte, während er sich diesen Gesamtbericht abholte, eine Flasche 96er Moet & Chandon.

»Trinken wir trotzdem gegen Ibiza – und auf die Karibik.«

»Ist das nicht ein bisschen früh?«, fragte Anabel. »Zum Feiern, meine ich. Ich denke, die haben noch nichts unterschrieben?«

Dirk schüttelte den Kopf. »Da geht nichts mehr schief. Ich bringe denen ein paar wirklich dicke Investoren mit, die mir voll und ganz vertrauen – Baginsky, den alten Horn, Gabriels Vater –, das sind roundabout zehn, zwölf Millionen Kapital, an die *Solotrust* nie allein rankommen würde. Investments in dieser Größenordnung sind absolute Vertrauenssache, und ich habe vorläufige Zusagen von Horn, Baginsky und Schott wegen der Bürotürme in Hongkong ... Also, *Solotrust* müsste völlig verrückt sein, wenn die wegen der paar letzten Vertragsdetails nicht unterschreiben. Du weißt doch, dass ich in diesen Dingen eher abergläubisch bin, also glaub mir: Das Ding steht.«

Er schenkte die Gläser voll und reichte Anabel eins. Er lächelte, sie erwiderte das Lächeln. »Na schön. Dann darf ich aber auch schon herzlichen Glückwunsch sagen ...« Sie hob das Glas. »Lass uns feiern.«

Sie tranken. Anabel lächelte Dirk an, und als er ihr Lächeln erwiderte, kam es ihr vor, als sähe sie einen sechs Jahre jüngeren Dirk vor sich. Den Mann, in den sie sich verliebt hatte. Den Mann, der sich nicht in sie verliebt hatte. Jedenfalls nicht sofort.

Das war für Anabel eine völlig neue Erfahrung gewesen. Bis dahin hatte sie das nur anders herum erlebt: Männer verliebten sich in sie, und wenn die Typen Glück hatten, stellte auch Anabel fest, dass sie verliebt war.

Also in den seltensten Fällen.

Mit Dirk war es anders gewesen. Den hatte sie kennen gelernt bei einer Vernissage in Hamburg und hatte sich sofort zu ihm hingezogen gefühlt – obwohl er so gar nicht ihrem »Beuteschema« entsprach. Er war kein Künstler. Er hatte nichts Kreatives. Er hatte keine originelle Frisur, keine originellen Klamotten, kein irres Funkeln in den Augen. Stattdessen einen maßgeschneiderten, sehr eleganten Zweireiher, eine stinknormale, gepflegte Wall-Street-Frisur, einen leichten Bauchansatz, maßgefertige Budapester und eine wahnsinnig selbstsichere Art.

Er hatte sie kaum wahrgenommen. Sicher, er war ihr gegenüber höflich gewesen und charmant, aber beileibe nicht charmanter oder höflicher als allen anderen Frauen gegenüber, die ihn umschwirrten. Anabel hatte vom ersten Augenblick gewusst, dass sie diesbezüglich etwas richtig stellen musste – und zwar, dass er sich gefälligst in sie zu verlieben hatte. Damit sie sich entscheiden konnte, ob sie wirklich in ihn verliebt war, oder ob sie ihn abblitzen ließe.

Die Umstände ihres Kennenlernens waren aber auch denkbar ungünstig gewesen. Anabel war überhaupt nur deswegen bei der Vernissage-Eröffnung gewesen, weil sie für den Galeristen arbeitete; Dirk war einer der geladenen Gäste, weil er zu den Geldgebern der jungen Künstlerin gehörte, die ihre wuchtigen, von grellbunten Frauenbrüsten dominierten Bilder vorstellte.

Der Klassenunterschied zwischen Dirk und Anabel war einfach zu groß gewesen, um eine Anziehung überhaupt denkbar erscheinen zu lassen. Deshalb hatte Anabel ihn später am Abend einfach gefragt, ob sie ihn gelegentlich zum Essen einladen dürfe. Was ihn offensichtlich schockiert hatte. Auch in vorgeblich emanzipierten Zeiten werden Alphatiere nicht von Zimmermädchen eingeladen.

Aber ihr Selbstbewusstsein hatte ihn beeindruckt; er sagte zu, sie trafen sich am Abend darauf, und Anabel zeigte ihm, der praktisch jedes Sternerestaurant zwischen Oslo und Barcelona wie seine Westentasche kannte, ihren kleinen, trashigen Hamburger Lieblingsthailänder, bei dem das Essen um Klassen besser war als in jedem Nobelschuppen. Und sie zeigte sich völlig unbeeindruckt von seinem teuren Aussehen und allem, was er möglicherweise an wichtigen Dingen mitzuteilen hatte. Sie quatschte ihn stattdessen an die Wand – und er hatte einen Heidenspaß.

Das war, wie er ihr später sagte, der Abend gewesen, an dem er sich verliebte. Nicht nur, weil sie brillant zu erzählen verstand von den Katastrophen und Triumphen ihres Lebens, sondern weil sie offenbar gar nicht auf die Idee kam, seine Vita könne interessanter sein als ihre. So etwas hatte er noch nicht erlebt. Da kam eine Frau *aus dem Volk,* lud *ihn* zum Abendessen ein und gab ihm das Gefühl, sie beschenke ihn mit ihren ausufernden Geschichten. Ihn, der sonst nie zuhörte, wenn jemand auch nur versuchte, persönlich zu werden. Der immer arbeitete. Immer »auf den Punkt« war. Immer fragte: Wozu brauche ich diese Information? Wofür nützt sie mir? Ihn, der keinen Sinn hatte für Muße, für Laberei, für Urlaub; der sich nie Zeit ließ.

Im Lauf des Jahres, das diesem ersten Treffen folgte, brachte sie ihm das Genießen bei. Sie überredete ihn, mit ihr in den Urlaub zu fahren – ohne Laptop. Sie schickte ihn zur Massage, im Rahmen eines zweiwöchigen Thailand-Trips, und nahm ihm erfolgreich das Versprechen ab, keinerlei Businesspläne mit den Masseurinnen zu erörtern. Sie brachte ihm bei, sich mehr als fünfzehn Minuten Zeit für ein privates Abendessen zu nehmen.

Und mehr als fünf Minuten im Bett.

Nach einem Jahr des ständigen Pendelns zwischen Hamburg und Berlin fragte sie ihn, ob sie zu ihm nach Berlin kommen solle. Er sagte Ja.

Ein Jahr später fragte sie ihn, ob er je darüber nachgedacht hätte zu heiraten. Er verstand den Wink mit dem Zaunpfahl.

Und so zog Anabel nach Berlin. Der Liebe hinterher, wie immer in ihrem Leben. Mit neunzehn war sie von Kiel nach Köln gezogen, wegen Marcel, dem Maler. Mit zweiundzwanzig von München nach Lyon, wegen Jean-Jacques, dem Saxophonisten, der dritten größten Liebe ihres Lebens (nach Marcel und Frank, damals in der sechsten Klasse, was eigentlich nicht zählte). Wegen Jacques, der Anabel sogar noch mehr geliebt hatte als sein Saxophon. Der es nicht ertragen konnte, eine Sekunde von ihr getrennt zu sein; mit dem sie kreuz und quer durch die provinzielle französische Musikwelt gezogen war. Bis er eine durchgeknallte Französin kennen gelernt hatte, der er offenbar noch ein bisschen mehr verfallen gewesen war als Anabel und seinem Saxophon zusammen. Und so war sie mit vierundzwanzig von Lyon nach München gezogen, wegen Thomas, und mit sechsundzwanzig (Thomas war eine echte Katastrophe gewesen) von München nach Hamburg. Wegen Uli. (Der eine noch viel größere Katastrophe gewesen war). Und mit achtundzwanzig zog sie von Hamburg nach Berlin, wegen Dirk.

Wegen der ständigen Verliebtheiten und der damit verbundenen Umzieherei war ihre so genannte »Karriere« natürlich ein einziger Knick. Zwar hatte sie in Köln eine Ausbildung zur Medienfachfrau absolviert, aber danach nie in ihrem Job gearbeitet, sondern nach dem Umzug nach Lyon Französisch gelernt und sich als Dolmetscherin verdingt – was sie dann wieder nicht zu einer Karriere machen konnte, weil sie inzwischen nach München umgezogen war, wo kaum jemand Französischdolmetscherinnen brauchte. Das Einzige, was man dort brauchte, waren Bayerisch-Deutsch-Übersetzer, aber Anabel hatte sich mit der fremden Sprache nie wirklich anfreunden können. Als sie mit sechsundzwanzig in Hamburg strandete, schrieb sie sich an der Uni ein – für Kunstgeschichte, auch wenn das nach einem Höhere-Töchter-Plan klang, und hatte Glück, dass ein Galerist gerade zu diesem Zeitpunkt eine Assistentin brauchte, die – voilà, geschickte Planung – Französisch sprach. Als dann ihre Beziehung mit Uli zu Bruch ging (weil dieser meinte, sie müsse sich mehr um ihn kümmern – und um seine schriftstellerischen Ambitionen, beziehungsweise seine Papier gewordenen Neurosen), stand sie wieder mal am Anfang. Mit einem angefangenen Studium, einem Job, kaum Freunden. In einer wieder mal neuen Stadt.

Sie redete sich ein, von Männern habe sie ein für alle Mal die Nase voll.

Sie redete sich ein, sie wolle sich nie wieder verlieben.

Jedenfalls nicht so bald.

Und dann traf sie Dirk.

Im Nachhinein wusste sie, dass sie sich nicht zufällig verliebt hatte. In schwachen Momenten wusste sie, dass sie sich überhaupt nie in ihrem Leben zufällig verliebt hatte. Marcel, Jacques, Uli, Thomas – alle waren in gewisser Weise »Künstler« gewesen; kreative Chaoten, liebenswerte Kindsköpfe, die die Welt verändern wollten. Darin ähnelten sie, auch das war Anabel inzwischen klar, ihrem Vater – der glücklicherweise davon abgesehen hatte, ihr eine Neurose einzubauen, und den sie sehr schätzte. Zwar hatte auch er, Helmut, der Historiker, Professor und Autor, eine Neigung, die Welt verbessern zu wollen, aber im Gegensatz zu ihren Auserwählten keine Vollmeise, sondern einen scharfen Blick für das Wesentliche, in jeder Hinsicht.

Anabel lernte ihren Vater auf Umwegen besser kennen. Sie hatte ihn immer für den unpragmatischsten Menschen der Welt gehalten, aber das erwies sich als Irrtum. Die wirklich unpragmatischen, das waren ihre ersten großen Lieben. Denn keiner von denen hatte auch nur andeutungsweise so etwas wie einen Plan gehabt. Von irgendwas. Stattdessen hatten sie alle ein paar hochinteressante Störungen gehabt, die sie für ihre Kunst vermutlich brauchten. Aber Anabel hatte sie nicht gebraucht. Weder die Eifersucht von Marcel noch die »Ich muss viele Frauen neben dir haben«-Mentalität von Jacques. Und schon gar nicht Thomas' zentnerschweren Mutter- und Vaterkomplex, der mit ungeheuren Mengen Koks am Leben erhalten werden musste. Uli schließlich war bloß Alkoholiker gewesen, allerdings einer von der Sorte, die besoffen zuerst schwermütig und geschwätzig werden und am Ende, wenn wirklich absolut keiner mehr zuhören konnte, aggressiv.

Dirk war völlig anders.

Dirk war kein Künstler.

Dirk war Pragmatismus pur. Der Gegenentwurf zu seinen Vorgängern, aber auch der Gegenentwurf zu ihrem Vater. Dirk war kein von Anstand und Moral geleiteter Verlierer, der wesentlich mehr aus seinem Talent hätte machen können, wäre er ein bisschen härter zu anderen gewesen. Der weit mehr im Leben hätte erreichen können als sein kleines Häuschen im Grünen zum Ende seiner Universitätslaufbahn.

Dirk hatte Ellenbogen. Dirk wusste, was er wollte, und er wusste, was er dafür zu tun hatte. Er wollte nicht die Welt retten, er wollte Erfolg, Macht und Geld. Dafür ging er zwar nicht direkt über Leichen, aber wer ihm im Weg stand, wurde mit freundlicher Härte von der Leiter getreten. Eine Menge Leute hielten ihn für ein ausgemachtes Arschloch, und er hatte keinen Freundeskreis, so wie andere Leute. Martin war sein Freund, ja, aber das war auch schon alles. Die anderen, die sich wie seine Freunde benahmen, hatten Angst vor ihm oder Respekt oder beides und wussten, dass er ihnen nützte – oder später einmal nützen könnte.

Irgendwann, beim Anschauen der hundertsten BBC-Dokumentation zum Thema *Die Tiere, unsere nächsten Verwandten,* hatte Anabel gedacht: Es gibt garantiert kein einziges Alphatier mit Humor. Das war völlig undenkbar. Ein Gorilla-Silberrücken, der den rangniedrigeren Affen erlaubte, mit ihm zu balgen? Ausgeschlossen. Silberrücken war der Boss, King Hose, *the big cheese;* der durfte alle Weibchen nach Lust und Laune poppen und kriegte immer das Beste vom Obstteller – und jeder aus dem Rudel war scharf auf *seinen* Job. Ein Moment der Unachtsamkeit, ein Moment der Schwäche, ein bisschen freiwillige Machtteilung – das wäre das Ende. Kein Wunder, dass die Oberaffen graue Haare hatten. Dirk hatte schon graue Schläfen gehabt, als Anabel ihn kennen lernte. Allerdings ließ er das niemand merken, Polykur sei Dank.

Im Nachhinein wusste Anabel, weshalb sie sich in diesen besonderen Affen verliebt hatte. Diesmal sollte es kein alberner Spinner aus dem Rudel sein, der nichts zu melden hatte. Diesmal wollte sie den Boss.

Aber es war ein gegenseitiger Deal gewesen, dieses »Verlieben«. So wie Anabel eine tiefe Sehnsucht nach Sicherheit und Klarheit empfunden hatte, so hatte auch Dirk eine tiefe Sehnsucht empfunden: Nach jemand, der ihm beibrachte, wie man losließ. Vermutlich, weil er wusste, dass er andernfalls vor lauter Stress tot umfallen würde, ehe er dazu käme, die Früchte seiner Arbeit zu ernten.

Und sie hatte ihn entspannt. Wenigstens anfangs. In den ersten zwei, drei Jahren ihrer Beziehung waren sie viel gereist. Er hatte gelernt, dass die Welt überraschenderweise nicht sofort in Chaos und Anarchie versank, wenn er mal zwei Wochen nicht zu sprechen war; dass die Welt ihn sogar noch mehr begehrte als vorher, wenn er sich gelegentlich rar machte. Vor allem aber, dass es tatsächlich Spaß machen konnte, sich auf etwas anderes zu konzentrieren als Machterhalt. Er hatte unpragmatische Dinge gelernt. Tauchen zum Beispiel. Und ein bisschen Windsurfen. Er hatte sich stundenlang Öl über die Stirn gießen lassen und dabei die ganze Zeit geschwiegen. Er hatte sogar Bücher gelesen, die nichts mit seinem Job zu tun hatten (allerdings keine Belletristik, so weit hatte Anabel ihn nie bekommen).

Sie hatten viele schöne und wichtige Reisen unternommen in diesem ersten Jahr ihrer Beziehung. Dem schönsten Jahr. Auf dem Sofa gelegen, mit dem Laptop vor der Nase, und die schönsten Hotels der Welt ausgesucht. Sie konnten es sich leisten – er konnte es sich leisten –, und sie hatten einfach gebucht und waren hingefahren, in die schönsten Wellness-Tempel, Design-Hotels und Pfahlbauten über dem Meer.

Als Anabel Dirk jetzt lächeln sah, wollte sie das alles wiederhaben. Nicht nur, weil an einem entspannten Karibikstrand das Gespräch über eine mögliche Adoption garantiert einen anderen Verlauf nähme als zwischen alltäglichem Stress wegen der defekten Heizung, Vertragsverhandlungen und ihrem *defizitären Trödelladen*.

Sie stellte ihr Glas auf den Tisch, setzte sich auf seinen Schoß und küsste ihn.

»Weißt du, was ich jetzt möchte?«

»Gleich jetzt?«, fragte er.

»Das auch«, erwiderte sie lächelnd. »Aber vorher möchte ich mit dir auf's Sofa – mit dir, dem Champagner, und dem Laptop. Lass uns zusammen das Ziel der Reise aussuchen, wie früher, und das tollste Hotel von allen sofort buchen – weißt du noch, vor vier Jahren, diese alte Mühle an der *Chiantigiana*, von wo wir dann nach Siena gefahren sind ...«

Er nickte, mit gespieltem Vorwurf. »Wo du dann unbedingt in diesen Keller wolltest.«

»Da Divo.«

»Genau. Und du hast behauptet, man könnte da direkt vor die Tür fahren.«

»Kann ich denn ahnen, dass die ganze Altstadt autofreie Zone ist?«

»Den Marsch vergesse ich nie, mir tun heute noch die Füße weh!« Er lachte und schüttelte den Kopf. »Aber das war ja noch gar nichts im Vergleich zu dem Ding, das du dir in San Francisco geleistet hast!«

»Erinner mich nicht daran!«

»*Ach, du*«, imitierte er ihren souveränsten Tonfall, »*das schaffen wir locker, nach LA sind das höchstens drei Stunden Fahrt!*«

»Aufhören«, lachte sie.

»*Und wir können uns ja abwechseln mit dem Fahren* ... Mann! *Zehn Stunden* Fahrt! Und du hattest deinen Führerschein vergessen! Und dann war auch noch das Hotel weg, weil wir viel zu spät dran waren ...«

Er amüsierte sich köstlich. Damals hatte er das allerdings absolut nicht lustig gefunden. Sie auch nicht. Aber mit der Zeit, im Rückblick, war es eine kostbare gemeinsame Krisenerfahrung geworden.

»Ich hab auch viel richtig gemacht!«, protestierte sie fröhlich. »Zum Beispiel dieses superschöne Ding auf Bali, das haben wir auch spontan ...«

Dirk nickte. »Schöne Idee ...«

»Andererseits war das ja doch ziemlich ... ländlich ... Also, wenn du lieber was möchtest, wo man den ganzen Tag nach Strich und Faden entspannt wird ...«

»Auch keine schlechte Idee, ich ...«

Sie küsste seinen Protest weg und stand fröhlich auf.

»Ich hol den Laptop ...«

»Anabel ...« Er schüttelte den Kopf.

»Was?«

»Ich würde gern. Aber ich kann nicht.« Er sah auf die Uhr. »Ich treffe mich gleich noch mit Rainer und ...« Er räusperte sich und beendete den Satz an der falschen Stelle. Anabel hatte keine Lust, ihm das durchgehen zu lassen. Nicht in diesem Augenblick, in dem ihr überdeutlich gesagt wurde, was *jederzeit* Priorität hatte. Keine Gemeinsamkeiten, nicht mal für ein paar Stunden. Von Kindern ganz zu schweigen. Es ging um Arbeit. Ausschließlich.

Ausschließlich?

»Und wem?«, fragte Anabel.

»Was, und wem?«

»Und wem noch?«

»Oh. Philipp Kahn. Und Ilka Weinschrödter.«

»Ilka Weinschrödter.«

»Ja«, sagte er betont beiläufig. »*Solotrust*. Zuständig für Asien.«

»Hui!«, machte Anabel spöttisch. »Zuständig für *Asien!*«

»Was soll das?«

»Für *ganz* Asien?«

Dirk ließ sich nicht darauf ein. »Wir treffen uns kurz zum Essen ...«

»Chinese oder Thailänder?«

»Wegen des Vertrags, aber ich versuche, nicht so spät zu kommen.«

Anabel schwankte zwischen Enttäuschung und Mordlust. Am Ende siegte die Enttäuschung.

»Okay. Fein.«

»Bella, ich bin im Moment ...«

»Viel beschäftigt, ich weiß.«

»Ich mach das für uns beide.«

»Ja, weiß ich.«

»Ich ...«

»Macht nichts«, sagte sie abwinkend und setzte ein Lächeln auf, das zu strahlend war, um echt zu sein, »Lissi hat mich sowieso gefragt, ob wir was trinken gehen. Kann ich ja die Absage wieder absagen.«

»Sorry. Wir machen das morgen, mit dem Hotel, versprochen ...«

Anabel schnappte sich das Champagnerglas und hob es entschlossen.

»Auf die Zukunft.«

Dirk prostete ihr zu. »Auf die große, weite Welt.«

Das Einzige, was im *Nova* einigermaßen neu aussah, waren die Gläser. Nach dem Abendessen im *Portici* hatte Lissi Anabel hierher gelotst, und beim Betreten des düsteren »brandneuen« Clubs irgendwo in einem Hackeschen Hinterhof dachte Anabel spontan: *Ich gebe euch sechs Wochen, dann fahrt ihr wieder Taxi.* Die Beleuchtung war nicht dezent, sondern sparsam, aber dafür bunt – und was beleuchtet wurde, waren vor allem morbid in Rot und Schwarz gewischte Wände sowie ein paar überaus merkwürdige Skulpturen, die direkt vom Ende der Welt zu künden schienen: H. R. Giger hätte seine helle Freude an dem Laden gehabt. Lissi liebte solche Clubs. Jedenfalls, solange sie neu waren.

Anabel brauchte zwei Caipirinhas, um das Quengeln einzustellen und ihre Einschätzung zu korrigieren: Mit etwas Rum im Blut war das doch alles gar nicht so schlimm, im Gegenteil. Die flachen, geräumigen Couches waren bequem, bei genauerem Hinsehen war das Lichtkonzept nicht so übel (vor allem die dezenten Strahler unter den

Sitzbänken und der Bewegungsmelder mit Dimmerfunktion auf dem Weg zur Damentoilette), und das Publikum ging mit der eigenen Sterblichkeit angenehm gelassen um. Der Raum rief förmlich: Irgendwann müsst ihr alle sterben! (was vielleicht auch mit den schaurigen Aliens an den Wänden zusammenhing), und das Publikum raunte in vielstimmigem Durcheinander optimistisch dagegen an: »Aber bestimmt nicht heute!«

Natürlich gab es auch im *Nova* einsame Herzen, die, wie so oft, in Verbindung mit einsamen Bauchansätzen, einsamen Hubschrauberlandeplätzen am Hinterkopf und einsamen Ansichten über ihre eigene Unwiderstehlichkeit ausgestattet waren, aber der Stress hielt sich in Grenzen. Was nicht zuletzt an Lissi lag, denn die war Welt- und Europameisterin im Erteilen von Abfuhren – sofern sie nicht in Stimmung für einen Flirt war, wie an diesem Abend. Den ersten, der versucht hatte, sich in ihre Nähe zu setzen – während sie mit Anabel Elementares besprach –, hatte sie mit der Bemerkung abserviert, sie interessiere sich nur für Männer, die sich schon rasieren; der zweite, ein kleiner Dicklicher mit öliger Frisur und taillierter Lederjacke, hatte eigentlich Anabel im Visier gehabt, aber Lissi war dazwischengegangen, ehe er auch nur seinen Eröffnungssatz hatte aussprechen können.

»Verzieh dich.«

»Ich rede mit deiner Freundin.«

»*Ich* rede mit meiner Freundin. Nur mit *dir* redet keiner.«

Er war gegangen. Ohne Widerrede. Hatte von der Bar aus noch ein paar Mal zu ihnen herübergeschaut und sich dann in seinen Drink verkrochen. Am anderen Ende der Bar saß noch einer, der manchmal einen Blick riskierte, aber der war völlig indiskutabel und musste es auch wissen; er war klein, mit blonder, artiger Banklehrlingsfrisur, Brille und kariertem Sakko über einem Polohemd. Er versuchte ein schüchternes Lächeln in Anabels Richtung, das sie fast zufällig bemerkte und eher automatisch mit einer Gesichtszuckung erwiderte, die ihn veranlasste, sich sofort abzuwenden. Es gab solche und solche Typen. Das Muttersöhnchen an der Bar war leicht zu verscheuchen. Typen wie der Ölige mit der Mädchen-Lederjacke versuchten es meist ein zweites Mal, nachdem sie sich ihren Pegel Mut angetrunken hatten.

Anabel spürte, wie ihr der Rum zu Kopf stieg. Sie sah auf die Uhr. Es war erst halb eins, aber sie war müde und ein bisschen angetrunken. Und ein bisschen traurig, dass sie mit Lissi hatte essen und trinken gehen müssen, statt sich auf dem Sofa ein todschickes Urlaubsziel aussuchen zu dürfen. Lissi war allerdings noch nicht davon überzeugt, dass nach dem gescheiterten Ibiza-Ausflug nun »Versöhnung, Urlaub und anschließende Adoption eines kleinen braunen Mädchens« der einzig wahre Plan wäre.

»Nicht immer gleich aufgeben, Süßilein«, sagte sie. »Nur, weil die Woche nicht so doll war, ist ja nicht gleich der ganze Plan schlecht.«

»Das war von Anfang an 'ne Schnapsidee«, sagte Anabel.

»Das war mittags«, erwiderte Lissi empört. »Mittags habe ich *nie* Schnapsideen.«

Sie stießen an und tranken. Anabel leerte ihr Glas und wusste, dass sie genug hatte. Sie schaute nach ihrer Handtasche.

»Ist doch eh alles Quatsch«, seufzte sie. »Soll halt so sein. Macht doch nichts. Flieg ich eben mit Dirk First

Class um die Welt und kauf den Rodeo Drive leer. Gibt ja wohl schlimmere Schicksale.«

Lissi nickte. »Normalerweise würde ich jetzt denken: Hurra, endlich hat die Frau begriffen, worauf es im Leben ankommt. Aber ich kenn dich, Bella. Du willst alles.«

»Weiß nich ...« Sie zuckte die Achseln. »Weiß nich, ob ich alles will. Weiß nicht, was ich überhaupt will. Vielleicht nur das, was ich nicht hab, und dann wieder das Gegenteil, wenn ich das hab.«

Wieder nickte Lissi und ließ den Satz nachhallen. Dann sagte sie viel zu ernst. »Mmh. Mir fällt gerade ein, dass wir Philosophie immer beide geschwänzt haben ...«

Anabel musste lachen. Sie kam aber nicht weit, denn zwischen ihr und Lissi tauchte ohne Vorwarnung, von hinten, über die Lehne der flachen Couch, der ölige Kopf des Typen auf, der vorhin schon einmal abgeblitzt war. Anabel schaute überflüssigerweise kurz zur Bar, aber natürlich saß er dort nicht mehr.

»Eine schöne Frau wie du sollte nie mit leeren Gläsern dastehen«, murmelte er aus nächster Nähe, und er hatte sich eindeutig Mut angetrunken, »Darf ich dir jetzt ...«

»Hey«, sagte Lissi scharf, »Ich hab dir doch vorhin schon gesagt, du sollst dich verpissen.«

Er sah sie an, seufzte, setzte ein spöttisches Lächeln auf und sagte: »Tschuldige, ich hab deinen Namen vergessen.«

»Keine Kunst, ich hab ihn dir ja gar nicht gesagt.«

»Würdest du's dann jetzt tun?«

»Würde der Papst 'ne Abtreibungsklinik eröffnen?«

Sein wütender Blick prallte an ihr ab. Sie hob bloß fragend die Augenbrauen und fragte stumm: *Sonst noch was?* Der Ölige wandte sich Anabel zu.

»Können wir uns mal zwei Minuten allein unterhalten?«

Ehe Anabel antworten konnten, fragte Lissi betont gelassen.

»Magst du Astronautennahrung?«

Er drehte sich wieder zu ihr um.

»Ich hab meine Nietenhandtasche mit«, sagte Lissi, »sind zwar keine Nieten dran, aber du verstehst, was ich meine. Bei der kannst du bestellen, die ist schwer genug für deine Vorderzähne.«

Man konnte förmlich sehen, wie es im Gehirn des Öligen knirschte. Er war wütend. Verbal war er Lissi offensichtlich nicht gewachsen. Hätte er einen Mann vor sich gehabt, keine Frau, wäre dies der Beginn einer wunderbaren Schlägerei geworden, aber so viel wusste er dann doch – man fing nicht an, sich mit einer Frau zu prügeln, das sah niemand gern.

Was blieb ihm? Eine schlagfertige Antwort.

Die würde ihm, so, wie er aussah, zirka drei Tage später einfallen. Oder nie. So konnte er lediglich Blicke abfeuern, die bedrohlich aussehen sollten. Lissi sah sich das Ganze so lange mitleidig und ungeduldig an, bis er sich mit einem leisen Grunzen von der Sofalehne abstieß und verschwand.

Lissi betrachtete indigniert den Punkt, wo eben noch sein Unterarm gelegen hatte. »Hast du Sagrotan dabei?«

Anabel schüttelte den Kopf und fragte sich, wieso die Besitzer des Clubs jetzt auch noch diesen Event-Unsinn veranstalten mussten.

»Können die vielleicht mal aufhören, den Laden zu drehen?«

»Was?«

»Na, den zu drehen.«

»Hier dreht sich gar nichts«, sagte Lissi.

»Nicht?«, sagte Anabel, für die sich alles drehte. Sie hielt sich die Hand an die Schläfe. Das war nicht gut. Aus unerfindlichen Gründen hatte sie den Stopp-Punkt überfahren. Übertrunken, genauer gesagt.

»Bella? Alles klar?«, fragte Lissi von weit her.

Anabel dachte nur: *Luft*. Sie erhob sich so souverän, wie ihr das möglich war, und nahm ihre Handtasche.

»Ja, ja. Ich muss nur mal ... für kleine Mädchen ... oder kurz an die Luft.«

»Soll ich mitkommen?«

»Nee, nee. Lass mal.« Anabel winkte ab und orientierte sich an der Eingangstür, die ein paar Meter von ihr entfernt auf und ab tanzte. »Ist gleich wieder gut, bin gleich wieder da ...«

An den Gesichtern vorbei, am Eingang, durch das vielstimmige, viel zu laute Murmeln, den dicken Geräuschteppich, nach draußen. Nichts anmerken lassen, alles ignorieren. Vorsicht, Stufen. Runter, langsam, am Geländer festhalten, noch mehr Leute, draußen. Nicht angucken, weg von den Leuten, ruhig gehen. Tief Luft holen. Ein paar Schritte gehen. Ein paar Schritte mehr gehen, weg vom Lärm, weg. Luftholen. Tief atmen. Ein und aus.

Es wurde ruhiger. Anabel wusste nicht genau, wohin sie ging, aber die Luft tat gut. Das Gehen tat gut. Sie merkte, dass es dunkler wurde, und sah sich um. Sie stand in einer kleinen, dunklen Seitengasse, an deren weit entferntem Ende ein größere Straße leuchtete. Licht am Ende des Tunnels. Sie holte noch einmal tief Luft und schloss die Augen. Alles drehte sich. Sie öffnete die Augen wieder.

»Deine Augen sind schön«, sagte eine unangenehme Stimme direkt neben ihr.

Zu Tode erschrocken wirbelte Anabel herum und machte einen Satz rückwärts. Als sie sah, zu wem die Stimme gehörte, beruhigte sich ihr Puls wieder – aber dafür wurde sie richtig wütend. Vor ihr stand das artige, bebrillte Muttersöhnchen aus der Bar, dem sie ihr mitleidiges Abfuhrlächeln geschenkt hatte. Er war höchstens einssiebzig groß, also überragte Anabel ihn auf ihren High Heels um mehr als fünf Zentimeter; Rumpelstilzchen hatte der Prinzessin einen Schreck eingejagt, und die Prinzessin war nicht amüsiert.

»Mann!«, sagte sie. »Spinnst du?«

Er machte eine beschwichtigende Geste mit beiden Armen.

»Du musst vor mir keine Angst haben«, sagte Rumpelstilzchen. Seine Stimme war unangenehm. Ein leiser Singsang, der unpassend belustigt klang.

»Nee, aber einen Scheißschreck kann man wegen dir kriegen, Typ«, sagte Anabel cool und machte einen Schritt in seine Richtung, um an ihm vorbeizugehen, zurück zum *Nova*.

Rumpelstilzchen machte einen Schritt nach rechts, wieder mit der beschwichtigenden Geste, und versperrte ihr lächelnd den Weg. Anabel bemerkte erst jetzt, dass sie sich tatsächlich außer Sichtweite des Clubs befand. Und falls nicht irgendjemand draußen stand, vermutlich auch außer Hörweite.

»Das hast du gut gemacht«, singsangte Rumpelstilzchen, »wie du deine Freundin wegen mir hast sitzen lassen.«

Aus den Häusern, die die Gasse bildeten, war ebenfalls keine Hilfe zu erwarten. Alles war dunkel. Büros. Oder zu renovierende Wohnungen. Nur mit Mühe konnte Anabel die aufsteigende Panik unterdrücken.

»Ja«, sagte sie so gelassen wie möglich, »Ja, klar, weiterhin schöne Träume. Ich ...«

Durch die Gasse weglaufen? Zur Straße? Es hatte ausgesehen, als wäre dort ein Taxistand. Aber auf den hohen Hacken konnte sie nicht schnell genug laufen, und wenn er sie mitten in dem dunklen Tunnel einholte, standen ihre Chancen noch schlechter.

»Ich gehe dann mal wieder rein«, sagte sie und schob sich an ihm vorbei. Oder versuchte es jedenfalls, denn er stellte sich ihr in den Weg. Sie machte einen Schritt zurück.

»Du kannst jetzt nicht von mir weggehen.«

»Was?«

Er lächelte ein vollkommen irres Lächeln und verdrehte tatsächlich die Augen – wie eine belustige, irrsinnige Mutter, die ihrem dreijährigen Kind etwas Glasklares erklärt. »Du bist doch gerade erst zu mir gekommen.«

Das reichte Anabel. Der Typ war völlig gaga, aber garantiert ungefährlich. »Was auch immer«, sagte Anabel und ging an ihm vorbei, im sicheren Gefühl, dass er es nicht wagen würde, sie anzufassen.

Sie täuschte sich.

Er hielt sie nicht bloß fest, sondern fasste ihr mit der Hand unters Kinn und drehte ihr Gesicht in seine Richtung. Anabel wurde mit Entsetzen bewusst, dass er wesentlich kräftiger war, als er aussah.

»Die Nacht fängt jetzt doch erst an«, erklang der leise Singsang, und Anabels Adrenalinspiegel schoss in die Höhe. Sie schlug seine Hand weg, aber er packte sie am Unterarm und hielt sie fest.

»Was soll denn das, Scheiße, lass mich in Ruhe, Mann ...«

Sein Gesicht war ihr plötzlich ganz nah, und alles Freundliche war aus dem Singsang gewichen.

»Du hast mich den ganzen Abend scharf gemacht, und jetzt willst du dich einfach verpissen? Puppe, so geht das nicht.«

Sie spürte seine andere Hand auf ihrem Rücken. Er zog sie mit einem Ruck an sich heran, ließ die Hand tiefer wandern und griff ihr mit der anderen in den Nacken. Anabel wehrte sich, spürte angewidert die Erektion des Rumpelstilzchens, das jetzt begann, ihr Kleid hochzuschieben, ihren Kopf mit brutaler Kraft festhielt und sie gleichzeitig zurückschob, gegen die Hauswand.

»Scheiße, lass das!«, rief Anabel.

»Ein Laut«, zischte Rumpelstilzchen, »und ich mach dich fertig.«

Er versuchte sie zu küssen. Anabel drehte den Kopf weg und wollte schreien, aber seine Hand war auf ihrem Mund, und er drückte sie hart gegen die Wand. Durch den stechenden Schmerz in ihrem Hinterkopf dachte Anabel bloß: *Das passiert nicht wirklich. Nicht hier. Nicht mir. Das ist nicht wahr.* Ihr Körper schrie *Flucht,* aber ihr Kopf wollte nicht glauben, was geschah. Anabel dachte an alles, was sie gelernt hatte – in die Eier treten, in die Augen stechen – aber wie sollte das gehen, da sie mit dem Rücken an der Wand stand und er direkt vor ihr war? *Das ist nicht die Realität, dachte sie. Das passiert nicht. Ich wache jetzt auf.*

Aber sie wachte nicht auf. Und begriff endgültig, ungläubig, dass der Typ im Begriff war, sie zu vergewaltigen. Sie biss ihm mit aller Kraft in die Hand und schlug mit der Linken nach seinem Kopf, so fest sie konnte. Die Brille flog ihm vom Kopf, er jaulte kurz auf, aber er ließ nicht von ihr ab.

»Lass mich los, du Arschloch!«, schrie sie, und jetzt war ihr völlig egal, womit er ihr drohte. »Hilfe!«

»Schnauze«, sagte der Mann, und wieder presste er ihr die Hand auf den Mund. Sie wehrte sich nach Kräften und versuchte ihn irgendwie zu treten oder die Hände freizubekommen, als eine neue Stimme aus der Dunkelheit erklang.

»Hey, Meister!«

Anabel erstarrte. Ihr Peiniger ebenfalls. Er wandte den Kopf, ohne Anabel loszulassen. Etwa drei Meter hinter ihm stand ein breiter Schatten im schwachen Licht, das von der Bar herüberfiel.

»Lass sie los«, sagte die Silhouette.

»Du kümmer dich um deinen eigenen Scheiß«, sagte Rumpelstilzchen im bedrohlichen Singsang.

»Später. Erst mal kümmere ich mich um *deinen* Scheiß«, sagte der Schatten. »Lass die Frau los.«

Er kam näher. Anabel wurde fast ohnmächtig, diesmal nicht vor Angst, sondern vor Erleichterung, als sie Clemens erkannte. Trotz der furchtbaren Situation schoss ihr für einen Sekundenbruchteil die Frage durch den Kopf, was in aller Welt er hier machte. Aber im nächsten Augenblick war sie einfach nur dankbar, dass jemand da war und ihr half.

»Sonst?«, sagte Rumpelstilzchen.

»Sonst nichts« sagte Clemens. »Loslassen reicht erst mal.«

Rumpelstilzchen stieß Anabel weg und machte einen Schritt auf Clemens zu.

Clemens sah Anabel an. »Bist du okay?«

Sie schluckte, wollte »Ja« sagen und brachte bloß ein

Nicken zustande. Dummerweise sah Clemens sie etwas zu lange an. Er rechnete damit, dass Rumpelstilzchen die Beine in die Hand nehmen würde, um ohne Anzeige davonzukommen, aber Rumpelstilzchen hatte andere Pläne. Das kleine, massige Muttersöhnchen nutzte Clemens' galante Nachfrage zu einem Angriff, der seinen Gegner auf dem falschen Fuß erwischte.

Anabel sah den Mann mit einem raschen Antritt auf Clemens zustürzen und bemerkte die Überraschung in den Augen ihres Retters, als beide Männer zu Boden gingen. Rumpelstilzchen holte mit der Faust aus, und Clemens konnte den Schlag um Haaresbreite mit dem Unterarm abfangen. Er lag unter dem kleinen Irren, kriegte dessen Hände zu fassen und hielt seinen Gegner fest.

»Junge«, sagte Clemens erstaunlich gelassen, »wir sollten das wie zivilisierte Affen regeln.«

Die Antwort, die Anabel hörte, trieb ihr eine Gänsehaut auf den Rücken. Wieder sprach der kleine Mann mit dem ekelhaften Singsang des Geisteskranken. »Hier ist aber doch nur ein Affe.«

Was er danach tat, ging zu schnell, sowohl für Anabel als auch für Clemens. Anabel sah die Bewegung nicht kommen. Fast ansatzlos ließ der Zwerg seinen Kopf wuchtig nach vorn schnellen und traf den liegenden Clemens mitten im Gesicht. Es krachte laut, und Clemens Hände ließen die Arme des kleinen Mannes fahren, als hätte ihn ein Stromschlag getroffen. Sein Hinterkopf knallte auf den Boden der Gasse, und während er benommen beide Hände vor sein blutüberströmtes Gesicht zu bekommen versuchte, sprang sein Gegner auf die Beine.

Anabel blieb das Herz stehen.

Sie stieß einen langen, gellenden Schrei aus, in dessen

Ende sich eine weitere Stimme mischte, die vom anderen Ende der Gasse ein lautes »Hey!« brüllte. Anabel sah in die Richtung, aus der der Ruf gekommen war. Rumpelstilzchen, das gerade mit dem Fuß ausholte, um dem immer noch benommen am Boden liegenden Clemens gegen den Kopf zu treten, hielt in der Bewegung inne und sah, wie Anabel, einen massigen Mann auf die Gruppe zustürmen. Über die Schulter des Mannes sah Anabel im Licht am Ende des Tunnels ein Taxi stehen.

Die zusammengekniffenen Augen des kleinen Mannes trafen Anabel. Für einen Sekundenbruchteil schien er zu überlegen, ob er seine Beute auch gegen zwei Gegner verteidigen konnte, dann begriff er, dass er verloren hatte. Der Taxifahrer kam rasch näher, rufend und fluchend: »Scheißegal, was ihr da macht! Du trittst keinen Liegenden, sonst hau ich dir die Fresse in den Nacken, du Arschloch!«

Das Arschloch machte ein paar Schritte zurück.

»Wir treffen uns wieder«, erklang der Singsang, »und dann bist du tot.«

Wen er meinte, war alles andere als klar. Aber niemand konnte ihn mehr fragen, selbst wenn irgendwer das gewollt hätte.

Denn im nächsten Augenblick war er verschwunden.

»Ach du Scheiße«, hörte Anabel den Taxifahrer neben sich murmeln und nahm nur am Rande wahr, dass er ziemlich groß war und ziemlich einschüchternd aussah. Im nächsten Augenblick kniete sie neben Clemens am Boden und hielt seinen Kopf.

»Clemens! Clemens?«

Er ächzte und hielt sich das blutverschmierte Gesicht. Betrachtete ungläubig seine rote Hand und fuhr sich wieder ins Gesicht, befühlte seinen Kiefer und seinen Mund.

»Scheiße«, murmelte er.

Anabel spürte, wie ihr die Tränen in die Augen schossen.

Der Taxifahrer reichte Clemens eine seiner Pranken und sagte, »Komm hoch, Junge, da unten isset kalt.«

Clemens rappelte sich auf den Ellenbogen auf, dann ließ er sich auf die Beine helfen. Er schwankte und schüttelte kurz den Kopf, als wolle er einen bösen Traum oder einen schweren Kater verjagen.

»Biste hier?«, fragte der Taxifahrer.

Clemens nickte, mit gesenktem Kopf, und rieb sich den Nacken.

Anabel wischte sich die Tränen aus dem Gesicht. Aber als Clemens sie ansah, schossen die nächsten Tränen gleich hinterher. Er sah grauenhaft aus. Die ganze untere Hälfte seine Gesichts schien nur aus Blut zu bestehen, und in seinen Augen stand »Schleudertrauma« in ganz großen Lettern geschrieben. Er brauchte dringend einen Arzt. Und Anabel hätte sich am liebsten in Grund und Boden geschämt, weil sie an seinem Zustand schuld war.

»Wir müssen ins Krankenhaus«, sagte sie zu dem Taxifahrer.

Der nickte bloß, legte Clemens' Arm über seine Schulter und schleppte den Verwundeten in die Gasse, auf sein Taxi zu. »Auf geht's, Kamerad. Hast ja gehört, was die Lady gesagt hat.«

Nachdem das Taxi losgefahren war, sagte Clemens zunächst einmal zwei Minuten gar nichts, sondern versuchte mit einigen Taschentüchern vergeblich, sich notdürftig zu restaurieren. Anabel rief unterdessen Lissi an, erklärte ihr in dürren Worten, was passiert war, und versicherte ihr, sie sei in Ordnung – im Gegensatz zu Clemens. Sie versprach, sich später noch einmal zu melden, klappte das Handy zu und wandte sich an den Fahrer.

»Wie lange brauchen wir?«

»Zehn Minuten«, brummte der Fahrer zurück.

»Ich will nicht ins Krankenhaus«, sagte Clemens.

»Du musst ins Krankenhaus.«

»Quatsch.«

»Du solltest dich sehen, dann würdest du das nicht sagen.«

»So schlimm?«

Anabel nickte. Clemens seufzte laut und ließ seinen Kopf demonstrativ zurücksinken.

»Scheiße. Weißt du, wenn ich dir Wein vorbeibringe, denke ich vorher immer zwei Stunden drüber nach, was ich anziehe. Und jetzt das.«

Einen Moment lang war bloß das geduldige Murmeln des Taximotors zu hören, dann musste Anabel lachen. Es war unpassend. Völlig unpassend. Aber die Bemerkung erschien ihr angesichts der Begleitumstände derartig absurd, dass sie nicht anders konnte. Clemens sah sie lachen, grinste und wollte sich anschließen, aber seine Verletzung machte ihm einen Strich durch die Rechnung. Sein Lachversuch ging in einen gezischten Schmerzlaut über.

Sie legte ihm die Hand auf den Unterarm. »Die können da bestimmt was machen, im Krankenhaus.«

»Nee.« Er schüttelte so energisch den Kopf, wie es ihm möglich war. »Da sitz ich zwei Stunden in so 'ner deprimierenden Kammer, und keiner kommt. Und danach hab ich 'ne Erkältung und ein Rezept für ein Schmerzmittel, das ich morgen nicht mehr brauche.«

»Komm, Clemens ...«

»Ach, was. Herr Chauffeur?«

»Was?«, brummte der Fahrer.

»Wir lassen das mit dem Krankenhaus. Ist besser für alle, auch für Ihren Taxameter. Kurswechsel Richtung Kollwitz-Platz, bitte.«

Ein bestätigendes Grunzen war die Antwort.

»Bist du sicher«, fragte Anabel, aufrichtig besorgt. »Spiel hier nicht den Helden, das sieht wirklich nicht gut aus.«

Clemens befühlte seine Lippe. »Ach, was. Im Irakkrieg hat's mich viel schlimmer erwischt.«

»Im Irakkrieg?«

»Ja, beim Bombardement von Bagdad, da bin ich morgens um vier mit dem kleinen Zeh voll gegen den Türrahmen gelaufen.«

Anabel unterdrückte ein Lachen, aber grinsen musste sie doch. Clemens machte halbherzig mit.

»Alles, was ich zum Verarzten brauche, hab ich zu Hause. Ehrlich. Das sieht schlimmer aus, als es ist. Die Zähne sind alle noch drin, das ist bloß meine bescheuerte Lippe, die blutet wie Sau.«

»Gut«, sagte sie. »Dann fahren wir zu dir. Aber wenn das nicht stimmt mit deinen Wundermitteln, dann bringe ich dich ins Krankenhaus.«

»Klar. Aber keine Sorge. Gegenfrage«, sagte Clemens. »Bist *du* okay?«

»Glaube schon«, sagte Anabel wahrheitsgemäß. Sie wusste es nicht. Sie wäre um ein Haar nicht *okay* gewesen, und zwar vermutlich für den Rest ihres Lebens nie mehr *okay*, aber dank seines blutigen Gesichts war sie unversehrt an Körper und Seele. Also war sie wohl *okay*. Abgesehen davon, dass sie mit einem immer wiederkehrenden Albtraum rechnete.

»Wieso warst du da?« Die Frage kam, ohne dass sie darüber nachgedacht hatte.

»Ich?«

»Ja.«

Für einen langen Augenblick war bloß das gelangweilte Murmeln des Dieselmotors zu hören. Dann zuckte Clemens die Achseln. »Ich war halt da.«

»Warst du im *Nova*?«

»Nein.«

»Wieso warst du dann da?«

»Ich wollte nach Hause. Scheiße, mein Fahrrad steht da noch vor der Tür ...«

»Das wird schon keiner klauen.«

»Sagst du. Das ist von *Scott*.«

»Wieso warst du da?«

Wieder schüttelte er den Kopf. »Ach, *Nova* liegt auf dem Weg. Ich wollte noch einen Drink und dann ins Bett.«

»Aber du bist nicht reingegangen.«

»Nein.«

»Warum nicht?«

»Keine Ahnung.« Achselzucken. »Männliche Intuition.« Noch ein Achselzucken. »Irgendeine innere Stimme hat mir gesagt, *Clemens, Junge, du gehst jetzt mal ganz lässig nach links und kuckst da in die Gasse.* Darauf hab ich gesagt: *Du spinnst ja wohl, innere Stimme, das ist ja wohl voll der Umweg in Richtung Drink,* aber die Scheißstimme hat gesagt: *Na, wenn da nix ist, dann musst du ja in Zukunft nie wieder auf mich hören. Also: Geh kucken.* Und das hab ich dann gemacht. Nenn es doch einfach *Die Stimme deines Schutzengels.*«

Sie sah ihn skeptisch an.

Er erwiderte den Blick mit empört hochgezogenen

Augenbrauen, was über seinem blutigen Mund besonders unpassend aussah. »Hey. Ich bin kein Esoteriker. Keine Ahnung. Ich weiß es nicht. Meine innere Stimme hatte jedenfalls Recht, da war was nicht in Ordnung in der Scheißgasse. Mit dem Ergebnis: Dame gerettet, Ritter kaputt. Fuck, ich sollte *üben*, bevor ich in dunkle Gassen kucke.«

»Danke«, sagte sie und strich ihm sanft über die Haare.

»Gleichfalls«, sagte er. »Glaub mir, wenn ich irgendwann erfahren hätte, dass meine Anabel direkt neben meinem Fahrradparkplatz für meinen letzten Drink ...« er ersparte ihr den Rest des Satzes. »Frag nicht, warum. Ist doch egal. Danken wir dem Himmel.«

Das Haus, vor dem das Taxi kurz darauf hielt, gehörte zu den hässlichsten, die Anabel je gesehen hatte: Es war eine dieser Siebziger-Jahre-Scheußlichkeiten, die man aus unerfindlichen Gründen irgendwann für funktional und deshalb auch für zumutbar für das menschliche Auge gehalten hatte. Als sie mit Clemens aus dem Taxi stieg, bedauerte sie ihn nicht nur wegen seiner Verletzung.

Nachdem sie allerdings im obersten Stockwerk aus dem klapprigen Lift gestiegen waren und Clemens die Wohnungstür geöffnet hatte, machte ihr Bedauern umgehend Verblüffung Platz. Hinter der Tür befand sich nämlich nicht die Sechzig-Quadratmeter-Studentenbude, die sie vorzufinden erwartet hatte, sondern eine geräumige, sehr großzügige Wohnung. Was vor allem daran lag, dass sie über die gesamte Etage reichte, denn irgendjemand hatte sich intelligenterweise die Mühe gemacht, die Wände, die die ursprünglich vier kleinen Wohnungen getrennt hatten, herauszunehmen. Anabel war so überrascht, dass sie den Zustand ihres Patienten für einen Augenblick fast vergaß.

»Fühl dich wie zu Hause«, sagte Clemens und verschwand nach rechts, in eines der großen Zimmer, »Ich hole mal eben meinen Arztkoffer.«

»Ja«, sagte Anabel abwesend und versuchte zu begreifen, was sie sah. Das war einiges, und es war verwirrend. Nicht nur, weil die Wohnung im krassen Gegensatz zu dem stand, was Haus und Wohnungstür signalisierten – das große Wohnzimmer, in das sie jetzt langsam hineinging, war derartig unaufgeräumt, dass einem schwindlig werden konnte. Überall standen Dinge herum, und nichts schien zusammenzuhängen. Na schön, die PCs und der Drucker an der Rückwand des Zimmers hatten vielleicht etwas mit dem Stapel Designbücher daneben zu tun oder mit den leeren Leinwänden, aber in welchem Zusammenhang stand das mit den paar tausend wild gestapelten anderen Büchern, den Hanteln, dem Baseballschläger, der archaischen Plattensammlung am Boden, den Mikrofonen, dem Synthesizer, den großformatigen gerahmten Drucken, dem Drumcomputer, den Comics und den vielen Videospielen und DVDs, die sich auf der Playstation türmten? Und wie passte der große Schreibtisch an der anderen Wand ins Bild, auf dem diverse Aktenordner und wahnsinnig viel unsortiertes Papier lagen?

Clemens kehrte zurück, ein nasses Handtuch auf den Mund gedrückt, eine kleine Flasche in der Hand. Während er diverse Zeitungen, Zeitschriften und Kochbücher vom Sofa sammelte und sie auf den Dielenboden fallen ließ, sagte Anabel: »Deine Putzfrau verreist viel, oder?«

Clemens ließ das blutige Handtuch sinken.

»Seit die im Lotto gewonnen hat, kommt die nur noch zum Essen her.« Seine Unterlippe war dick geschwollen, aber sein Grinsen sah trotzdem sehr charmant aus. »Entschuldige die Unordnung.« Er deutete vage in das Chaos. »Die anderen Zimmer sind noch in Arbeit, deshalb ist das hier im Moment alles ... also, alle Zimmer in einem, Bibliothek, Musikzimmer, Spielzimmer, Arbeitszimmer. Wenn ich gewusst hätte, dass du vorbeikommst ...«

»Zeig mal deine Lippe«, sagte Anabel und ging zu ihm.

»Nicht so schlimm. Wäre aber nett, wenn du ...« Er hielt ihr die kleine grüne Plastikflasche und einen Q-Tip hin. »Wenn's dir nichts ausmacht, meine ich.«

Anabel sah ihn fragend an.

»Nicht die Lippe«, sagte er und drehte sich um. Sein T-Shirt war in Höhe des rechten Schulterblattes blutdurchtränkt. »Einmal da, wo die viele Farbe ist. Ich komm da nicht ran.«

Anabel krempelte das T-Shirt hoch und stieß einen leisen Schmerzlaut aus, als sie die Wunde sah. Ein zwei Zentimeter langer tiefer Riss direkt neben dem Schulterblatt, aus dem noch immer Blut sickerte.

»Scheiße, Clemens, das muss genäht werden ...«

»Quatsch. Aber desinfizieren wäre nicht schlecht.«

»Bist du sicher?«

»Sehr. Kipp einfach drauf. Und denk nicht schlecht von mir, wenn ich anfange zu winseln.«

»Wie ist das passiert«, fragte Anabel, während sie das Wattestäbchen mit der Desinfektionsflüssigkeit tränkte.

»Keine Ahnung. Ich bin in irgendwas reingefallen, als der mich umgekippt hat, dieser Arsch. Frag mich nicht, wer da sein Altglas entsorgt hat. Jedenfalls hab ich das gar nicht gemerkt, bis eben, ich war viel zu sehr mit meiner Scheißlippe beschäf ... hauuua.«

»Entschuldige.« Anabel zog das Wattestäbchen zurück.

»Hab nur nicht damit gerechnet.«

»Jetzt?«

»Jetzt.«

Anabel desinfizierte die Wunde, so behutsam sie konnte, Clemens schwieg eisern. Sie fragte ihn noch einmal, ob er sicher sei, dass er keinen Arzt brauche, er bejahte erneut energisch. Als er das T-Shirt wieder herunterrollen wollte, legte sie ihm die Hand auf den Rücken und hinderte ihn daran. Es war eine pragmatische Geste, denn sie wollte ihn verbinden, aber was sie dabei empfand, ging weit über alles Pragmatische hinaus.

»Hast du eine Mullbinde oder so was? Und Pflaster oder Leukoplast?«

»Im Bad. Im Schrank neben der Dusche.«

»Bleib so«, sagte sie. »Wo ist das Bad?«

»Zweite rechts.«

Anabel wiederholte ihre Aufforderung und ließ ihn leicht vornüber gebeugt vor dem Sofa stehen. Sie durchquerte den Flur, sah kurz nach links, in eines der weiteren Zimmer, in dem neben einem riesigen Bett und einigen riesigen Wandgemälden eine völlig unpassende, über und über mit Farbflecken verzierte Leiter stand, und betrat das Badezimmer.

Wenn sie gedacht hatte, in Clemens' Wohnung könne sie inzwischen nichts mehr überraschen, sah sie sich getäuscht. Die Beleuchtung aus Dutzenden in die Decke eingelassenen kleinen Strahlern war modern und dezent, der Rest war komplett anders als alles, was man erwartet, wenn man eine Badezimmertür öffnet. Dunkle Terrakottafliesen, eine frei stehende, antike Badewanne mit goldenen Füßen, ein Waschtisch mit viel Holz und französischen Flügelschrauben statt der üblichen Mischbatterie, die Wände bis zirka einsfünfzig Höhe mit einem unglaublich schönen grünen Mosaik aus kleinen Kacheln verziert, darüber in *british racing green,* dem klassischem englischen Sportwagendunkelgrün, gestrichen.

Anabel konzentrierte sich auf ihre Aufgabe. Es ging um einen Verletzten, nicht um seinen Geschmack oder seine Fähigkeit, mit relativ bescheidenen Mitteln ein Badezimmer so zu gestalten, dass jeder Schöner-Wohnen-Redakteur feuchte Augen bekommen hätte.

»Das sollte gehen«, sagte sie, als sie die Wunde verbunden hatte. »Aber du solltest dir vielleicht ein neues T-Shirt anziehen.«

»Mmh.« Clemens nickte. »Danke.«

»Tut's noch weh?«

»Wie Hölle. Aber ich hab heute Nacht schon fünftausend Miese bei dir gesammelt, da fang ich jetzt nicht auch noch an zu heulen.«

»Gibt ›eine Frau retten‹ fünftausend Miese?«

»Nee«, erwiderte er kopfschüttelnd, »Frauen retten gibt hundert plus. Aber sich verdreschen lassen und der Frau auf die Klamotten bluten ...«

»Hör auf. Wenn du nicht da gewesen wärst ...«

Sie verstummte. Lächelte ihn an. Er erwiderte das Lächeln.

»Ich hol mir mal ein unblutiges Hemd ... Scheiße, ich bin unhöflich. Möchtest du was trinken?«

»Wasser, gern. Aber hol dir erst mal ...«

»Wein?«

»Ein Glas. Ich muss wirklich gleich nach Hause.«

»Okay.« Im Weggehen, auf dem Weg Richtung Schlafzimmer, fügte er hinzu: »Telefon liegt auf dem Schreibtisch, glaube ich. Taxi braucht zehn Minuten. Aber wenn es irgendwie geht, gib mir zwanzig, der Stoff muss wenigstens kurz Luft holen.«

»Du hast fünfundzwanzig«, rief sie ihm lachend hinterher. »Aber wehe, das Zeug verdient den Aufwand nicht!«

»Hey!«, rief er zurück. »hab ich dich je enttäuscht – weintechnisch, meine ich?«

»Nein.«

»Siehste.«

»Schönes Badezimmer, übrigens! Kann man deine Innenarchitektin bezahlen?«

»Nein«, rief er zurück, irgendwo aus dem Schlafzimmer. »Aber nur, weil es keine gibt!«

Anabel sollte im Verlauf der kommenden Stunden überrascht feststellen, dass mit Clemens schon das Thema »Badezimmer und verwandte Aspekte« beinahe abendfüllend war – jedenfalls reichte es, um den Anruf beim Taxiservice ein ums andere Mal um zehn oder zwanzig Minuten zu vertagen, und von der Aussagekraft des Konzeptes »Badezimmer« war der Weg erstaunlich kurz zum Konzept »Küche«, »Wohnung im Allgemeinen«, »Klarheit«, »Neurose« und – endlich – zu Dutzenden Anekdoten und Beobachtungen, die sie und Clemens im Lauf der Jahre betreffend die Besitzer oder Mieter von Badezimmern und Küchen gesammelt hatten. Dass dabei nicht nur ein Glas exzellenten Rotweins getrunken wurde, sondern durchaus auch das andere Glas, und danach eine zweite Flasche enthauptet zwischen den beiden landete, die inzwischen vor dem Sofa auf dem Boden hockten und nach Kruder & Dorfmeister und Sarah McLachlan inzwischen Katie Melua nicht zuhörten, verstand sich in Anabels Augen längst von selbst. Ein ganz bestimmter Dialog entwickelte sich zwischen zwölf und halb vier Uhr morgens zum *Runninggag*, und der ging immer wieder so:

»Du wolltest ein Taxi rufen.«
»Soll ich?«
»Nein.«
»Sollte ich?«
»Ja.«
»Ist da noch was drin?«
»Soll ich noch eine aufmachen?«
»Lohnt sich das, für ein Glas?«
»Immer.«

Zwischen diesen immer wiederkehrenden Dialogen hatte Anabel nichts weiter als Spaß. Sie fühlte sich wie neugeboren. Alles, jedes Wort, jedes Lachen, war mit einem Mal kostbar und vieles nichts mehr selbstverständlich: ihre Unversehrtheit. Die Tatsache, dass sie unbelastet von schweren Kümmernissen mit jemandem sprechen konnte. Ihr pures Leben an sich. So hatte sie mehr Spaß denn je an irgendetwas. Spaß daran, den Berichten von Clemens' gesammelten Lebens- und Liebeskatastrophen zu lauschen, Spaß, von ihren eigenen zu erzählen, von Frankreich bis Berlin, von Jean-Jacques bis Dirk; sie hörte entgeistert zu, als Clemens ihr vom Ende seiner letzten Liaison berichtete. Dass ihm an einem ganz bestimmten Morgen, auf dem Weg zur Arbeit, schlagartig aufgefallen war, dass er seine Freundin, eine gewisse Sonja, nicht liebte. Und dass er ihr das ganz dringend sagen musste. Deshalb hatte er kehrtgemacht, auf der Stelle, war zurückgefahren und hatte es ihr gesagt.

»Das hast du nicht gemacht!«, sagte Anabel.
»Doch.«
»Du bist einfach umgekehrt. ...?«
»Was hättest du denn gemacht?«

»Na ja.« Sie machte eine hilflose Handbewegung. War das nicht offensichtlich? »Erst mal ... warten. Man geht doch nicht einfach hin und sagt einem anderen, ›Du, ich liebe dich nicht‹, ohne darüber noch mal nachgedacht zu haben.«

»Doch. Wieso muss man darüber nachdenken? Wie kann man das? Lieben und Denken, seit wann sind das Verwandte? Die beiden haben doch überhaupt keine Berührungspunkte.«

»Also ... du bist zurückgefahren, obwohl du schon fast bei der Arbeit warst – nur um ihr zu sagen, dass du sie nicht liebst? Das kann man doch nicht machen.«

Anabel nahm einen Schluck Wein – entschieden.

»Was sollte ich sonst machen?«, fragte Clemens, »'Ne SMS schicken?«

Prusten mit vollem Mund ist unter keinen Umständen eine brillante Idee, aber eine besonders schlechte, wenn man gerade Rotwein im Mund hat.

Glücklicherweise verfügte Clemens über eine unglaubliche Sammlung unglaublich dämlicher T-Shirts, und Anabel entschied sich am Ende nur deshalb gegen das extraweite Tweety-Motiv, weil sie das dunkelblaue Hammer-und-Zirkel-Shirt in Größe S zwar motivtechnisch weit unattraktiver fand, aber aus anderen Gründen entschieden vorteilhafter.

Von Clemens' Schilderung seiner völlig weltfremden Haltung in Sachen Beziehungen war der Weg in die Gegenwart erstaunlich kurz. Zu Anabels und zu seiner Wirklichkeit. Zur Aufrichtigkeit, zur Bequemlichkeit, zu den Beziehungen, die sie kannten. Und obwohl Anabel wusste, dass sie sich auf äußerst dünnem Eis bewegte, ließ sie sich auf den Tanz ein – im Wissen, dass Clemens sie nicht verraten würde. Ganz gleich, was er über »Tiffen«, »gekaufte Frauen« und »verlorene Seelen« zu berichten wusste – er sprach nie von ihr.

»Gobelins«, sagte er am Ende seufzend, nachdem er ebenso ausführlich wie unterhaltend von einer Freundin berichtet hatte, die in ihrem goldenen Käfig vor sich hin vegetierte, zwischen Villa, Kindern und Ferienhaus auf Mallorca, und die ihren alten Freunden (zu denen er gehörte) nichts als tödlich Frustrierendes über ihre Ehe zu berichten hatte, ohne auch nur für einen Sekundenbruchteil in Erwägung zu ziehen, dass nur sie selbst daran etwas ändern konnte.

»Wieso denn *Gobelin?*«, fragte Anabel. »Ich nenn so was einfach *Tiffe*.«

»Ja, du. Aber du bist ja auch fast unhöflich direkt, während ich ... ich bemühe mich eben, jederzeit dezent zu bleiben. Man will doch niemanden verletzen, die sind ja alle erwachsen. Also, ›Gobelin‹ ist irgendwie ... freundlicher, als Beleidigung. Einfach ›Was Schönes, was wie festgenagelt bei einem reichen Mann rumhängt‹ – und die meisten von diesen fremdwortresistenten Schnepfen fühlen sich ja sogar noch geschmeichelt, wenn man Ihnen das mit einem netten Lächeln sagt ...«

Anabel leerte ihr Weinglas, hielt es ihm hin und sagte: »Blödmann.«

»Aha!« Er erfüllte ihren unausgesprochenen Wunsch und leerte den Rest der inzwischen vermutlich dritten Flasche *Rancia* in ihr Glas. »Aha. Vorhin war ich noch dein Ritter in schillerndem Gewand, und schon bin ich dein Blödmann – das geht ja zügig bei dir!«

Anabel beugte sich zu ihm und strich ihm über die Haare. Sie redete sich nicht einmal vor sich selbst darauf heraus, dass sie betrunken war.

»Auch'n Ritter«, sagte sie, »darf ja wohl ab und zu ma'n Blödmann sein. Kriegt man ja sonst ... Komplexe ... auch als Prinzessin ...«

»Ich hab *Göttin* gesagt, nicht Prinzessin.«

»Auch gut.«

Der Abstand zwischen ihrem Mund und seinem war gefährlich gering. Aber das war genau das, was sie wollte. Sie schloss die Augen und hoffte inständig, dass seine Küsse so großartig wären wie alles andere an ihm.

Das Geräusch, das sie in diesem Augenblick hörte, passte nirgendwo hin.

Einen Sekundenbruchteil beschloss sie, es einfach zu ignorieren. Spürte seinen Atem auf ihren Lippen, wollte ihn nur noch küssen, nichts mehr sehen und hören von der anderen Welt da draußen.

Sie öffnete die Augen.

»O Gott, Scheiße«, sagte sie, während sie sich aufrappelte und nach ihrer Tasche griff, »wie spät?«

»Viertel vor vier«, sagte der begehrenswerteste Mann aller Zeiten.

»O, Mann.« Sie zappelte ihr Handy aus der Tasche, sah auf dem Display, dass der Anrufer genau der war, den sie befürchtet hatte, und drückte auf den Empfangsknopf. Sie hielt sich das Handy ans Ohr und sagte mit einer Stimme, die möglichst nach Tiefschlaf klang.

»Mmmh?«

»Bella?« Dirk klang, wie er klingen musste: genervt, aber erleichtert. »Gott sei Dank. Wo bist du denn?«

»Was? Oh«, sagte Anabel müde und wich Clemens' Blick aus. »Ich hab schon geschlafen.«

»Du hast was?«

»Geschlafen. Tschuldige.«

»Wo bist du denn?«

»Bei Lissi. Wir ... wir haben uns total festgesabbelt, hier, und dann war's schon so spät, und ich wollte dich nicht mehr wecken, blöd ...«

Aus dem Augenwinkel bemerkte sie, dass Clemens den Holzfußboden vor seinen Füßen betrachtete, als gäbe es dort etwas Hochinteressantes zu entdecken.

»Du hättest mich wenigstens anrufen können, Mensch, ich mache mir doch Sorgen ...«

»Tut mir Leid. Nicht böse sein.« Anabel gähnte. »Tut mir Leid.«

Dirk antwortete mit einem entnervten Laut. »Ja. Ja, klar. Dann ... schlaf gut.«

»Mach ich, ja. Du auch.«

»Und ruf nächstes Mal an. Echt.«

»Ja. Entschuldige. Nacht.«

»Nacht.«

Sie wartete, bis er aufgelegt hatte. Dann sah sie Clemens an, der schuldbewusst den Kopf hob. Fragend.

Für einen Augenblick schwiegen beide.

Dann schaute Anabel auf das Display, sagte »Moment« und tippte eine SMS an Lissi – im Wissen, dass Lissis Handy vierundzwanzig Stunden täglich eingeschaltet in ihrer Reichweite lag und zweitens gehörig lärmte, wenn eine SMS einging. Das war um vier Uhr morgens zwar nicht besonders nett, aber notwendig. Denn auch wenn Anabel sich nicht vorstellen konnte, dass Dirk bei Lissi anriefe, wusste sie, dass man bei Affären mehr Vorsicht an den Tag legen musste als beim Transport von Porzellankisten.

Nachdem sie ihre SMS abgeschickt hatte, legte sie das Handy weg. Wieder sah sie Clemens an, und was sie in diesem Augenblick fühlte, ging weit über die Lust hinaus, seine Küsse und seinen Körper kennen zu lernen. Er saß einfach da und schaute sie an, mit einem Blick, der unendlich viel sagte. Er hätte irgendetwas bescheuertes, männliches tun können. In die Hände klatschen, blöd grinsen, kommentieren, was sie gerade getan hatte. Aber sein Blick sagte etwas ganz anderes.

Sein Blick sprach von Liebe.

Und von viel mehr Verständnis, als Anabel gerade brauchte. Er hätte ihr in diesem Moment ein Taxi gerufen, obwohl sie spürte, dass er sie ebenso wollte wie sie ihn. Sein Blick sagte, dass er sie nicht anrühren würde, wenn sie es nicht wollte. Dass er die Gelegenheit verstreichen ließe; dass er warten würde, notfalls ein Leben lang.

Aber all das wollte Anabel nicht.

Sie rutschte wieder auf den Boden, zu ihm, und näherte sich. Den Zauber wiederherstellen. Nichts überstürzen, nichts verschenken. Langsam, bis es kein Halten mehr gibt. Alle Zeit der Welt gehörte ihnen.

Clemens räusperte sich. »Ich ... hab ein Gästebett«, sagte er und deutete vage über seine Schulter. »Hinten, im ...«

»Das ist gut«, sagte Anabel und hielt ihm ihr Weinglas hin. Er nahm die Flasche und schenkte ihr ein.

»Ist das das Gästebett zum Zusammenklappen, das deiner kleinen Freundin, dieser japanischen Sängerin, fast das Genick gebrochen hätte? Die unbedingt das Matrosenkostüm anziehen wollte?«

Sie trank. Sie sah ihn auffordernd an, die Augenbrauen hochgezogen, den Wein noch im Mund. Clemens wartete, bis sie den Wein hinuntergeschluckt hatte.

»Hm?«

»Es war ein Taucheranzug ...«

Anabel lachte schallend. Sie lachte unangemessen. Viel

lauter und viel länger, als sie wollte. Sie lachte Tränen. All das war so ungeheuer albern, komisch und schön, dass sie überhaupt nie wieder aufhören wollte, sechzehn zu sein.

Clemens hielt ihr ein Taschentuch hin.

Sie sah es verwundert an, giggelte noch ein bisschen weiter und nahm es.

»Danke«, sagte sie und wischte sich die Tränen von den Wangen. Sie schüttelte den Kopf und sah ihm in die Augen, im Wissen, dass alles vorbei war; dass sie sich bis über beide Ohren verliebt hatte: »Komplimente, T-Shirts, Taschentücher. Weißt du immer, was eine Frau als Nächstes braucht?«

»Nicht irgendeine Frau.«

»Was ich als Nächstes brauche?«

Sie näherte sich seinem Gesicht. Was hatte dieser Mann für traumhafte Augen. Grün. Was für ein traumhaftes Grün. Wieso war ihr das vorher nie aufgefallen?

»Ich könnte mich irren«, sagte er sehr leise.

»Ich glaube nicht«, erwiderte sie noch leiser.

Und Anabel behielt auf überaus unglaubliche und traumhafte Weise Recht. Denn Clemens küsste sie, wie sie noch nie geküsst worden war, und wusste um das, was ihr Körper brauchte, so wie er gewusst hatte, was ihrer Seele fehlte. Anabel fühlte sich wie an die Hand genommen von einem, der wusste, wer sie gewesen war, als sie noch Hoffnung gehabt hatte. Jemand, dem sie vertraute, weil er sie kannte, von Grund auf; jemand, der ihr die Karte zurückgab, auf der alle richtigen Wege zu allen wichtigen Zielen verzeichnet waren; eine Karte, die sie vor langer Zeit verloren hatte.

II

HIMMEL UND HÖLLE

Sie würde sich nicht verlieben.

Auf keinen Fall.

Sie war nicht mehr sechzehn, und auch wenn es sich von Kopf bis Bauch genauso anfühlte wie die erste große Liebe: Sie würde sich nicht verlieben.

Mit dreiunddreißig ist man kuriert von allem. Man weiß doch aus Erfahrung, wie das endet, jedes Mal. Anfangs brennt es lichterloh, dann wird es warm, dann qualmt es, und nach sechs bis achtzehn Monaten ist der Ofen aus – und man fängt an, sich zu fragen, was man eigentlich an dem anderen gefunden hatte, damals, am Anfang, als man dessen Macken noch bezaubernd fand und über seine diversen Defizite problemlos hinwegsehen konnte.

Clemens hatte Haare auf der Brust. Etliche sogar. Eigenartigerweise störte sich Anabel nicht im Geringsten daran. Aber das würde sich bestimmt ändern. Irgendwann würde sie garantiert wieder zu sich kommen.

Sie würde sich nicht verlieben.

Aber es fiel ihr wahnsinnig schwer, vernünftig zu bleiben. Wenigstens ein bisschen vernünftig. Wenn sie morgens aufwachte, dachte sie an ihn. Wenn sie abends einschlief, dachte sie an ihn. In den Stunden dazwischen ging sie vor Sehnsucht fast kaputt. Sie rief ihn an, wann immer sie konnte, und blieb stundenlang am Telefon. In den Abendstunden, wenn Dirk in ihrer Nähe war, verlegte sie sich aufs Schreiben von Dutzenden SMSen.

Sie würde sich nicht verlieben.

Drei Tage nach der ersten Nacht – sowie ungefähr zwölf gemeinsame Telefonstunden später – trafen sie sich erneut. Der Himmel, bis zu diesem Augenblick ein unerbittlich bleigraues Tuch, riss ohne Vorwarnung auf, aber Anabel war trotz dieses heiteren esoterischen Hinweises finster entschlossen, alles langsam und vernünftig angehen zu lassen, und Clemens war offensichtlich bereit, ihre gemeinsame Nacht als schönen Ausrutscher zu betrachten. Sie hatten sich schon am Telefon zur gegenseitigen Beruhigung versichert, dass sie einander unheimlich mochten und unheimlich gern miteinander redeten, dass aber mehr nicht sein konnte oder durfte zwischen ihnen – schließlich war Anabel verheiratet und nahm das Konzept »Ehe« sehr, sehr ernst.

Bis zum Augenblick, als er die Wohnungstür öffnete, war sie ganz sicher, dass das alles klappen würde. Er tat ihr einfach gut. Es war schön, mit ihm zu reden. Zu wissen, dass er sie sehr schätzte. Dass er ein bisschen verliebt war. Oder auch sehr.

Aber sie würde sich nicht verlieben.

Er öffnete die Tür. Sie sah seine Karibikaugen, sein Lächeln und wollte irgendwas Nettes zur Begrüßung sagen, aber stattdessen öffnete sie die Lippen, schloss die Augen, versank in seinem wunderbaren Duft und küsste ihn und

ließ sich küssen und wollte ihn bei sich haben, in sich spüren und schaffte es gerade noch, die Tür mit dem Fuß zuzutreten, ehe sie ihn mit sich zog – sie wollte nur reden.
Klar.
Auch.
Gleich.
Später.
Sie würde sich nicht verlieben.

Es ist doch nur Sex, dachte sie, als sie eine halbe Stunde später atemlos wieder aus dem Nirwana auftauchte, unter ihm, im Bett, der dritten Station ihrer körperlichen Begrüßungsreise. *Nur Sex. Sex wird überbewertet. Jetzt, wo es vorbei ist – da fühlst du dich doch eigentlich bloß leer und brauchst das mindestens drei Wochen nicht wieder.*

Ha, ha, erwiderte eine innere Stimme. Er küsste sie, und sie spürte ihn in sich. Er küsste sie weiter, und sie spürte ihn sich, dass er sie noch einmal wollte. Langsam begann er sich zu bewegen, und Anabel öffnete sich weiter, seufzte laut und wusste, dass sie sich selbst völligen Unsinn erzählte. Sie wollte diesen Mann, ganz und gar, und am liebsten ununterbrochen. Seine Küsse, seine Seele, seinen Körper, sein Herz, seinen Schwanz, seine Worte, seine Liebe, seine Kraft, seine Lust; ihn.

Sie hatte völlig vergessen, wie das war.

Es fühlte sich an wie früher, in längst vergangenen Zeiten. Unglaublich neu, unglaublich aufregend und unglaublich jung. Sie war doch nicht mehr in dem Alter, in dem man Platten aus den Achtzigern hörte bis morgens um vier, dummes Zeug redete, nackt auf dem Sofa und öfter als zweimal pro Woche kam, geschweige denn öfter als fünfmal pro Stunde. Sie war doch längst erwachsen. Kuriert.

Als sie mit Dirk zusammengekommen war, hatte sie sich nicht nur von allen romantischen Illusionen verabschiedet, sondern auch von allen sexuellen. Zugegeben, er sah recht gut aus, aber das war offensichtlich keine Garantie für guten oder wenigstens passablen Sex. Dirk war eben Dirk – Aufwand und Ertrag mussten stimmen. Und welchen Sinn hatte es, sich eine halbe Stunde mit irgendwelchen Vorspielen aufzuhalten oder über originelle Yoni-versus-Lingam-Stellungen nachzudenken, wenn man, also er, binnen fünf Minuten prima kommen konnte? Da stimmte jedenfalls das Verhältnis von Aufwand und Gewinn. Anfangs hatte Anabel zu dieser effizienten Vorgehensweise pietätvoll geschwiegen, weil sie gnädig vermutete, ihr frischer Lover sei einfach zu aufgeregt, um sich mehr Zeit zu lassen. Aber nach einigen Wochen hatte sie begonnen, daran zu zweifeln. Sie hatte sogar versucht, mit ihm darüber zu sprechen, aber das war komplett schief gegangen. Als sie ihn gefragt hatte, ob es ihn nicht zusätzlich erregte, wenn er sie erregte, hatte er sie angesehen wie eine Ausländerin, die ihn in ihrer Heimatsprache nach dem Weg zum Bahnhof fragte.

Danach hatte er glatt verneint.

Es erregte ihn, mit ihr zu schlafen. Nach seiner Ansicht musste es sie erregen, dass er mit ihr schlief.

Was sollte da sonst noch sein?

Es war nicht »schwer zu erklären« – es war gar nicht zu erklären. Ihm fehlte das Verständnis für das gesamte Konzept. Es passte auch nicht zu ihm. Er war nun mal er selbst. Authentisch. Konsequent. Im Leben wie im Bett.

Anabel hatte sich damit abgefunden. Sex war unerheblich. Das hatte sie verinnerlicht.

Und nun machte Clemens alles wieder kaputt.

»Fünf Minuten Pause?«, fragte er, nachdem sie beide ein weiteres Mal die Wohnung zusammengeschrien hatten.

Sie lag auf dem Rücken, die Augen geschlossen, mit einem seligen Lächeln auf dem Gesicht, und nickte erschöpft.

»Hunger?«, fragte er.

Sie nickte.

»Scampi-Risotto? Hab sogar frischen Knoblauch.«

»Klingt lecker.«

»Okay.«

Er küsste sie auf den Mund, küsste ihre Brüste und ihren Bauch, dann schwang er sich aus dem Bett und marschierte nackt in die Küche.

Anabel sah ihm nach.

»Ich liebe deinen Hintern!«, rief sie ihm hinterher.

Er wackelte kurz damit, und sie musste lachen. Dann verschwand er um die Ecke und begann, in irgendwelchen Schränken zu rumoren.

»Weißwein?«

»Gern.«

Anabel sah an die Decke. Es war unglaublich. Sie war glücklich. Irgendwie konnte das alles nicht stimmen. Sie hätte sich anders fühlen müssen. Schuldiger, sowieso. Aber auch befangener. All das konnte sich unmöglich so vertraut anfühlen, wie es sich anfühlte. Sex, ja, aber nach dem Sex konnte sie doch nicht einfach nackt und selig lächelnd liegen bleiben, und er konnte nicht einfach seinen nackten Hintern in die Küche wackeln und anfangen zu kochen. Sie kannten einander doch kaum. Sie waren nicht seit fünf Jahren zusammen. Geschweige denn alte Bekannte, die sich in und auswendig kannten – und neu ineinander verliebt hatten. Aber genau so fühlte es sich an. Richtig. Zu Hause. Angekommen.

Clemens kam aus der Küche zurück, mit zwei Gläsern Wein in den Händen. Er reichte ihr eins, sie stießen an.

»Auf die Liebe«, sagte Clemens.

Anabel sagte nichts. Sie nickte bloß und trank.

Sie würde sich nicht verlieben.

Während Clemens in die Küche zurückkehrte und zu kochen begann, stand sie auf, ging mit dem Weinglas in der Hand ins Wohnzimmer und schaute sich um. Abgesehen von einigen irritierend teuren Möbeln war alles wirklich sehr studentisch. Viel zu viele Bücher, viel zu viele CDs und Schallplatten – wahrhaftig; er hatte seine Schallplattensammlung noch –, dazu eine kindische Playstation 2, auf der zu allem Überfluss auch noch Lösungsbücher lagen, in denen Post-it-Zettel klebten. Na schön, sie musste ja nicht alles verstehen ...

Der Bücherstapel neben dem Sofa steckte voller Lesezeichen. Sie nahm das oberste Buch, *Die Kulturgeschichte der Neuzeit,* ein Mordsschinken. Darunter lagen, jeweils mit Lesezeichen versehen, John Irving, Jane Austen, Jamie Oliver, Neal Stephenson, Ralph Waldo Emerson und Steve Tesich. Die Zusammenstellung wirkte nicht besonders konsequent. Besser gesagt: Das alles passte überhaupt nicht zusammen. Und schon gar nicht konnte man das alles gleichzeitig lesen.

Sie aßen in der großen Küche, an dem massiven Eichentisch, der in der linken Hälfte des Raumes stand. Clemens hatte den Tisch gedeckt, sich angezogen und sogar seine Frisur in Ordnung gebracht. Aus Respekt vor dem Essen, wie er sagte. Anabel machte respektvoll mit. Als Clemens zwei

Teller mit dampfendem Risotto auf den Tisch stellte, bemerkte sie überrascht, dass der Herdblock in der Mitte des Raumes genauso aufgeräumt war wie der Rest der Küche.

»Wo hast du gekocht?«

»Was?«

Sie deutete auf die Küche. »Alles sauber?«

»Muss. Ich will doch nicht auf dreckige Töpfe kucken. Geht aber ganz gut beim Risotto – man hat zwischendurch immer mal zwei Minuten die Finger frei, um abzuwaschen und wegzuräumen.«

Sie wollte nicht, aber sie musste an Dirk denken. Ein profanes Rührei aus Meisterhand, und schon hatte sie einen halben Tag Arbeit mit einer Küche, die aussah wie Dresden direkt nach dem Krieg.

Clemens deutete auf den Teller. »Guten Appetit.«

»Gleichfalls. Sieht gut aus.«

Und es schmeckte noch besser, als es aussah.

»Mh«, sagte Anabel.

»Gut?«

»Großartig. Besser als bei jedem Italiener.«

Er wiegte bescheiden den Kopf.

»Im Ernst«, sagte Anabel. »Machst du das oft?«

»Risotto?«

»Auch. Ich meinte kochen.«

Er nickte. »Egal, wohin ich ziehe, die Küche ist immer als Erstes fertig.«

»Und für wen?«, fragte sie.

Er lachte. »Wegen *keine Freundin,* meinst du? Ach, manchmal hab ich ja dann doch Besuch ...«

»Von Matrosenjapanerinnen.«

»Oder Freunden. Oder Freundinnen. Aber sonst koch ich halt für mich.«

»Allein?«

Er nickte. »Ich weiß, das klingt nicht besonders *ökonomisch*, und erst recht nicht clever – aber bevor ich meinen Freunden irgendwas Neues zumute, muss ich's doch selber ausprobiert haben – und komplett draufhaben. Mein Minze-Koriander-Limonenhuhn mit Erdnüssen musste ich viermal nur für mich kochen, dann hat's aber auch gestimmt.«

»Minze-Koriander-Zitronenhuhn.«

»Limonen. Im Grunde nichts anderes als das, was die Vietnamesen mit Schweinehack machen, aber eben besser. Und sehr lecker. Mal davon abgesehen, dass du unter anderem frischen Koriander, frisches Zitronengras und frische Minze brauchst – und da die klassische Berliner Mutti das so zirka einmal in hundert Jahren kauft, muss man ein bisschen Richtung Vietnam fahren, wahlweise Friedrichshain. Lohnt sich aber.«

Wie unvernünftig, dachte Anabel, während sie sich die nächste Gabel Scampi, Lauch und Reis auf der Zunge zergehen ließ. *Was für ein Aufwand.* Und dann fiel ihr auf, dass das nicht ihre eigenen Gedanken waren, sondern die ihres Mannes.

»Lass uns mal zusammen was erfinden«, sagte sie.

»Kochen?«

»Ja.«

»Gern. Gleich?«

»Nee, gleich bin ich satt. Nächstes Mal.«

»Okay. Tendenz?«

»Thailand?«

Er verzog leicht das Gesicht. »Mh. Schwierig, da was zu erfinden. Die haben ja schon alles zusammengeschmissen, was gerade noch so in den Wok passt. Schaffen wir

aber. Hab ich neulich probiert, da voll originell zu sein ...«
Er hustete bekümmert.

»Was hast du gemacht« lachte sie.

»Wurstcurry.«

»Curry mit Currywurst?«

»Mmh.«

»Hat's geschmeckt?«

»Null.«

»Dann probieren wir was anderes.«

»Willst du wirklich mit mir kochen?«

»Ja, wieso nicht?«

»Geht das nicht zu weit?«

»Weil wir eigentlich bloß eine Affäre haben?«

Er ließ eine längere Pause entstehen. Dann schüttelte er den Kopf.

»Ich weiß nicht. Ich glaube, ich habe keine Affäre. Ich fürchte, ich liebe dich.«

Diesmal schwieg sie.

Clemens bemerkte seinen Fehler und versuchte, die Bemerkung ungeschehen zu machen. Betont heiter fügte er hinzu, »Aber andererseits könnte es auch sein, dass du mich einfach komplett um den Verstand vögelst, und da du dann auch noch die wundervollste Gesprächspartnerin der Welt bist – hey, ich fürchte, *jeder* Mann ist in dich verknallt. Ist ja wirklich keine Kunst.«

Sie lächelte.

Sie würde sich nicht in ihn verlieben. Auf keinen Fall.

Sie war verliebt.

Und sie wusste es ganz genau.

»Was heißt hier *verliebt* – hast du zu viel Rindfleisch gegessen?«

Anabel hatte Lissi gegenüber fast drei zum Platzen glückliche Wochen lang eisern geschwiegen, weil sie ahnte, dass deren Begeisterung sich in Grenzen halten würde – aber mit einer derartig heftigen Reaktion hatte sie dann doch nicht gerechnet. Kaum hatte sie den ersten Satz ausgesprochen, der schlicht und ergreifend lautete, »Ich glaube, ich hab mich verliebt«, ging Lissi förmlich an die Decke des Antiquitätenladens.

»*Verliebt?* In wen?«

»Clemens.«

»Clemens? Wer ist das?« Hinter Lissis empört gerunzelter Stirn ratterte es erkennbar. »Nein, nicht dieser Trinken-auf-Rädern-Pilot!«

»Doch. Lissi, ich ...«

»Nein, lass mich raten! Er hat dich nett eingeladen, nur so. Du hast nett Ja gesagt, weil er ja doch irgendwie ein Kumpel ist. Ihr wart was trinken. Und dann ist das irgendwie *passiert,* im Vollrausch. Ich sage dir: Der hat da was reingetan. Irgendwas, wovon das Gehirn schrumpft.«

»Lissi.«

»Ist die einzige Erklärung. Bella, komm, das ist nicht dein Ernst.«

»Und ob das mein Ernst ist.«

»Schnickschnack.« Lissi runzelte wieder die Stirn, für einen Sekundenbruchteil, dann hellte sich ihre Miene wenigstens teilweise wieder auf. »Außer du meinst, *verliebt* im Sinne von *Samenspender,* dann sind wir wieder im Geschäft, obwohl ich die Idee nicht so toll finde, den in deinem täglichen Umfeld anzubaggern. Nachher will der noch *Papa* spielen ...«

»Nein.«

»Was, nein?«

»Nicht *verliebt* im Sinn von Samenspender, sondern im Sinn von verliebt.«

»Gut, so kommen wir nicht weiter, also versuchen wir es ein bisschen einfacher ... Wie alt bist du, vierzehn?«

»Sechzehn?«, lächelte Anabel.

»Bella ... man ... verliebt sich doch nicht einfach so!«

»Wie denn sonst? Muss man dafür auf die Volkshochschule?«

»Nein, aber – das kannst du doch noch gar nicht wissen, ich meine, das sind doch nur deine Hormone, die da Pogo tanzen. Er fickt gut, richtig?«

»Er fickt großartig. Ich mache dich nicht gern neidisch, aber der Typ fickt mich in den siebten Himmel, ohne Rückflugticket. Und er küsst wie ein junger Gott.«

»Siehst du!«

»Na ja, das ist ein schöner Nebeneffekt, aber es ist nicht der Punkt.«

»Und ob! Denn ...«

Als in diesem Augenblick die Tür des Ladens aufschwang, blickte Lissi widerwillig nach rechts. Da aber lediglich die junge, dezent übergewichtige Postbotin mit einem fröhlichen »Guten Morgen!« den Laden betrat, sah Lissi absolut keinen Anlass, sich oder Anabel eine Verschnaufpause zu gönnen.

»Süßilein«, sagte sie, während Anabel die Postbotin mit einem Lächeln begrüßte und auf sie zuging, um ihr ein paar weitere Rechnungen und Mahnungen abzunehmen, »das ist nicht dein Herz, das da spricht, das ist deine Mumu.«

»Danke«, sagte Anabel zu der Postbotin, deren Kiefer spontan nach unten klappte. Anabel nahm ihr die Briefe aus der Hand.

»Und das«, fuhr Lissi entschlossen fort, »ist gut, sogar sehr gut. Schließlich haben wir eine Mission, und dafür ist es blendend, wenn du multiple Orgasmen im Dutzend billiger hast ...«

Die Postbotin sah Anabel erschrocken an. Anabel zuckte entschuldigend die Achseln. Lissi wandte sich direkt an die verwirrte kleine Frau in Blau.

»Wollen wir das nicht alle?«

»Ähm ...«

»Lissi«, sagte Anabel.

»Das hilft.«

»Das interessiert aber hier keinen.«

Die Postbotin sah Anabel an, als wäre sie da nicht ganz sicher. Lissi nutzte die Gelegenheit.

»Lassen Sie sich das gesagt sein, meine Liebe, falls Sie's nicht sowieso längst wissen: Orgasmen sind das A und O jeder erfolgreichen Familienplanung, denn unsere Gebärmutter funktioniert nach dem Staubsaugerprinzip, und so richtig saugen tut das alte Mädchen nur, wenn es kräftig kontrahiert ...«

»*Lissi!*«

Anabel bugsierte die Postbotin zur Tür. »Denken Sie nicht drüber nach. Vergessen Sie einfach, was sie gesehen und gehört haben, meine Freundin befindet sich in einer schwierigen Phase ...«

»HA! WER?!«, tönte Lissi von hinten.

Anabel drückte die Tür hinter der Postbotin zu.

»Sag mal, spinnst du, das vor der ganzen Welt zu diskutieren?«

»Die Post ist ja wohl nicht die ganze Welt, das hätten die vielleicht gern!«

»Lissi, zum letzten Mal ...« Anabel unterbrach sich

selbst, hob hilflos die Arme und ließ sie wieder sinken. »Was ist hier eigentlich los? Ich versuche dir zu erzählen, dass ich verliebt bin, und du ...«

»Ja, weil das Schwachsinn ist, Anabel! Du bist nicht verliebt. Du bist viel zu alt für so was, entschuldige. Und du bist *verheiratet*. Du kannst dich nicht verlieben, und schon gar nicht in so einen ... absoluten, totalen Nichtsnutz! Diesen Radfahrer! Diesen Nichtschwimmer! Diesen Fuselhöker! Den du auch noch *kennst!* Wenn der die Idealbesetzung als One-Night-Spender ist, dann bin ich ...«

»Darum geht es nicht, Lissi, wie oft denn noch?«

»Was?«

»Ich brauch ihn nicht als Spender, ich genieße seine Liebe.«

Lissi stieß einen langen, gequälten Laut aus und verdrehte die Augen. »Wo bin ich denn jetzt gelandet, in 'ner schlechten Pilcher-Verfilmung? Soll ich dir ein Schaf kaufen, das du irgendwo am Steilhang abstellen kannst?«

»Nein. Und hör auf, dich darüber lustig zu machen. Es ist nämlich nicht lustig. Es ist schön, aber es ist auch furchtbar.«

»Den letzten Teil unterschreibe ich blind.«

Anabel seufzte. Alles war auch ohne Lissis völlig verständnislose Bemerkungen schon kompliziert genug. Sie wusste überhaupt nicht, wo sie anfangen sollte. Sie hatte doch bloß mit einer Freundin teilen wollen, dass sie verliebt war. Punkt. Daraus ergaben sich schon genügend Fragen. Jetzt musste sie wesentlich weiter ausholen, als ihr lieb war. Was zunächst einmal bedeutete, dass sie Lissi einen wichtigen Zahn ziehen musste.

»Lissi, hör mir einfach zu, okay? Bitte?«

Lissi verschränkte die Arme vor der Brust und reckte das Kinn. Sie nickte widerwillig.

»Ich weiß, es klingt bescheuert, aber ich habe mich geirrt. Die ganze Zeit.« Lissi atmete tief ein, und Anabel erinnerte sie mit einem mahnenden Blick, dass sie versprochen hatte, die Luft anzuhalten. »Ich weiß, dass ich dir – dir und Dirk, übrigens – die ganze Zeit mit diesem Kinderwunsch in den Ohren lag, aber ... das war Unsinn.«

»*Was?*«

»Ja, was, *was*? Herrgott, ich dachte, mir fehlt ein Kind, um glücklich zu sein. Hast du eine Ahnung, *was* mir alles gefehlt hat? Liebe? Interesse? Leidenschaft? Guter Sex? Dinge teilen können? Verrückt sein, unnütze Dinge tun, unpragmatische Dinge? Ich hatte keine Ahnung. Ich wusste es einfach nicht. Ich wusste es *nicht mehr.* Ich hatte es einfach vergessen. Irgendwie verdrängt, abgehakt, zu den Akten gelegt, ganz egal: Ich wusste es nicht mehr. Ich konnte mich nicht mal mehr dran erinnern, dass ich es vergessen hatte. Und ich habe es nicht gesucht, weiß Gott nicht. Wieso auch? Ich wusste ja gar nicht mehr, was es ist.«

»Darf ich was sagen?«, fragte Lissi, mühsam beherrscht.

»Nein. Ja.«

»Das ist Esoterik.«

»Nein! Verdammt, Lissi!« Anabel rang mit beiden Händen nach Worten und konnte überhaupt nicht fassen, dass Lissi sich so begriffsstutzig anstellte. »Was ist denn am Verliebtsein esoterisch? Gut, du hast Recht, man sollte mit Mitte dreißig nicht mehr verliebt sein ...«

»Sag ich ja.«

»Toll! Aber ich *bin's*. Und es ist ein verdammt gutes Gefühl. Erzähl mir nicht, dass du nicht mehr weißt, wie das ist.«

Lissi zog indigniert die Augenbrauen hoch. »Schätzchen, tut mir Leid – aber an Engtanzfeten mit milchbärtigen Schnellspritzern *möchte* ich mich gar nicht mehr erinnern.«

Beide schwiegen.

Lange.

Schließlich seufzte Anabel und zuckte die Achseln.

»Tut mir Leid«, sagte sie. »Ich weiß auch nicht. Ich weiß nicht, was ich erwartet habe. Ich weiß nicht mal, wieso ich dir das erzähle. Weil du ...« Sie sprach den Rest nicht aus.

»Na, das will ich meinen«, sagte ihre beste Freundin.

»Ja.« Anabel nickte. »Aber ... ich brauche keinen Vortrag. Ich weiß doch selbst, dass das nicht so sein sollte. Ich sollte nicht verliebt sein. Aber ich bin es. Es ist alles schlimm genug, so, wie es ist. Ich weiß nicht, was ich tue, okay? Ich bin glücklich – einerseits. Ich finde mich unerträglich – andererseits. Ich sehe mich morgens im Spiegel und denke, *dich kenn ich nicht, dich wasch ich bloß.* Ich denke jeden Tag, lass es, und ich weiß im gleichen Moment, dass es nicht geht. Weil es mir gut tut, unglaublich gut. Es tut mir gut, mit ihm zu sein, ihn zu sehen, ihn zu spüren ...«

Lissi verdrehte die Augen, aber Anabel ließ sich nicht mehr aufhalten.

»Es tut mir gut, dass er mich liebt. So, wie ich bin.«

»A-na-bel! Bitte! Was denn noch!? Du bist eine schöne, geile, begehrenswerte Frau! Er ist ein Penner! *Natürlich* gibt der dir das Gefühl, dass er dich liebt! Was denn sonst! Mit verheirateten Frauen ficken ist doch das Geilste, was es gibt! Das weiß doch wohl jeder Typ, sogar einer, der nicht intelligenter ist als ein Eimer Farbe! Verheiratete Weiber nerven nicht, die wollen keine Kinder, die wollen bloß ein bisschen bestätigt und gestreichelt werden, und dann sind sie sooo dankbar und lassen sich prima flach legen. Wo lebst du eigentlich?«

Es hatte wirklich keinen Sinn. Anabel nickte einmal energisch. Und dann gleich noch mal.

»Gut«, sagte sie. »Vielen Dank. Ich weiß es zu schätzen.«

»Jetzt sei nicht sauer.«

»Ich bin nicht sauer.« Sie schüttelte den Kopf. »Aber ich weiß nicht, was ich machen soll. Keine Sorge, Clemens weiß das nicht, das, was ich dir sage. Ich stelle mich nicht hin und sage ›Ich liebe dich‹, auch wenn ich es schreien möchte. Kann sein, dass er es merkt. Aber ich rede nicht davon. Nur ... wenn das so bleibt ...« Sie sah Lissi in die Augen. »Wenn das so bleibt, Herrgott, was soll ich dann machen? Was bleibt mir dann übrig, als mich scheiden zu lassen, aber glaub mir, ich ...«

»*Was?*«

Anabel hatte nicht für möglich gehalten, dass Lissis Erschütterung noch zu steigern wäre, aber das war sie, und zwar gewaltig. Mit zitternden Händen bat ihre Freundin um eine Auszeit und war trotz des dicken Make-ups plötzlich weiß wie die Wand.

»Was, was, *was*? Moment. Moment. Bist du jetzt total *wahnsinnig* geworden? *Scheidung?*« Lissi rang sichtlich um Fassung. Und sie konzentrierte sich – erkennbar. Anabel war entsetzt, denn so hatte sie Lissi noch nie erlebt. Sie wirkte plötzlich nicht nur ernst und betroffen, sondern sogar vollkommen unsarkastisch, und das war eindeutig ein alarmierendes Zeichen.

»Liebes«, sagte Lissi, und ihr Tonfall bestätigte Anabels schlimmste Vermutungen. »Das ist offenbar sehr ernst.«

»Danke«, sagte Anabel.

»Aber«, fuhr Lissi unerträglich ernst fort, »selbst wenn du verliebt bist – oder sein solltest: Mach dich nicht unglücklich ...«

»Bin ich doch schon ...«, versuchte Anabel erfolglos.

»Scheidung. Lieber Gott. Anabel. Scheidung. Vergiss das Wort. Vergiss das Konzept. Scheißegal, wie verliebt du bist. Gut, du bist sechzehn, aber du bist, bitte, irgendwo in deinem Kopf auch schon ein bisschen älter. Und du weißt, dass Verliebtsein und Zusammensein zwei Paar Schuhe sind. Verliebtsein ist Feuer, Zusammensein ist die Zentralheizung. Und du hast eine sehr, sehr gute Zentralheizung. Nicht dazwischenreden, ich hab dich vorhin auch ausreden lassen. Wenn's nicht anders geht, sei verliebt. Genieß es, hab Spaß, hab Erdbeben-Sex, mach Unsinn, bis der Arzt kommt. Aber, bitte, denk nicht mal drüber nach, dich scheiden zu lassen. Oder erst in fünf Jahren, wenn du dann immer noch verliebt bist. Was du nicht sein wirst.«

»Lissi, ich weiß, was du ...«

»Das geht weg. Immer. Und dann macht es Platz für was anderes. Nicht für Liebe. Sondern für Freundschaft, wenn du Glück hast.« Der Blick, der Anabel traf, war voll von echter Zuneigung – und von Kummer. »Wir sind nicht mehr sechzehn, Bella, auch wenn du dich gerade so fühlst. Wir haben nicht mehr diese jungen Beine, wir sitzen schon zu lange fest. Und glaub mir, du willst nicht mit vierzig kinderlos beim Aldi an der Kasse sitzen oder dich mit einem Typen, den du völlig falsch eingeschätzt hast, beim Abendessen darüber streiten, wieso du irgendwelche Mahnungen an irgendwelche dauerbesoffenen Kampftrinker vergessen hast. Das. Willst. Du. Nicht. Bei aller Liebe.«

Lissi ließ den Kopf hängen. Dann sah sie auf, mit dem immer noch traurigen, unendlich besorgten Blick, der Anabel unendlich verunsicherte, und zuckte die Achseln.

»Glaub mir, bitte«, sagte sie.

Anabel nickte halbherzig. Ihre Verunsicherung ging tiefer, als sie gedacht hatte. Und tiefer, als sie sich selbst eingestehen wollte – geschweige denn Lissi. Sie sah keinen anderen Ausweg, als das Gespräch zu beenden. Diplomatisch.

Sie zwang sich zu einem Lächeln.

»Vielleicht hast du Recht«, sagte sie. »Entschuldige, dass ich dich damit belästigt habe. Das war blöd. Aber mach dir keine Sorgen. Ich bin nicht die Frau, die einfach so hingeht und sagt, tschüss, ich liebe dich nicht mehr, ich lasse mich scheiden.«

Als Lissi sie daraufhin leicht beruhigt anlächelte, hatte sie das entsetzlich dumme Gefühl, gerade jemandem ein Messer ins Herz gestoßen zu haben. Sie wusste allerdings nicht, ob dieser jemand Clemens war – oder sie selbst.

Der Himmel war die Hölle. Die Hölle der Himmel. *Wir können alles haben,* hörte Anabel den Schlachtruf ihrer Generation durch ihre schönsten Stunden hallen, und immer rief eine leise Stimme hinterher: *Was ist das alles ohne deinen Seelenfrieden wert, du gottverdammte Lügnerin?*

Fehlte ihr irgendwas? Nach Lissis Definition war alles in bester Ordnung. Sie gönnte sich doch bloß eine kleine Auszeit. Sie ließ sich von einem Mann verwöhnen, der offensichtlich sehr verliebt in sie war, und war so klug, für diese Annehmlichkeit nicht gleich ihr ganzes Leben wegzuwerfen. War das schlimm? Verriet sie Dirk?

Nein.

Ein bisschen vielleicht. Aber sagte sie je zu Clemens »Ich liebe dich«?

Nein.

Machte sie Pläne für eine gemeinsame Zukunft?

Nein.

Andererseits konnte sie sich nicht vorstellen, je wieder ohne ihn zu sein. Aber das würde ja bestimmt weggehen. Sagte sie sich. Und Lissi sagte es auch.

Jede Minute, die sie nicht mit Clemens verbringen konnte, bedeutete Höllenqualen für sie. Dabei lag es selten oder gar nicht an ihm. Sie wusste nicht, wie er es anstellte, aber wann immer sie ihn treffen wollte, hatte er Zeit. Sie fragte nicht, wie er das machte. Wann er arbeitete. Ob er überhaupt noch arbeitete. Es war ihr völlig egal. Sie wollte ihn sehen.

Aber manchmal, oft, konnte sie das nicht. Tagsüber ließ es sich immer wieder einrichten, aber abends musste sie in der Regel zu Hause sein. Sie und Dirk hatten einen unausgesprochenen *Deal,* und dieser Deal besagte, dass sie entweder zusammen essen gingen oder sie etwas kochte, und dass sie sich beim Essen anhörte, wie Dirks Karriere voranging. Manchmal fragte er sie sogar um Rat, und sofern sie die Antwort gab, die er erwartet hatte, lächelte er sie erfreut an und bedankte sich. Zum Deal gehörte außerdem, dass sie ihm »den Rücken freihielt«, wie sie beide das nannten. Zwar musste sie keinen Putzlappen in die Hand nehmen – dafür hatten sie Mina, das Mädchen aus Bosnien –, aber seine Wäsche wollte Dirk niemandem anderen anvertrauen, die persönliche Buchhaltung erst recht nicht, genauso wenig wie Handwerkerangelegenheiten, Einkäufe und Besorgungen. Er konnte sie jederzeit anrufen aus seinem stressigen Alltag und sie um irgendetwas bitten. Ein Flugticket buchen, Magentabletten aus der Apotheke besorgen: Wenn er abends nach Hause kam, musste das erledigt sein. Sowie ein Tisch gebucht. Oder ein Essen bereitet. Und wenigstens einmal in der Woche ein Treffen mit Freunden wie Martin und Clarissa oder Rolf und Ulla oder potenziellen Geschäftsfreunden.

Anabel wurde schmerzlich bewusst, wie wenig Zeit sie hatte.

Und sie litt Qualen, wenn sie stundenlang mit gemeinsamen Freunden zusammensitzen musste, statt bei Clemens sein zu können. Oder wenn sie allein mit Dirk zusammensaß und mit ihm Häuser-Exposees studierte oder ihm zuhörte, wenn er von seinen Fortschritten mit *Solotrust* und seinen reichen Freunden erzählte. Ein Hochhaus in Burma? Die politische Lage dort? Wen man mithilfe kleinerer Spenden zu was bewegen musste; welcher Partner welche Gefälligkeit in Deutschland erwartete; wen man wiederum deswegen zwei Wochen auf einer gecharterten Yacht spendieren musste?

Wen konnte das interessieren?

Eine halbe Million als Provision? Unter den steuerlichen Folgen der Ankauf eines renovierungsbedürftigen Altbaus als formaler Firmensitz für Anabels neu zu gründende Firma – in der Anabel nichts tun sollte, außer pro forma als Geschäftsführerin fungieren, auf diese Weise Kosten zu verursachen ... und so weiter und immer so weiter ...

Vor Clemens hatte Anabel sich bei solchen Monologen bloß zu Tode gelangweilt. Seit Clemens da war, hatte sie das Gefühl, eine brennende Kugel im Körper zu haben, die mit jedem Wort von Dirk größer wurde.

Zeitverschwendung, dachte sie, während sie tapfer lächelte, nickte, zuhörte und aß. Reine Zeitverschwendung.

Aber es ging ja nicht anders. Das war ihr Job. Ihr Teil des *Deals*. Seine bessere Hälfte sein. Für das gemeinsame Glück.

Ihr wirkliches Glück, das musste sie irgendwo in ihrer Freizeit regeln. Und davon hatte sie weniger, als ihr bewusst gewesen war. Immer wieder musste sie Clemens versetzen, weil Dirk sie für Botengänge brauchte. Mehrfach versetzte Dirk sie in letzter Minute, weil er arbeiten musste, und sie erreichte Clemens nicht und saß völlig sinnlos allein zu Haus und heulte sich die Augen aus dem Kopf. Die härteste Prüfung aber musste sie nach fünf Wochen in der herrlichsten Hölle von allen überstehen.

Dirk hatte ihr gesagt, er werde am Nachmittag nach London fliegen. Sie verabredete sich mit Clemens, für acht Uhr, und freute sich auf den Abend wie ein kleines Mädchen auf Weihnachten. Sie nahm sich viel Zeit für die Vorbereitung und die Wahl der richtigen Unterwäsche. Um halb sieben lag sie in der Badewanne, in duftenden Ölen, mit einem Glas Rotwein auf dem Rand und Don Giovanni im Ohr, als die Tür aufging.

Sie schrie, aber vor ihr stand bloß ihr lächelnder Ehemann, verkündete, der Termin sei geplatzt und er wolle stattdessen endlich, wie früher, mit ihr auf dem Sofa liegen und ein Urlaubsziel für eine Woche aussuchen.

Mit den Worten »Ich warte auf dem Sofa, mit Champagner und Laptop«, schloss er lächelnd die Tür und zertrümmerte alles, was sie an diesem Abend wollte.

Die Reise konnte sie abbiegen.

Seine anderen Wünsche nicht.

Die Begründung »Ich habe meine Tage« hatte sie in den zwei Wochen davor bis weit über die Grenze des Glaubhaften hinaus ausgereizt. Und ihre vorgetäuschten Kopfschmerzen waren ihm an diesem Abend ziemlich egal. Er hatte seit vier Wochen nichts von seiner Frau gehabt; an diesem furchtbar netten Abend, der in seinen Augen »wie früher« war, sollte sie ihm nicht entkommen.

Sie war dankbar, dass er der Mann war, der er nun mal war. Wenigstens dauerte es nicht lange.

Nach diesem Erlebnis begann sie, intensiver als je zuvor mit dem Feuer zu spielen. Sie erfand einen Kurztrip mit Lissi zu einer von Lissis erfundenen Freundinnen und fuhr stattdessen mit Clemens an die Ostsee, in sein Lieblingshotel, weit weg von Berlin, nach Hohwacht. Das *Genueser Schiff*, ein Ensemble aus reetgedeckten Häusern mit wenigen Zimmern, stand weit außerhalb des Ortes ganz allein in den Dünen, keine zwanzig Meter vom Wasser entfernt. Von innen hatte das Ganze einen einzigartigen, eigenartigen Charme. Es gab kein Telefon auf dem Zimmer, geschweige denn einen Fernseher, dafür eine Büchersammlung in einem Schrank, der wie fast alle Möbel antik war. Die Bücher hatte die Mutter des Besitzers, eine leibhaftige Gräfin, persönlich ausgesucht, deshalb fehlten Krimis (erlaubt war nur Robert van Gulik, denn dessen Romane waren, wie die Gräfin sagte, »anspruchsvoll« und durften deshalb in die Zimmer). Die Gräfin sah nicht aus wie eine Gräfin, sondern war eine nette ältere Dame. Ihr Sohn, der das Hotel leitete, freute sich, Clemens wieder zu sehen, und blieb mit ihnen wach bis morgens um eins, nach dem Essen im urigen Bistro, unter dem feinen Restaurant im ersten Stock. Während eine Brise vom Wasser her den Duft des sommerlichen Meeres hereinwehte, tranken sie Chianti aus der Fattoria Felsina, in rauen Mengen, erzählten ins Leere, lachten zusammen, debattierten, tauschten Anekdoten, schlossen für ein paar Stunden Freundschaft.

Anabel ertappte sich bei dem Gedanken, dass Dirk, wäre er an diesem Abend ihr Begleiter gewesen, versucht hätte, dem Hotelbesitzer einen neuen Businessplan aufzuschwatzen. Telefone und Internet auf den Zimmern. Bücher raus. Antiquitäten: ja. Aber die Bäder mussten renoviert werden. Und die Tapeten: runter, allesamt. Die Preise: erhöhen (obwohl die Zimmer alles andere als günstig waren). Wellness integrieren. Mit der Zeit gehen. *First Class or No Class.*

Clemens tat nichts dergleichen. Clemens rauchte zu viel. Trank zu viel. Und lachte viel, aber nicht zu viel. Er hatte einfach Freude an dem Hotelbesitzer. Hörte zu, wie der von meuternden Sterneköchen berichtete und vom Olivenernten im Herbst auf Sardinien. Scherzte. Erzählte. Vom Wein, vom Leben, von der Kunst. Verkniff sich jede kritische Bemerkung. Anabel fand sich selbst erschreckend pragmatisch, als sie den Hotelbesitzer gegen halb eins fragte, ob er nicht wenigstens über eine Massagebank nachdenken wolle.

Als hätte er Anabels Gedanken gelesen, sagte Clemens, als sie endlich über von tief unten hölzern knarrende alte Teppiche auf dem Weg in ihr Liebesnest, das so genannte »Schwalbennest« waren: »Klar, das hier könnte man alles ganz anders machen. Schicker. Teurer. Cooler. Aber ... das wäre ja Verrat.«

»An wem? Garantiert nicht an der Bausubstanz ...«

»Nein, an der Substanz des Besitzers. Der ist so. Das hier ist *er*. Das ist nicht gewinnoptimiert oder im Controllersinn *clever*. Aber kuck ihn dir an. Der hasst Schickimicki. Der mag keine Störungen beim Essen. Der schläft gern aus. Der findet *optimal* einfach nur bescheuert. Also: keine Telefone, Frühstück bis zwölf, und von November bis Januar geht der Mann Oliven pflücken. Das ist nicht besonders durchdacht, das ist einfach authentisch. Und *nur* darauf kommt es an.«

Sie sah ihn lange an. Er lächelte, dann zuckte er entschuldigend die Achseln. »Trotzdem, nächstes Mal nehmen wir ein Hotel mit Badewannen ...«

Sie sollte später, viel später, sehr leise die Worte sagen, die in ihrem Herzen den ganzen Tag verzweifelt kreisten.

»Lass mein Herz los, Geliebter.«

Und sie spürte seine Tränen im Dunklen, als er erwiderte, »Ich weiß nicht, wie.«

Und es wurde jeden Tag schlimmer.

Als Dirk seine nächste Reise unternehmen musste, diesmal für drei Tage nach New York, blieb sie angeblich brav zu Hause, flog aber in Wirklichkeit mit Clemens in ihre gemeinsame Lieblingsstadt, nach London. Wo sie diesmal eigenartige Dinge tat. Wann immer sie mit Dirk in London gewesen war, hatte sie vor allem Klamotten gekauft. Und abends mit ihm und seinen Geschäftsfreunden in sündhaft teuren Restaurants gesessen.

Mit Clemens war alles anders. Sie wohnten nicht in einer der Luxusherbergen, die sie kannte, sondern im *Cadogan Garden* am Sloane Square, einem Hotel, das sie nie als solches erkannt hätte. Ein unscheinbarer Eingang in einer der immer gleichen viktorianischen Backsteinfassaden, dahinter – tatsächlich – ein Hotel. Mit einem knarrenden Treppenhaus, in dem man jederzeit erwartete, über Miss Marple zu stolpern; mit einem winzigen Aufzug und dazu passendem Hausdiener; mit einem sehr klassischen Kamin in einem ungeheuer englischen Teezimmer. Ohne jeden Firlefanz.

Er zeigte ihr *Foyle's,* die ungewöhnlichste Buchhandlung der Welt; er führte sie zu Speaker's Corner und nach Seven Dials, trank mit ihr und vielen anderen ganz normalen Londonern seine Pepsi mitten auf der sommerlichen Mitte der siebenfingrigen Miniatur-Kreuzung; sie gingen ins Comedy Theatre und mussten sehr viel singen und rufen; und er schleppte sie in den Sega-Tower, wo sie – am Ende sehr zu seinem Unwillen – fast hundert Pfund in Videospielautomaten versenkte – zu seinem Unwillen aber nur deshalb, weil sie ihn in fast allen Disziplinen schlug, vor allem bei den Prügelspielen; sie gingen nicht teuer essen, sie gingen nach Chinatown und wurden förmlich adoptiert von einer sehr freundlichen chinesischen Familie; vor Clemens hatte sie London sehr gemocht. Mit Clemens wollte sie nie wieder weg aus London.

Ihr taten die Füße weh, als sie wieder zu Hause war. Sowie der Rest des Körpers, aus anderen, mindestens ebenso angenehmen Gründen.

Vor allem aber schmerzte ihr Herz, als sie wieder zu Hause war.

Denn »zu Hause« war woanders.

Sie übertrieb es weiter.

Sie vernachlässigte ihren *Job.* Den Laden – sowieso. Aber auch ihren Job für Dirk. Die Küche blieb kalt. Die Wäsche blieb liegen. Die Buchhaltung auch. Tief in ihrem Herzen wünschte sie sich, zur Rede gestellt zu werden. Wegen allem. Weshalb sie immer schlanker wurde. Immer schöner. Immer klarer.

Ihre Ausreden wurden durchschaubarer. Sie erfand eine Freundin in Kiel, um bei Clemens sein zu können.

Das hätte Dirk leicht überprüfen können, denn diese angebliche »Cordula« hatte sie noch nie erwähnt. Aber er tat es nicht. Er fragte nicht mal nach. Sie fragte sich, weshalb. Weil er ihr vertraute? Oder weil es ihn einfach nicht interessierte? Er schien der einzige Mensch auf der Erde zu sein, der nicht bemerkte, dass sie sich veränderte.

Lissi warnte sie.

Dirk bemerkte endlich, dass sie nicht mehr ganz so zuverlässig funktionierte wie vorher. Mehr aber auch nicht.

Und Clemens machte einen Riesenfehler.

Er wurde ungeduldig.

Als sie ihm in der achten Woche ihrer Beziehung ein Treffen absagte, weil sie völlig vergessen hatte, dass ein Tennisturnier anstand, fragte er ungläubig nach.

»Du musst ... Tennis spielen?«

»Ja.«

»Okay, wenn das wichtiger ist ...«

Sie war spontan stinksauer, als er das sagte. Weil er es nicht verstand. Natürlich war es nicht wichtiger als das, was sie hatten. Aber wenn sie die Clubmeisterschaften einfach abgesagt hätte, wäre Dirk sofort und endgültig misstrauisch geworden. Sie hatte in den Jahren davor alles abgesagt wegen dieser Spiele. Jedes Jahr. Ganz egal, wie wichtig seine Termine waren. Ganz egal, wohin er mit ihr fliegen wollte. Und wenn einer seiner nächsten Verwandten gestorben wäre: Dieser eine Termin, das war ihrer.

Was sollte sie machen?

Sie schied im Halbfinale aus, knapp, in drei Sätzen. Dirk war da, jubelnd, applaudierend, anfeuernd, wie fast jedes Jahr.

In den zwei Wochen danach sah sie Clemens in jeder Minute, die sie erübrigen konnte. Sie hatte den besten Sex ihres Lebens, die besten Gespräche, die besten gemeinsam gekochten Mahlzeiten und mehrere *Dead-Or-Alive-Highscores* an der Playstation – und sie war unendlich glücklich.

In der zehnten Woche ihrer Affäre hatte sie zwei Probleme.

Das erste war Clemens, denn mit ihm hatte sie ein Telefonat der besonderen Art, an einem jener Abende, an denen Dirk angekündigt hatte, um acht nach Hause zu kommen, dann aber doch aus unerfindlichen Gründen wesentlich später kam.

»Natürlich möchte ich dich sehen«, hörte sie sich sagen, und es gefiel ihr nicht, dass ihre Stimme defensiv klang. »Clemens, ich ... doch, ich möchte dich sehen ...«

»Aber?«

»Ich kann nicht, Clemens, bitte, das ist für mich alles nicht so einfach, wie es für dich ist ...«

»Einfach? Für mich? Hey, die Frau, die ich liebe, ist ...«

»Entschuldige, ja. Nein, ich meinte nur ... du bist nicht verheiratet – ich bin verheiratet.«

»Ich weiß ... ja, weiß ich. Obwohl ich mich manchmal frage, wieso ...«

»Lass uns nicht wieder damit anfangen.«

»Anabel.« Er seufzte. »Leben. Du bist mit mir zusammen. Du sagst, dass du glücklich bist, so glücklich wie nie in deinem Leben. Ich liebe dich, und ich will mit dir sein, jede Minute meines Lebens. Du liebst mich, auch wenn du das nie sagst – ich bin nicht taub ...«

Sie unterdrückte einen ganzen Haufen Tränen und sagte mit erstaunlich fester Stimme: »Du kennst meine Situation, Clemens. Kann sein, dass ich dich liebe. Aber ich liebe auch Dirk.«

»Halte mich für blöd, aber wie geht das zusammen, lieben und belügen?«

Es war wie ein Schlag ins Gesicht, und sie musste dem Impuls widerstehen, einfach aufzulegen. Und wenn er hundertmal Recht hatte, das durfte er nicht sagen. Es tat weh. Und er sollte ihr nicht weh tun. Nicht er. Es war schlimm genug, dass sie schwach war. Sie schwieg lange.

»Das geht gar nicht«, sagte sie schließlich. »Aber es geht auch nicht anders. Ich fühle mich beschissen dabei, aber ich muss erst rauskriegen, was ich will. Ich schmeiße eine Ehe nicht einfach weg, ich hab Dirk nicht umsonst geheiratet.«

Er seufzte, aber diesmal konnte sie förmlich sehen, wie er dabei müde lächelte. »Okay. Ähm. Was hat er noch mal, was ich nicht habe? Außer zirka achtzig Milliarden auf der Bank?«

»Darum geht es nicht, Clemens.«

Sie wusste, dass das nicht die ganze Wahrheit war. Aber sie klang sehr souverän.

»Weiß ich doch«, sagte er leise. »Entschuldige.«

»Nein, ich verstehe dich ja. Es tut mir Leid.«

»Wann sehe ich dich?«

»Übermorgen. Versprochen.«

»Leben?«

»Ja?«

Ein Schlüssel drehte sich im Schloss. Anabel wischte sich eine Träne von der Wange und sah Dirk die Wohnung betreten. Sie lächelte.

»Tu mir einen Gefallen«, sagte Clemens erschöpft. »Krieg gelegentlich raus, wo du in fünf Jahren sein willst. Bitte.«

»Mach ich«. Sie veränderte ihren Tonfall ins Leutselige. »Du, ich muss Schluss machen, Dirk ist gerade gekommen. Wir telefonieren morgen wieder, ja, Lissi?«

»Nacht«, sagte Clemens.

Sie legte auf. Wandte sich ihrem Mann zu, mit einem Stein im Magen, einem Knoten im Hals und dem sicheren Gefühl, dass über ihre Stirn die *Breaking News* des Nachmittags in großen roten Lettern rollten: *Ich habe gerade mit meinem Liebhaber telefoniert – ich bin eine verdammte Lügnerin.* Jeder musste es lesen können.

Aber Dirk sah es nicht.

Dankbar und glücklich hörte sie ihm zu, seine Ehefrau. Widmete sich aufmerksam den Makler-Exposees, die er mitgebracht hatte. Trank ein bisschen Champagner. Und noch ein bisschen mehr.

Das zweite Problem nahm sie zu diesem Zeitpunkt noch nicht ernst. Das konnte ja mal vorkommen. War ihr auch schon mal passiert in ihrem Leben, wenn auch nicht binnen der letzten sechs Jahre. Vielleicht lag es einfach am Stress, dass sie ein bisschen spät dran war diesmal.

Sie hielt sich an ihr Versprechen »übermorgen«. Zwei Tage nach dem Telefonat fuhr sie zu ihm und war überrascht, dass die Tür zu seiner Wohnung nur angelehnt war. Behutsam drückte sie die Tür nach innen und wollte seinen Namen rufen, als sie leise Stimmen hörte. Seine.

Sowie die einer jungen Frau.

Seine sagte: »O nein, mein Schatz, das kommt überhaupt nicht infrage!«, und Anabel beschloss, erst mal den Mund zu halten. *Mein Schatz?* Sie hörte Clemens sagen, »Ich habe gesagt, dass ich dir einen Trottelkissenwal male, aber ich habe garantiert nicht gesagt, dass ich das heute tue.«

»Hast du doch!«, erwiderte die andere Stimme empört.
Die Stimme war jung. Etwas zu jung für eine Affäre.

Anabel trat vorsichtig näher und schaute über das Sofa. Auf dem Boden davor saßen Clemens und ein etwa siebenjähriges Mädchen mit großen dunkelbraunen Augen und einem Pferdeschwanz aus langen, dunkelbraunen Haaren.

»Hi!«, sagte Clemens und sprang auf.

»Äh, hi«, erwiderte Anabel.

Das Mädchen blieb sitzen und sah sie unverwandt an. Unverwandt – und nicht besonders erfreut.

»Anabel«, sagte Clemens, und deutete auf das Mädchen, »Sophie. Sophie, Anabel.«

»Hallo«, sagte Anabel.

»Hallo«, sagte Sophie.

Clemens begrüßte Anabel mit einem Kuss.

»Ach so«, sagte Sophie, »deswegen kannst du heute nicht malen.«

»Du bist eine unglaublich kluge Prinzessin.«

Die Prinzessin ignorierte seine Bemerkung. Sie stand auf und zog sich den Pferdeschwanz fester an den Kopf. Als sie stand, war Anabel nicht mehr sicher, ob sie wirklich erst sieben war. Vielleicht doch eher neun. Sie machte jedenfalls einen ungeheuer selbstbewussten Eindruck.

»Bist du auch seine Freundin?«, fragte Sophie.

»Auch?«

»Ja, weil ich seine Freundin bin.«

Clemens senkte den Kopf, um ein Prusten zu unterdrücken. Anabel verkniff sich das Grinsen – Sophie verdiente eine ernsthafte Antwort.

»Verstehe«, sagte sie. »Aber ... es macht dir nichts aus, ihn zu teilen ... oder?«

»Nein«, sagte Sophie mit feierlichem Ernst. »Kein Mensch gehört einem anderen. Du kannst ihn auch haben. Aber nur, solange er dir keinen Trottelkissenwal malt.«

»Einverstanden«, sagte Anabel.

»Sophie«, sagte Clemens, »ich verspreche dir, du bist die Einzige, die Trottelkissenwale gemalt kriegt.«

Sophie nickte zufrieden. Und lächelte Anabel freundlich an.

»Aber nicht jetzt«, sagte Clemens.

»Nachher?«

»Morgen.«

Der Flunsch, den Sophie daraufhin zog, sah fürchterlich weiblich aus. Das musste sie sich irgendwo abgeschaut haben, dachte Anabel, und damit würde sie es später im Leben noch weit bringen – sowie zu etlichen verdrehten Jungsherzen und -köpfen.

»Morgen«, sagte Sophie zu Anabel. »Das sagt er immer. Zu dir auch?«

»Ach ja«, sagte Anabel, ganz weibliche Solidarität, »das kenne ich gut. So ist er halt, aber man muss ihn trotzdem lieben.«

Sophie schüttelte missbilligend den Kopf, ging aber dennoch zu Clemens, der sich nach vorn beugte und dankbar einen Kuss auf die Stirn empfing.

»Männer!«, sagte Sophie.

Anabel lachte, Clemens lachte mit. Zu Sophie sagte er: »Es sind nicht alle so schlimm wie ich.«

»Du bist gar nicht sooo schlimm«, sagte sie, während sie auf die Tür zuhüpfte. »Aber morgen malst du mir einen Trottelkissenwal. Sonst bist du noch viel schlimmer.«

Wumms.

Die Wohnungstür fiel ins Schloss, Sophie war verschwunden, und Anabel blieb nichts übrig, als verdutzt zu gucken.

»Was war das?«, fragte sie.

Clemens zuckte entschuldigend die Achseln, nahm sie in den Arm und küsste sie. »Eine meiner hartnäckigsten Verehrerinnen.«

»Die dich vom Fleck weg heiraten würde.«

»Nein, sie würde mich als Hofnarren einstellen ...«

»Wo ist der Unterschied?«

»Sie könnte mich ohne Anwalt entsorgen.«

»Ich wusste gar nicht, dass du dir als Tagesmutter was dazuverdienst.«

»Sollte ein Geheimnis sein. Mach ich nur für dich. Ich spare alles, was ich damit verdiene, damit ich dir in zwanzig Jahren einen eigenen Muffin kaufen kann.«

»Du bist doof.« Sie küsste ihn. »Und wirklich?«

»Wirklich? Oh, wirklich gehört Sophie meiner Nachbarin, Kerstin, von unten. Mitte dreißig, allein erziehend, geschieden ...«

»Und Vater zahlt nicht ...«

»Doch, aber zu wenig, weil er selber nichts hat.« Er zuckte die Achseln. »Kein besonders prickelndes Leben. Und wenn ich da bin, dann kommt Sophie halt ab und zu mal vorbei. Manchmal koche ich was ...«

»Für Sophie.«

»Klar, die muss doch was essen.«

»Und wo ist ... Kerstin?«

»Arbeiten.«

»Und wenn du nicht kochst?«

»Gibt's Stullen, unten. Kerstin kommt meistens so um zwei, halb drei nach Hause ...«

»Moment mal, das heißt ... wie oft ist die denn hier?«

Er schob die Unterlippe vor und überlegte. »Vier, fünf Tage die Woche ... Herrgott, sie ist einfach nur da, sie malt gern, ich male ihr manchmal irgendwas, ich koch ihr was, und wenn ich partout keine Zeit hab, dann hab ich immerhin 'ne Playstation – Sophie fährt inzwischen besser Snowboard als ich ...«

»Moment, Moment – wieso hab ich die denn nie gesehen?«

»Weil sie vier Wochen bei Oma und Opa war. Wir hatten Ferien.«

»Oh.«

»Keine Sorge«, sagte er, weil er ihren Gesichtsausdruck völlig falsch verstand. »Sie hat keinen Schlüssel, sie wird hier nie einfach so reinplatzen, und solltest du dich entschließen, das einzig Wahre zu tun und mit mir zusammenzuziehen, werfe ich sie brutal und sofort aus meinem Leben.«

»Quatsch.« Anabel schüttelte den Kopf. Sie wusste überhaupt nicht, was sie sagen sollte. Offensichtlich kümmerte sich ihr *Lover* um ein Kind, das nicht mal sein eigenes war, und fand das nicht einmal bemerkenswert. Sie versuchte sich vorzustellen, wie Dirk reagieren würde, wenn eine allein erziehende Versagerin von nebenan versuchte, ihr Kind bei ihm zu parken ... nein, das ging nicht. Nicht mal die Vorstellung war möglich.

Sie küsste Clemens sanft.

»Blödsinn. Im Gegenteil. Ich bin nur ... überrascht. Ich dachte, ich kenne dich.«

»Nach den paar Wochen? Warte, bis ich dir meine Briefmarkensammlung zeige.«

»Ich kann auch wieder gehen, wenn du Wale malen

musst. Ich will ja kein kleines Mädchen unglücklich machen.«

Er küsste sie. »Aber auch keinen großen Mann, und deshalb bleibst du gefälligst.«

»Was ist ...«, fragte sie und küsste ihn, »ein Trottelkissenwal?«

»Ein extrem bescheuerter Fisch«.

Er küsste sie.

»Gab's ein Vorbild«, fragte sie und küsste ihn, »im Leben?«

Er küsste sie. »Das Vorbild ist verrückt nach dir.«

Der Termin, drei Tage danach, bei Dr. Maiberg, war Routine. Das Ergebnis sollte ebenfalls Routine sein. Deshalb war Anabel sicher, sich verhört zu haben, als ihr Frauenarzt unvermittelt sagte, »Na, herzlichen Glückwunsch ...!«

Anabel lag auf dem Rücken auf der Liege und hatte mit wachsender Sorge zugesehen, wie sich Maibergs Stirn in immer tiefere Falten legte, während er sie untersuchte. Als seine Miene sich aufhellte, war sie fast beruhigt, aber sein Glückwunsch erwischte sie auf dem völlig falschen Fuß.

»Was?«, sagte sie verwirrt.

»Herzlichen Glückwunsch.«

Danke, dachte Anabel, *und zu was? Habe ich irgendeine Krankheit am Ende doch nicht, von der ich nicht mal wusste, dass ich sie haben könnte?*

»Sie sind schwanger.«

»Nein.«

»Doch!«, lachte der Arzt.

Aus dem Drucker des Ultraschallgerätes knarzte unerbittlich ein schwarz-weißes Bild. Während Anabel ungläubig dalag und hoffte, dass Maiberg bloß einen geschmacklosen und deutlich verspäteten Aprilscherz gemacht hatte, riss der Arzt den Ausdruck ab und zeigte ihn ihr. Seine braun gebrannte Fingerspitze deutete auf einen winzigen Punkt im Grau, den man mit viel gutem Willen für eine verbogene Bohne halten konnte.

»Achte Woche«, sagte Maiberg. »Und sieht völlig normal aus.«

»Das ist nicht wahr«, sagte Anabel tonlos und starrte den Punkt an.

Maiberg lächelte das freundlichste Lächeln, das man sich vorstellen konnte. Er nahm Anabels Hand und drückte sie kurz, dabei nickte er zufrieden. »Das freut mich jetzt wirklich, wirklich sehr für Sie, weil Sie das sich doch so sehr gewünscht haben.«

»Ja«, sagte Anabel, ohne den Blick von dem grauen Punkt zu wenden.

Er musste sich irren. Sie konnte nicht schwanger sein. Sie hatten Kondome benutzt, jedes Mal. Bis auf das erste Mal. Aber das war unmöglich. Das konnte nicht sein.

Maiberg war ein guter Arzt, aber er musste sich irren.

»Wie groß ...« sagte sie. »Wie groß ist die Wahrscheinlichkeit, dass ...«

Maiberg sah sie interessiert an.

»Dass Sie sich irren?«

Er lachte.

»Oh, niemand ist perfekt, aber ... null Komma null eins Prozent, schätze ich. Nein, eigentlich null. Keine Sorge.«

Keine Sorge.

Anabel wusste nicht, was sie denken sollte.

Konnte bitte jemand den Film zurückspulen?

Maiberg stand auf, gütig lächelnd.

»Na, machen Sie sich mal einen Moment mit dem Gedanken vertraut. Ich kann mir vorstellen, dass das ein bisschen ist wie Weihnachten mitten im Sommer ... kommen Sie dann gleich noch mal zu mir rüber, wir müssen ein paar Dinge besprechen wegen dem Mutterpass, und die Termine besprechen, zu denen sie hier sein sollten.«

Der Arzt verließ den Raum und zog die Tür sanft zu.

Anabel starrte das Bild an.

Ihr Kind.

Das, was sie sich so sehr gewünscht hatte.

Bis vor zweieinhalb Monaten.

Bis zu Clemens.

Sie ließ das Bild sinken und schloss die Augen.

Das konnte nicht wahr sein.

Durfte nicht wahr sein.

Hilfe.

Lissi quietschte vor Glück, als Anabel ihr das Ultraschallbild überreichte, und ließ mit einem unglaublich lauten »Hach, ist das schön!« auch gleich alle anderen Gäste des Cafés am Lietzenseeufer teilhaben an den anderen Umständen ihrer Freundin.

Anabel fand das völlig unangemessen. Bei Maiberg hatte sie ihre Tränen mühsam unterdrückt und versucht zu verstehen, was der Arzt ihr über die notwendigen Untersuchungen und Termine in den kommenden Monaten hatte erklären wollen. Nachdem sie die Praxis verlassen und ihre Sonnenbrille aufgesetzt hatte, waren die Tränen nicht mehr aufzuhalten gewesen.

»Wird das ein Junge oder ein Mädchen?«

»Kann man noch nicht sehen.«

»Na, Hauptsache, man kann's später sehen. Ich meine, wenn's ein Junge wird ... Bella, das ist sooo toll!«

»Findest du?«

Lissi runzelte die Stirn und bemerkte endlich, dass Anabel alles andere als glücklich aussah. »Du nicht?«

Anabel zuckte die Achseln.

»Was?«

»Ich ... ich weiß nicht. Ich weiß gar nichts. Wie soll das denn gehen?«

»Wie soll was gehen?« Lissi verstand nur Bahnhof.

»Was mach ich denn jetzt?«

»Vorbereitungskurs?«

»Nein, ich ...« Sie versuchte, sich zu sammeln. »Ich kriege ein Kind.«

»Ja. Ist doch toll!«

»Und wie sag ich das ...« Nein, das war der falsche Ansatz. »Und was«, sagte sie, »was mach ich jetzt? Mit Clemens? Wie soll ich ...«

»Wem?«

»Clemens.«

Lissi sah sie an, als hätte sie die Frage nicht verstanden. »Wie, *was mach ich denn mit Clemens?* Schick ihm 'ne SMS.«

Anabels verletzter Blick konnte Lissi nichts anhaben.

»O nein«, sagte sie energisch. »Denk nicht mal drüber nach. Vergiss es. Alles, was du sagen willst oder sagen wollen *könntest.* Vergiss es. Du willst nicht mit einem Hilfsfahrer in einem ostzonalen Kellerloch zusammenleben und nach zwölf Stunden Arbeit in der Drogerie zwei geistig Überforderte an der Toys'r'us-Kasse abholen.«

»Lissi, es ist *sein* Kind.«

»Es ist *dein* Kind.«

»Und seins.«

»Süßilein, das haben wir, soweit ich mich erinnere, vor

dieser ganzen Spendernummer besprochen, aber ich geb dir gern noch mal die Kurzfass...«

»Ja, ich weiß. Aber ich ... ich liebe ...«

»Aaaah! Nein! Nein. Das tust du nicht. Du bist eine verheiratete Frau, du bist aber vor allem eine kluge Frau, und du und Dirk, ihr seid demnächst Eltern. Da ist jetzt mal drei, vier Jahre kein Platz für einen Lover.«

Anabel atmete tief ein und wieder aus. Sie hatte Lissi spontan alarmiert, ohne nachzudenken, und es sprach sehr für ihre Freundin, dass die sich sofort auf den Weg gemacht hatte, aber jetzt war Anabel nicht sicher, ob das wirklich eine gute Idee gewesen war. Nachdem sie die Praxis von Doktor Maiberg verlassen hatte, waren ihr derartig viele Gedanken gleichzeitig durch den Kopf geschossen, dass sie das Gefühl hatte, darin zu ertrinken, aber Lissi schien das alles nicht wissen, geschweige denn hören zu wollen. Und Anabel war sich weiterhin über gar nichts im Klaren. Nichts passte zusammen. Ganz gleich, wie sie das Ganze betrachtete, es ergab keinen Sinn. Und es schien auch keine Lösung zu geben.

Was Lissi für die Lösung hielt, hatte Anabel schon vorher gewusst. Aber Lissi ließ dabei fast alles Wesentliche außer Acht, jedenfalls in Anabels Augen. Sie versuchte verzweifelt, alles zu sortieren, und stellte verblüfft fest, wie schnell einem schwindlig werden kann, wenn man mit einer ausweglosen Situation konfrontiert ist und darüber nachdenkt. Konnte sie das Kind einfach bekommen, Dirk nichts davon sagen, dass es von einem anderen Mann war, und damit leben?

Lissi glaubte daran, Anabel nicht.

Konnte sie Dirk sagen, dass das Kind nicht von ihm war, und trotzdem mit ihm zusammenbleiben?

Nein.

Sollte sie Dirk verlassen und das Kind mit Clemens großziehen? Dagegen sprach einiges. Nicht nur Pragmatisches: Clemens war ein liebenswerter, charmanter, großer Junge, der sich in sie verliebt hatte, mehr nicht; Anabel wollte sich gar nicht vorstellen, wie er auf die Nachricht reagieren würde, sie sei schwanger.

Gelegentlich, wenn sie der Mut packte, wenn sie die Stärke spürte, die sie früher besessen hatte, hatte sie in den vergangenen Wochen darüber nachgedacht, wie es wäre, mit Clemens zusammen zu sein. Dirk zu verlassen. Neu anzufangen. Sie würde eine ganze Weile brauchen, um wieder Fuß zu fassen. Ihr schönes Hobby, den Antiquitätenladen, aufgeben müssen, irgendwo wieder ganz klein anfangen, bei einer Architekturzeitung, einem Verlag, einem Museum, oder erst mal Sekretärin bei einem Architekten oder einem Galeristen spielen. Schlimmstenfalls sonst wo, bei einer Agentur, einem Makler. Zurück auf Start. Zehn Jahre verschenkt.

Gelegentlich war sie bereit gewesen, sich diesen mühsamen Weg vorzustellen – an der Seite eines Mannes, der sie liebte. Aber es war völlig unvorstellbar, diesen Mann nach drei Monaten nackter Leidenschaft damit zu konfrontieren, dass er nun für sie und ihr Kind zu sorgen hätte. Undenkbar. *Wie,* fragte Anabel sich, *würde ich an seiner Stelle reagieren?*

Begeistert? Wohl kaum. Mit einem Rauschmiss? Das vielleicht auch nicht. Pflichtbewusst, vermutete sie. Aber das wäre keine Basis für eine Beziehung. Wenn er sich nur wegen des Kindes gezwungen sah, bei ihr zu bleiben, wäre ihre Beziehung klinisch tot, ehe sie richtig zu leben begonnen hatte.

Es kam nicht infrage.

Was blieb? *Abtreibung,* hatte eine der vielen Stimmen in ihrem Kopf gerufen, aber das kam erst recht nicht infrage, denn sie hatte ja immer ein Kind gewollt, und dass der Wunsch vorübergehend in den Hintergrund getreten war, änderte nichts daran, dass sie Mutter werden wollte. Irgendwann.

Wieso, fragte sie sich, konnte man nicht einfach nach Belieben drei Jahre lang schwanger sein? Bis dahin hätte sich bestimmt alles ergeben. Bis dahin stünde sie wieder auf eigenen Beinen, beruflich, bis dahin wüssten sie und Clemens, ob sie einander wirklich liebten und ein Kind zusammen haben wollten ... Der Gedanke führte nirgendwohin, natürlich.

Kein Gedanke führte zu irgendeinem Ziel.

Scheidung. Anwalt. Zugewinn. Die Hälfte des Vermögens mitnehmen. Kriegte man überhaupt etwas, wenn man mit dem Kind eines anderen unter dem Herzen die Scheidung einreichte? Und war nicht der Ehemann, rechtlich gesehen, der Vater des Kindes, wenigstens so lange, bis der Vaterschaftstest bewies, dass er es *nicht* war? Falls Dirk also nicht sofort in die Scheidung einwilligte, würde das Kind in jedem Fall mit dem Nachnamen Scholz zur Welt kommen – konnte man das später wieder ändern? Wenn ja, wann? Wie lange konnte Dirk die Scheidung hinauszögern, wenn er es wollte – aus welchen Gründen auch immer, und sei es, um sich zu rächen für den Schmerz, den sie ihm zufügte? Würde sie Geld von ihm kriegen? Schlimmer noch, *könnte* sie Geld von ihm nehmen, selbst wenn irgendein Gericht entschiede, dass sie darauf einen Anspruch hätte? Nein, natürlich könnte sie das nicht. Es war ihre Schuld. Sie hatte ihn belogen und betrogen, sie war in einen anderen verliebt, sie war schwanger von einem anderen, wie sollte sie da Geld von Dirk nehmen?

Vielleicht konnte Lissi ihr das erklären. Ihr klar machen, dass Dirk bezahlen musste, so oder so. Aber wenn nicht – wenn Anabel sich wenigstens in diesem Punkt treu blieb: Wovon sollte sie leben? Von dem Geld, das Clemens nicht hatte? Ein Darlehen aufnehmen, um das Kind allein großzuziehen? War es das? Sollte ihre Tochter oder ihr Sohn in einem armseligen Berliner Plattenvorort aufwachsen, betreut von einer 5-Euro-Tagesmutter, getrennt von der wirklichen Mutter, die in irgendeinem Konsumtempel Socken verkaufte, ohne Aussicht auf eine wenigstens halbgare Karriere, nur um ihren Kredit für die 2-Zimmer-Wohnungsmiete und den Wickeltisch abzubezahlen? Sollte sie zurückziehen nach Kiel, zurück zu *Mama*, und vom kaum vorhandenen Geld ihrer Eltern leben? Wollte sie *das für* ihr Kind?

Oder das, was sie ihm momentan in Sachen Zukunft zu bieten hatte: eine schöne Wohnung (demnächst zu ersetzen durch ein schönes Haus), die beste Betreuung, die sich denken ließ, dazu sich selbst als fürsorgliche Mutter mit unendlich viel Zeit, später den mehrsprachigen Kindergarten, Reisen, Weltoffenheit, Auslandsaufenthalte, ein Wirtschaftsstudium in England oder ein Medizinstudium an der Sorbonne, was auch immer: Dank Dirks beruflicher Erfolge würde das neue Leben die denkbar besten Startchancen haben.

Lissi schien in dem Wirrwarr in Anabels Kopf lesen zu können, denn auf genau diese Stelle legte sie ihren Finger, nachdem sie Anabel klar gemacht hatte, dass für einen Lover im Leben einer demnächst frischen Mutter kein Platz war.

»Jetzt denk mal an das Kind.«

Anabel wischte sich eine Träne aus dem Augenwinkel. Lissi legte ihr die Hand auf die Schulter und zog sie leicht an sich. Sie streichelte Anabel sanft und sagte tröstend, »Ich weiß, Bella, das ist alles schlimm, aber ... sieh es doch mal so, er ... er *könnte* doch der Vater sein.«

»Wer?«

»Dirk.«

Anabel befreite sich aus der Umarmung, schniefte und sagte energisch, »Quatsch.«

»Könnte.«

»Nein.«

»Doch. Und zwar so lange, wie nicht bewiesen ist, dass dieser ... Typ ...«

»Clemens.«

»... dieser Typ seine Chromsomen da überhaupt drin hat, ist Dirk der Vater, keine Widerrede, weil nämlich ... ich weiß, was du sagen willst, aber auch Mediziner haben eben manchmal *nicht* Recht. Was glaubst du, wie viele von meinen Freundinnen immer gehört haben, sie würden bestimmt keine Kinder kriegen, und was glaubst du, wie viele von denen inzwischen welche haben, und zwar rudelweise! Ärzte haben keine Ahnung, und Frauenärzte nicht mal die Hälfte davon. Also: Das ist die Erklärung! Ein Wunder ist passiert! Ein kleines, aufrechtes Spermium hat lebend Dirks lahme Lenden verlassen und sich mit allerletzter Kraft in deine Eizelle gerettet! So war das, basta! Und darüber wird nicht diskutiert.«

Anabel sah Lissi ungläubig an. Es war in der Tat bestechend. Die meisten Menschen belogen sich von morgens bis abends selbst, aber die wenigsten wussten es. Lissi hingegen belog sich offenbar sehenden Auges, ohne sich deswegen im Mindesten schlecht oder minderwertig zu fühlen.

»Toll«, sagte Anabel. »Also einfach so tun, als ...«

»Machen wir doch sowieso den ganzen Tag, also ...«

»Also?«

»Eben.«

Anabel versuchte sich gegen die Logik des Vorschlags zu wehren, aber es fiel ihr schwer. Wenn Dirk der Vater war – was er *de facto* nicht sein konnte, aber genau diese unbedeutende Kleinigkeit sollte sie ja außer Acht lassen –, dann stellte sich das Ganze in der Tat völlig anders dar. Das Kind würde es gut haben. Anabel würde es materiell an nichts mangeln. Die Liebe zu ihrem Kind würde ihr über den gelegentlichen Kummer hinweghelfen, dass Dirk nichts begriff. Sie könnte ihren Laden behalten. Und alles andere. Fast alles. Bis auf Clemens.

»Ich bin aber trotzdem verliebt«, sagte Anabel leise.

Lissi erwiderte flötend, an niemand Bestimmten gerichtet: »Oh, ich glaube, ich habe gerade ein Déjà-vu!« Mit fuchtelnden Händen verscheuchte sie imaginäre, lästige, kleine Wesen. »Sh-sh-sh, Déjà-vu. Ich kann nicht alles erleben, und schon gar nichts zweimal ...!«

»Scheiße, Lissi, aber du weißt nicht, wie das ist, wenn man liebt.«

»Doch, aber ich bin erwachsen.«

»Aber ich ...«

»Was?«

Anabel ließ eine lange Pause entstehen. Gut. Dann würde sie also versuchen, erwachsen zu sein. Im Sinn des Kindes. Aber ...

»Ich muss doch nicht gleich mit Clemens Schluss machen, oder?«

»Spinnst du?«

»Dann bin ich ja beruhigt«, sagte Anabel erleichtert. »Nicht, dass du mir auch noch die letzten paar Freuden meines Lebens ausreden ...«

»Nein, ich mein, spinnst du – *klar!* Klar machst du sofort Schluss. Was ist denn *das* für 'ne Idee! Der hat doch seinen Beitrag geleistet, so oder so.«

»Ich denke, Dirk ist der Vater.«

»Jetzt werd mal nicht spitzfindig hier, Süße!«

Vier Tage lang versuchte Anabel aus dem Stimmengewirr in ihrem Kopf die richtige Antwort herauszuhören. Clemens erzählte sie, sie sei schwer vergrippt, und natürlich hatte er Verständnis, dass sie niemanden hören oder sehen wollte; Dirk sagte sie gar nichts. Sie machte einfach weiter. Funktionierte. Ging in den Laden. Kaufte ein. Kochte. Tat so, als hörte sie ihm zu.

Nach vier Tagen kapitulierte sie. Es gab keine richtige Antwort. Es gab nur eine, die ihr am wenigsten falsch erschien. Und das war Lissis Antwort.

Ohne ein erklärendes Wort legte sie Dirk, nachdem er während des gesamten Essens ausführlich von seinen Fortschritten bei den Verhandlungen mit *Solotrust* berichtet hatte (ohne wenigstens zur Kenntnis zu nehmen, dass er kein Lamm in sich hineinschaufelte, sondern Känguru), den Ultraschallausdruck auf den Esstisch.

Verdutzt schaute er das Bild an. Dann Anabel. Dann wieder das Bild.

Sie war erleichtert, als er zu strahlen begann.

»Ist das das, was ich denke?«, fragte er flüsternd.

Sie nickte.

»In deinem Bauch?«

Wieder nickte sie. Und erkannte den Mann wieder, in den sie sich damals verliebt hatte. Den Mann unter der bedeutungslosen Karriereschale. Den Mann, der ganz andere als dauernd nur laute, zielgerichtete Töne kannte. Dem sie beigebracht hatte, Muße zu genießen, im besten, lebensverlängernden Sinn des Wortes faul zu sein; ziellos zu sein, für kurze Zeit. Urlaub zu machen. Für einen Augenblick waren sie wieder das frisch verliebte Paar von damals.

»Das ist ...« sagte er fassungslos, hielt das Bild mit beiden Händen und schüttelte den Kopf. »Mein Gott, das ist ja großartig! Anabel, Schatz, ist das wahr?«

»Ja.«

Er sah sie an, und seine Augen leuchteten. Er schien völlig vergessen zu haben, dass ein Kind im Augenblick ganz und gar nicht in seine Lebensplanung passte; dass er unter Umständen allein nach Hongkong, Sydney, Tokio würde reisen müssen, ohne seine Frau, die er nach eigenem Bekunden dringend als Zuhörerin und guten Geist brauchte. Es schien ihm völlig egal zu sein, dass dieses Bild seine nähere Zukunft unbequemer machen würde, als er es gewohnt war; dass manchmal keine warme Mahlzeit auf dem Tisch stehen würde, wenn er nach Hause käme; dass er seine Frau mit einem anderen Menschen würde teilen müssen. Dass ihm das alles bewusst war, daran bestand kein Zweifel: Sie hatten oft genug über diese fragwürdigen Aspekte des »Elternseins« gesprochen. Aber jetzt schien ihm all das völlig gleichgültig zu sein.

Anabel hatte nicht im Traum damit gerechnet, dass er sich so uneingeschränkt freuen würde, und schämte sich fast angesichts seiner kindlichen Freude.

Er stand auf, kam zu ihr, nahm sie in die Arme und

drückte sie an sich. Dann kniete er, das Bild in den Händen, vor ihrem Stuhl, und deutete auf den Punkt, der in wenigen Monaten ein Mensch sein würde.

»Sieht nach einem Jungen aus.« Seine Fingerspitze umkreiste einen kleinen schwarzen Fleck, der alles Mögliche sein konnte. »Da, kuck ...«

Anabel verdrehte belustigt die Augen. »Jaa, eindeutig. Ganz der Vater.«

»Mann, ist das schön ... Hey, wir werden Eltern! Pass auf, ich nehme mir morgen frei und wir fahren in die Stadt und kaufen das Kinderzimmer zusammen. Und Stofftiere – einen Haufen Stofftiere. Und ...«

»Jetzt ... mal langsam. In den ersten Monaten kann da noch alles Mögliche pass...«

»Ach, was, Unsinn, nichts passiert da. Das wird alles gut, Bella. Und du, du schonst dich gefälligst. Und wenn ich dir einen Butler kaufen muss.«

Anabel wäre gern cool geblieben, aber sie war bloß über die Maßen gerührt, entzückt und glücklich. »Ist ja gut«, sagte sie leise, lächelnd.

»Taugt dieser Arzt was?«, fragte Dirk. »Deiner, dieser ...«

»Doktor Maiberg.«

»Genau ... Oder soll ich mal rauskriegen, welcher der beste ist? Pass auf, ich frag mal Georg, der hat wirklich exzellente Kontakte zur Ärztekamm...«

»Dirk ... Dirk, ich ...«

Mit ernstem Blick nahm Dirk die Hand seiner Frau und hielt sie fest. »Schatz, ganz im Ernst. Wir haben so lange drauf gewartet, es war dein größter Wunsch, und ich möchte, dass du jetzt *alles* in Anspruch nimmst, was du brauchst.«

»Dirk.«

»Die besten Ärzte. Mich, wenn du mich brauchst. Ruf deine Mutter an.«

»Meine Mutter wohnt in Kiel.«

»Wir fliegen sie ein.«

»Und mein Vater?«

»Dein Vater? Brauchst du den auch?«

»Nein, aber mein Vater braucht meine Mutter. Wenn meine Mutter nicht da ist, ernährt er sich ausschließlich von Vanillepudding und Salzstangen, und das ist nicht besonders gesund.«

»Pizzadienst?«

Sie schüttelte lächelnd den Kopf. »Er hat kein Vertrauen zu anderen Köchen. Nur zu meiner Mutter.«

»Herrgott, dann kommt der eben mit.«

Anabel musste lachen. »Bist du sicher? Nach seinem letzten Besuch hast du gesagt, er wäre ein alter starrsinniger Besserwisser, mit dem du keine zehn Minuten in einem Raum sein kannst, ohne Ausschlag zu kriegen.«

Dirk schob die Unterlippe vor und sah sie lange schweigend an, als versuche er, sich zu erinnern – und die richtigen Konsequenzen zu ziehen.

»Echt?«, sagte er schließlich.

»Echt.«

»Mh. Okay.« Wieder schwieg er einen Augenblick. Dann nickte er. »Ich kauf mir 'ne Salbe.«

Anabel schloss die Augen und lachte. Sie spürte Dirks Arme, die sie umfingen, sie erwiderte die Umarmung, immer noch lachend, und wehrte sich gegen den Kummer, der ebenso unaufhaltsam wie unpassend in ihr aufstieg.

Warum konnte er nicht einfach grausam bleiben?

Warum machte er es ihr so leicht – und deshalb umso schwerer?

»Ich liebe dich«, hörte sie die Stimme ihres Mannes, entsetzlich sanft, entsetzlich nah. »Ich liebe dich, Bella.«

Tränenerstickt sagte sie: »Ich dich auch.«

»Und ich verspreche dir«, hörte sie seine feierliche Stimme, »dass unser Kind es immer ... immer gut haben wird. Ich werde der beste Vater sein, den du dir vorstellen kannst. Und wenn ich mal was nicht weiß, was garantiert vorkommt, hilf mir. Versprochen?«

Er sah sie an. Sah ihre Tränen.

»Hey, was ist?«

»Nichts. Es ist ... alles gut ...« Sie schüttelte den Kopf, nahm ihn in den Arm, vergrub ihr Gesicht in seiner Schulter. »Wirklich«, sagte sie leise und hielt sich fest, »alles gut.«

Sie hatte die richtige Entscheidung getroffen. Sie kannte die Konsequenzen. Sie wusste, was sie zu tun hatte. Alles. Es lag vor ihr. Und es war simpel.

Aber es war alles andere als einfach.

Sie kannte ihren Text in- und auswendig, als sie drei Tage später vor der Tür ihres *Lovers* stand. Den Mann selbst hatte sie sich gebetsmühlenartig klein, schlecht und hässlich geredet, und die Situation selbst simpel, logisch und pragmatisch: Klar und wahr sein, nur darauf kam es an. *Clemens, es ist vorbei. Ich mag dich sehr, vielleicht liebe ich dich sogar, aber es geht nicht mehr. Ich bin schwanger, ich bekomme ein Kind. Und ich will nicht, dass meine Ehe kaputtgeht. Lass uns erwachsen sein. Mach's gut.*

Ganz einfach. Sechs Sätze. Einundzwanzig Sekunden. Danach auf dem Absatz kehrtmachen und nicht zurückblicken. Nie wieder. Kein Thema.

Als er die Tür öffnete, geriet alles umgehend ins Wanken. Seine Augen schossen ihre kühnen, simplen Pläne in Trümmer, seine Freude, sie endlich wieder zu sehen, übertrug sich schneller als jeder Virus in ihr Herz, und sie wusste, dass sie mit niemand als ihm sein wollte; ob ewig oder nur noch einen Tag. Keine Sekunde wollte sie ohne ihn leben.

»Hallo, Leben«, sagte er.

»Hallo, Geliebter«, sagte sie und suchte verzweifelt nach ihrem einfachen Text. Einundzwanzig Sekunden. Kein Thema. Nicht zurückblicken.

Ehe sie irgendetwas wieder gefunden hatte, lag sie in seinen Armen, fühlte sich betäubt von seinem Duft, wollte ihn küssen, ihn in sich spüren, mit ihm die Welt verlassen und nirgendwo mehr sein als bei ihm, mit ihm, in seiner Seele.

»Nicht, dass mein Macho-Image Schaden nimmt«, sagte er, »aber – kann es sein, dass jede Sekunde ohne dich reine Zeitverschwendung ist?«

Sie fühlte, dass sie ertrank, und schnappte nach Luft: »Clemens, ich ...«

»Ich dich auch. Und wie.« Er zog sie in die Wohnung, er zog sie aus dem Mantel, und nichts verlief so, wie sie geplant hatte.

»Und weißt du, was?«, sagte er, entsetzlich vergnügt, und verlegte sich ohne Warnung auf seinen Lieblingstonfall, nämlich den der bösartigen jungen Fachverkäuferin: »Don Giovanni? Ha-ha-ha! Können Sie vergessen, ausverkauft bis unters Dach, da hätten Sie zehn Jahre früher kommen müssen!«

Mit theatralischem Zittern zauberte er zwei Karten aus der Tasche seiner Jeans und hielt sie triumphierend in die Höhe – wie ein Fußballer, der gerade das entscheidende Tor im WM-Endspiel erzielt hatte.

Anabel konnte gar nicht anders als mitzustrahlen.

Clemens, es ist vorbei. Ich mag dich sehr, vielleicht liebe ich dich sogar, aber es geht nicht mehr. Ich bin schwanger, ich bekomme ein Kind. Und ich will nicht, dass meine Ehe kaputtgeht. Lass uns erwachsen sein. Mach's gut.

»Ist nicht dein Ernst!«, sagte sie stattdessen, und schnappte spielerisch nach den Karten – die er ebenso spielerisch noch höher hielt, unerreichbar für sie. Es war nur eins von so grässlich vielen Details, aber sie beide liebten diese Oper in Rot und Schwarz, und sie hatten eines Nachts überrascht festgestellt, dass nur eines auf der Welt sie davon abhalten konnte, miteinander zu sprechen oder einander ununterbrochen zu küssen: diese Musik. Die Aussicht, *Don Giovanni* tatsächlich gemeinsam zusammen zu erleben, hatte in Anabels Ohren von diesem Augenblick an geklungen wie das Nirwana persönlich.

»Wie hast du das denn hingekriegt?«

»Bestechung«, sagte Clemens lässig, gab die Pose auf und reichte ihr die Karten. »Ich hab dieser Kartentante die Ehe versprochen.«

»Nie im Leben hat das gereicht! Eine Ehe! Mit dir! Was noch?«

»Okay, den besten Sex aller Zeiten.«

»Du Schwein.«

»Was sollte ich machen. Glaub mir, das ist ein *Opfer*, meinerseits – sie ist dreiundzwanzig, blond, sexuell unerfahren oder bloß frustriert, hat die Figur von Heidi Klum und ist ungefähr so intelligent wie ein Mohnbrötchen ...«

Anabel krempelte die Ärmel hoch und begann den wunderbarsten Mann aller Zeiten und Welten spielerisch zu verprügeln. Ihren Text hatte sie vergessen.

»Sind zwar nur Stehplätze unterm Dach«, sagte Clemens, während er ihren Schwung gemeinerweise ausnutzte und sie unter einigen Küssen über die Lehne des Sofas bugsierte, »aber dann trage ich dich eben drei Stunden auf Händen.«

Er lag zwischen ihren Beinen, und sie wollte bloß noch raus aus allem Stoff, der sie trennte. Sie küsste ihn, er küsste sie, seine Augen waren in ihren, und etwas stimmte nicht.

»Was ist los?«

»Nichts. Küss mich.«

Clemens beherrschte diverse Tonfälle. Diesmal wählte er Meister Gepetto.

»Hoppla, was ist denn mit deiner Nase, Pinocchio?«

Anabel schloss lächelnd die Augen.

»Hat nichts mit dir zu tun. Nur was, was ich irgendwann erledigen muss.« Sie ignorierte seinen fragenden Blick. »Küss Pinocchio, Holzkopf.«

Er tat es. Und auch danach alles, was ihr Herz und ihr Körper begehrten.

Sie behielt ihren Text fest im Kopf, während die Wochen dahingingen: *Clemens, es ist vorbei. Ich mag dich sehr, vielleicht liebe ich dich sogar, aber es geht nicht mehr. Ich bin schwanger, ich bekomme ein Kind. Und ich will nicht, dass meine Ehe kaputtgeht. Lass uns erwachsen sein. Mach's gut.*

Es war ganz leicht. Aber es erwies sich immer wieder als unmöglich. Denn Clemens zertrümmerte ihre Bemühungen jederzeit im Ansatz. Mal war es ein alberner Ring aus dem Kaugummiautomaten, beim nächsten Mal ein völlig unerwarteter Auftritt als besoffener Homer Simpson (inklusive Gummimaske) in der Wohnungstür, mal bloß die leidenschaftlichsten und ehrlichsten Küsse der Welt, die ihre dämlichen paar Sätze im Ansatz pulverisierten. *Dieses eine Mal noch. Ich sage es ihm beim nächsten Mal.*

Aber nach dem gemeinsamen Besuch der *Don-Giovanni-Aufführung,* bei der er sie tatsächlich, wegen der schlechten Plätze unter dem Dach, zwei Stunden auf Händen (und seinem Knie) getragen hatte, war an »Schluss« sowieso nicht zu denken.

Dieses eine Mal noch.

Doch »Zeit« ist ein ungemütlicher Begriff, wenn man schwanger ist. Unter normalen Umständen verstreichen die Monate fast unbemerkt. Man wird älter. Sonst nichts. Wenn man schwanger ist, ist alles anders. Man wird nicht nur älter.

Man wird auch runder.

Nach elf Wochen verbannte Anabel ihre besonders schönen, engen Lederhosen in den hintersten Schrank – Wiedervorlage frühestens ein Jahr nach der Geburt. Nach zwölf Wochen freute sie sich über den Sommer und die Möglichkeit, luftige Kleider tragen zu können, ohne irgendetwas erklären zu müssen.

Nach vierzehn Wochen standen die Alarmzeichen auf Stufe »Rot«.

Beim Aufwachen nach einer wundervollen, himmlischen Nacht hatte sie Clemens ertappt, wie er ihre Brüste betrachtete. Und der wunderbarste Mann der Welt hatte sich die völlig berechtigte, völlig bescheuerte Frage nicht verkneifen können.

»Sag mal – da du seit zirka acht Wochen keinen Tropfen mehr trinkst, und da du so gut wie gar nichts isst von dem, was ich immer so lecker koche – wie kann es sein, dass diese wunderbaren Dinger größer werden?«

Kein Mensch hätte liebevoller kucken können als Clemens im Augenblick, als er diese Frage stellte. Aber im Nachhinein war Anabel stolz auf ihre Antwort.

»Spinnst du? Willst du damit sagen, dass ich fett geworden bin!«

Es war das letzte Mal, dass sie ihm nackt auf irgendeine Frage antworten sollte.

»Bella, das ist nicht mehr lustig!«

Lissi kam sonst nie unangekündigt im Laden vorbei, aber an diesem Dienstag im September hatte sie eine Ausnahme gemacht. Anabel hatte versucht, Ordnung in ihr Buchhaltungschaos zu bringen (nachdem alles Wesentliche nicht in Ordnung zu bringen war), und Lissi war einfach hereingestürmt, hatte die Proteste ihrer Freundin ignoriert und sie sozusagen verhört. In kurzen, knappen Sätzen. *Hast du Schluss gemacht? Triffst du den immer noch? Schläfst du noch mit ihm?* Es fehlte eigentlich nur noch, dass sie den Kopf der Schreibtischlampe umdrehte und Anabel ins Gesicht leuchtete. Anabel musste auf alle Fragen äußerst unbefriedigende Antworten geben, deshalb kam Lissi zu dem entschiedenen Schluss.

»Absolut nicht mehr lustig. Null, nada, ganz und gar nicht.«

»Lissi, ich muss meine Buchhaltung machen ...«

»Ja, klar, du musst deine Buchhaltung machen. Und dann musst du bestimmt deine Wohnung putzen und ganz dringend mal die Bücher nach Farben sortieren. Hör auf damit!«

Anabel ließ die Belege los und lehnte sich zurück, die Arme vor der Brust verschränkt.

Lissi flatterte vor dem Schreibtisch wie ein großer, bunter Vogel.

»Weißt du eigentlich ... Herrgott, du musst völlig irre sein!«

»Lissi.«

»Hast du mal drüber nachgedacht ... Wenn Dirk das rauskriegt, dann bist du so was von richtig ... richtig-richtig im Arsch. Weißt du das? Dann hast du nicht mal Anspruch auf Unterhalt! Keinen Cent!«

»Ich glaube nicht, dass das der Punkt ...«

»Und ob er das ist! Und zwar ganz genau! Ich bin keine Anwältin, gut, aber auch wenn dieser komische Staat Frauen wirklich nicht benachteiligt, wenn's darum geht, Exmänner auszunehmen wie Weihnachtsgänse: Ich glaube, von einem anderen schwanger zu sein, verbessert deine Chancen nicht direkt.« Sie bremste sich kurz, runzelte die Stirn und fügte hinzu, »Andererseits muss er das ja erst mal beweisen, und das geht erst nach der Geburt, so gesehen hättest du zumindest eine Frist ...«

»Dann ist ja alles gut«, sagte Anabel lahm und wollte sich wieder ihren Belegen zuwenden.

»Nein. Wie stellst du dir das alles vor? Wenn Dirk was merkt. Findet der das gut? Ist es ihm egal? Nimmt der das einfach artig zur Kenntnis und wünscht dir auch weiter eine schöne Schwangerschaft? Oder erlebst du die Hölle? Ich war ja noch nie schwanger, aber ich hab mir sagen lassen, dass das alles in den letzten Monaten nicht so ganz ohne ist. Willst du die im Bewusstsein durchziehen, dass dein Mann die Scheidung vorbereitet? Willst du vierundzwanzig Stunden am Tag so gestresst sein, dass du 'ne Fehlgeburt riskierst?«

»Nein«, sagte Anabel.

»Und es gibt ein noch viel schlimmeres Szenario als Zugabe, Bella«, fügte Lissi mit mahnend aufgerissenen Augen hinzu. »Wenn dieser Schwachkopf, dieser ...« Sie stieß einen Laut aus, der klang, als hätte sie eine Made in ihrem Salat gefunden. »Wenn *der* das mitkriegt, was dann? Hast du *darüber* mal 'ne Sekunde nachgedacht? Hm? So langsam kannst du deine Kugel da unten nämlich nicht mehr mit *Ich hab in letzter Zeit 'n Dauerjieper auf Chips und Schokolade* erklären, und wenn der das merkt, und wenn der dann 'ne Macke kriegt und denkt, das ist sein Kind ...!?«

Anabel spürte, wie ihr eine Träne über die Wange rollte.

»Nachher ruft der dann noch bei Dirk an, um ein Gespräch unter Männern zu führen, glaub mir, Typen machen so was ...«

»Lissi, ich weiß das doch alles«, heulte Anabel.

»Der Typ muss weg«, sagte Lissi.

»Nein, ich muss mich scheiden lassen.«

»Quatsch.«

»Scheiße, warum bin ich denn so *schwach!*«

»Du bist nicht schwach, du bist durcheinander. Das sind die Hormone.«

»Lieber Gott.«

»Der. Typ. Muss. Weg.«

Anabel jaulte auf. »Ich weiß! Das weiß ich, Mensch!«

»Ja, dann mach!«

»Aber ich kann das nicht!«

»Was? Wieso denn nicht!?«

»Weil ich nicht weiß, wie!«, schrie Anabel. »Ich weiß nicht, wie ich ihm das sagen soll!«

Was folgte, war eine ohrenbetäubende Pause. Anabel schniefte, ließ den Kopf sinken und verbarg ihr Gesicht in den Händen. Sie wusste es wirklich nicht. Die 6-Sätze-Variante funktionierte nicht, aber alle Erklärungen funktionierten ebenso wenig. Sie hatte sich alle Möglichkeiten vorgestellt, aber keine gefunden, die sie sich zutraute. Sie wollte nicht verletzt werden. Sie wollte Clemens nicht verletzen. Sie wollte es erklären, aber es war nicht zu erklären. Sie wusste nicht, was sie machen sollte. Deshalb tat sie nichts. Ließ es geschehen. Und das war ebenfalls falsch, wie sie selbst wusste. Falsch und gefährlich, für sie und das Kind.

Sie spürte Lissis Hand auf ihrer Schulter und sah durch einen Schleier aus Tränen auf.

»Tut mir Leid«, sagte sie achselzuckend.

Lissi schüttelte den Kopf. »Alles ist gut, Bella. Das ist schwer. Du bist zu nett für diese Welt.«

»Ja, klar«, erwiderte Anabel spöttisch. Zu nett zu wem? Zu Dirk? Zu Clemens? Zu sich?

»Ich sag dir, wie wir das machen«, seufzte Lissi. »Aber du musst mir was versprechen. Du wirst zwanzig Minuten lang alle Regeln vergessen, alles, woran du glaubst, und alles, was du für fair hältst.«

Anabel sah Lissi fragend an.

»Versprochen? Zwanzig harte Minuten gegen den Rest deines glücklichen Lebens.«

Anabel spürte, dass sie nickte.

Als sie zwei Tage später aus dem Auto stieg und auf das Café am Spreeufer zumarschierte, fühlte sie sich wie eine Maschine. Wie ein Soldat, der einen Hügel stürmen musste. Ein Zombie auf dem Weg zum Opfer. Ein Auftragskiller mit Scheuklappen, der nichts sieht außer seinem Ziel. Der für einen konzentrierten Augenblick alles vergisst. Seine Gefühle, seine Schmerzen, seine Fragen, seine Verwandten und die Genfer Konventionen. Sie entdeckte ihr Ziel an einem der Tische direkt am Wasser. Da saß er, im milden Licht der spätsommerlichen Sonne, las die Zeitung, vor sich einen Latte Macchiato. Die Auftragskillerin ignorierte, dass er gut aussah. Sie wünschte sich allerdings, er möge die Sonnenbrille auf der Nase behalten.

Anabel näherte sich ihrem Opfer von hinten und nahm rasch Platz, ohne ihm eine Gelegenheit zu geben, sie in den Arm zu nehmen oder sie genauer anzuschauen. Sie hatte sich einen Pullover um den Bauch geschlungen, obwohl es dafür ausgerechnet an diesem Tag viel zu warm war. Der Sommer unternahm einen letzten grandiosen Ausflug nach Berlin, und das Ende September. Hätte sie noch immer an Zeichen des Himmels geglaubt, wäre sie wieder ins Schwanken geraten. Aber sie war Soldatin. Terminatorin. Auf einer Mission. Keine Zeit für Esoterik.

Sie setzte die Sonnenbrille nicht ab. Er ließ erfreut, aber auch erstaunt die Zeitung sinken, und schob sich die Brille in die Haare. *Schöne Augen ignorieren,* schnurrte sonor ein Unterprogramm in der Tötungsmaschine.

Anabel winkte nach der Kellnerin und bestellte brüsk einen Kaffee. Clemens sah sie weiter mild erstaunt an. Dann deutete er auf den Pullover um ihren Bauch.

»Entführst du mich nachher noch zum Nordpol?«

Anabel antwortete nicht. Sie sah ihn bloß ernst an, durch ihre dunklen Gläser. Das gehörte zum Programm.

»Was ist los?«, fragte Clemens.

»Nichts«, erwiderte Anabel kalt. »Was soll schon sein?«

»Komm, erzähl mir nichts, irgendwas ist. Hab ich dir irgendwas getan?«

Die Tötungsmaschine ließ eine winzige Pause entstehen. Dann sagte sie: »Frag mal lieber, was du mir nicht getan hast.«

Der Satz erwischte das Opfer auf dem falschen Fuß, ganz so, wie die Trainerin der Tötungsmaschine vorhergesagt hatte.

»Hä?«, machte Clemens.

Anabel setzte mit kaltem Zorn nach.

»Hast du in den *vier* Monaten auch nur *einmal* versucht, mich wenigstens zu *fragen,* ob ich aus meiner Beziehung rausmöchte, vielleicht?«

»Was? ... Ja ...«

Nachsetzen. Mit einer schweren, irrationalen Links-Rechts-Kombination.

»Ich bin dir so egal«, sagte sie. »So scheiß-e-gal.«

»Ana...«

»Du fickst mich gern, du laberst gern, aber du meinst doch überhaupt nichts ernst. Ich bin doch nur praktisch für dich, weil ich verheiratet bin.«

Auf seine Reaktion warten. Lissi hatte beim Vorbereiten der Szene bedauert, dass Anabel nicht rauchte. Denn dies wäre der richtige Augenblick gewesen, einmal an der Zigarette zu ziehen und den Rauch schräg seitwärts nach oben wegzublasen.

Nach einer kurzen Pause sagte Clemens, was er sagen musste.

»Sag mal ... hast du sie nicht mehr alle?«

Anabels einstudierte Antwort klang extrem schlagfertig.

»Nee, wahrscheinlich nicht. Weil ich mich mit dir eingelassen hab.«

»Hey, ich liebe dich ...« Clemens gestikulierte kurz und hilflos, »aber ... ich kann dich doch nicht zwingen, deinen Mann zu verlassen!«

»Du fragst mich ja nicht mal! Du fragst mich ja nicht

mal, ob ich das vielleicht möchte! In *vier* Monaten. Nicht ein einziges Mal.«

»Ich, was ... ich hab dich nicht *gefragt?*« Er schüttelte ungläubig den Kopf. »Nee, ich hab dich bloß auf den Knien angefleht, und das höchstens jeden Tag ...«

Nachsetzen. Sachverhalt umdrehen und zuschlagen.

»Ach, das meinst du?«, sagte sie mit kalter Wut, »Dieses peinliche Studententheater? Das nennst du fragen? Ja, das nennst du: jemanden ernst nehmen.« Sie schüttelte entgeistert den Kopf. »Meine Güte, was war ich für eine blöde, beknackte Kuh.«

»Leben, was soll ich machen, dich entführen? Ich kann doch nicht ...«

»Nee, du kannst nicht. Du kannst *nie*. Aber ich soll immer. So, wie's dem Herrn passt – komm hierher, komm dahin, lass dich ficken, und dann geh wieder nach Hause, bloß nichts Anstrengendes, bloß nicht einlassen.«

»Ich ...«

Tiefschlag. Neuer Vorwurf, größer, unwiderlegbar.

»Olala, was tun sich da für beschissene Abgründe auf!«

Clemens, der erkennbar völlig überfordert war und nicht wusste, wie ihm geschah, blickte sich unruhig um, zu den Nachbartischen, an denen die Gespräche fast verstummt waren. Natürlich schaute niemand zu ihnen herüber, aber eine Menge Ohren lagen förmlich auf ihrem Tisch.

»Können wir darüber vielleicht ...« versuchte Clemens leise.

»In Ruhe sprechen?«, erwiderte Anabel wütend und sehr laut. »Nicht wirklich, oder?! Seit wann *sprechen* wir miteinander?«

»Hey, jetzt ist aber ...«

Wenn der Stier wütend wird, setz das Schwert.

Sie stand entschieden auf. »Deine Aggressionen muss ich mir nicht auch noch geben, danke. Aber du hast Recht: Jetzt ist aber wirklich gut. Allerdings. Sind wir wenigstens einmal einer Meinung. Vier Monate! Ich warte *vier Monate* auf *eine* menschliche Regung. Ich bin so bescheuert! Weißt du, was du bist, Clemens?«

Er saß da, völlig zertrümmert, und die Tötungsmaschine ging fast kaputt an seinem Schmerz. *Keine Gnade,* hallte Lissis Stimme in ihrem Kopf. *Wir machen keine Gefangenen.*

»Ich hab die Schnauze voll von deinen beschissenen Studentenspielchen«, hörte sie sich sagen. »Du, Clemens, du: bist. Zeitverschwendung.«

Umdrehen. Weggehen. Aus.

Sie tat es.

Es tat unendlich weh. Ihre Beine wollten ihr nicht gehorchen, sie musste sich Schritt für Schritt von ihm wegzwingen. Energisch links, energisch rechts, energisch links. Ihre Knie waren weich, ihre Beine hatten sich in hauchdünne Bambusstangen verwandelt. Links, rechts, links, rechts. *Nicht umdrehen.* Das Herz schlug ihr bis in den Hals, rasend von Kummer, und es war, als läge ein Seil um ihre Brust, das sie mit ihm verband; mit jedem Schritt wurde es schwerer, der Widerstand nahm zu, ihr wurde schwarz vor Augen, und sie fühlte, wir ihr die Tränen in Bächen unter der Sonnenbrille hervorschossen. Sie fühlte seine Blicke auf ihrem Rücken, sie fühlte seinen ganzen Schmerz, fühlte sein Herz in ihrer Hand, ein Herz, das sie herausgerissen hatte. Schwarz. *Nicht umfallen. Links, rechts, links, noch drei Meter, dann bist du aus seinem Blickfeld.* Links, rechts, sie erreichte den Ausgang, ging nach links, und spürte, wie das Seil zerriss. Sie presste sich die Hand auf den Mund und schluchzte laut, dann stolperte sie weiter, zu ihrem Auto.

Sie schaffte es, den Wagen anzulassen und loszufahren. Sie konnte nicht dort stehen bleiben. Er durfte sie nicht so sehen.

Zwei Seitenstraßen weiter bog sie ab, bremste am Straßenrand, stellte den Wagen ab und begann mit einem lauten Schmerzschrei zu weinen, wie sie noch nie in ihrem Leben geweint hatte.

Auch das hatte Lissi ihr prophezeit, aber nicht, dass es so unendlich wehtun würde; so weh, dass nichts mehr von ihr übrig blieb.

Der erste Mord ist immer der schlimmste, hatte Lissi gesagt.

Das war nicht die ganze Wahrheit gewesen. Anabel hatte eine Seele getötet, und ganz gleich, ob das notwendig gewesen war oder nicht: Ihre Seele starb mit der des Opfers.

Ihr Handy klingelte. Sie weinte weiter.

Immer weiter. Es kam ihr vor wie Stunden, Tage, als weinte sie sich alles Wasser der Welt aus den Augen.

Ihr Handy klingelte wieder.

Sie nahm es und sah auf das Display. Es war nicht Clemens, der sie zu erreichen versuchte, es war Dirk. Sie legte das Handy weg.

Sie suchte und fand ein Taschentuch, wischte sich die Augen trocken, putzte sich die Nase und sah, wie sich der Himmel über ihr verdunkelte. Dunkle Wolken verjagten den Sommer, ein Windstoß ließ Blätter von den Bäumen regnen.

Wieder klingelte ihr Handy. Wieder erschien Dirks Nummer auf dem Display. Das war nicht seine Art, derartig hektisch hinter ihr herzutelefonieren. Sie schniefte noch einmal, dann drückte sie auf den Empfangsknopf.

»Ja?«, sagte sie und stellte entsetzt fest, dass sie völlig verheult klang.

»Bella, wo steckst du?« Er schien es nicht zu bemerken.

»Ich ... in der Stadt, ich ... musste was erledigen.«

»Wie lange brauchst du nach Dahlem?«

»Jetzt?«

»Ja.«

»Was ... ich weiß nicht, zwanzig Minuten?«

»Gut, beeil dich, bitte, ich hab nicht viel Zeit.« Er nannte ihr eine Adresse, die sie auf einem Zettel mitkritzelte.

»Und was ...« fragte sie. »Was müssen wir da machen?«

»Unser neues Haus besichtigen.«

Zwanzig Minuten, zwei rote Ampeln und zwei Hupkonzerte später erreichte Anabel die angegebene Adresse in einer unanständig schönen Allee in Dahlem. Sie hatte es zwischen zwei Rotphasen geschafft, sich einigermaßen wieder herzurichten, und ihre roten Augen würde sie in jedem Fall unter der Sonnenbrille verstecken – selbst wenn Dirk ihr irgendeinen Keller ohne Licht zeigen wollte. Sie parkte den BMW hinter Dirks Mercedes, vor einer hohen Hecke und dem weiß lackierten Holztor mit der Nummer 17, stieg aus und trat durch das Tor in den Vorgarten einer wunderschönen, riesigen Gründerzeitvilla, die sie trotz der Wolken am Himmel mit strahlendem Weiß begrüßte. Die Haustür stand offen, Anabel ging die sechs Stufen hoch und rief ins Innere.

»Dirk?«

»Hier oben«, kam seine Stimme von weit her. »Ich komme runter.«

Anabel betrat das Haus, und es verschlug ihr sofort den Atem. Der Flur war riesig, das Parkett edel, der Stuck aufwändig restauriert, und die Decken waren wenigstens viereinhalb Meter hoch. Direkt vor ihr und zu ihrer Rechten führten Flügeltüren in Räume, in denen man problemlos Tennisturniere hätte veranstalten können. Sie ging vorsichtig hinein, als Dirk neben ihr auftauchte.

»Ist das nicht sensationell?«, sagte er.

Sie konnte nur nicken. Ehrfürchtig durchquerte sie den Raum, trat an eines der hohen Fenster und sah hinaus in den großzügigen Garten, der unter ihr lag. Eine Terrasse wie direkt aus Versailles, eine große Rasenfläche, begrenzt von Rhododendren. Das Obergeschoss einer Nachbarvilla ragte über die Bäume am Ende des Grundstücks, andere Häuser waren nicht zu sehen.

Sie schüttelte den Kopf.

Dirk hakte sich bei ihr ein und zeigte ihr den Rest des Traums.

Eine riesige Bulthaup-Küche mit Kochblock in der Mitte und Platz für einen langen Tisch mit vielen Stühlen. Direkter Zugang zur Terrasse über eine kleine Außentreppe. Im Souterrain etwas flachere Decken, Terrakottaböden, Sprossenfenster, viel Tageslicht. Im Obergeschoss sechs Zimmer, alle zwischen zwanzig und fünfunddreißig Quadratmeter groß. Ein traumhaftes Bad, italienische Kacheln, Eckbadewanne. Darüber: Ausbaureserve.

»Brauchen wir aber nicht, glaube ich«, sagte Dirk, als sie wieder unten standen, in einem der drei ineinander übergehenden riesigen Räume. »Sind auch so vierhundertfünfzig Quadratmeter.«

Anabel schluckte.

»Magst du's nicht?«, fragte Dirk.

»Doch«, sagte sie tonlos. »Es ist ... mein Gott, das ist unglaublich ...«

»Oder? Und kann man da was draus machen?«

»Absolut. Ich ... ich meine, wie ...? Können wir uns das ...?«

»Ich hab's reserviert. Wir haben zwei Wochen Zeit, um uns zu entscheiden. Aber sobald *Solotrust* unterschrieben hat – also Montag – unterschreibe ich den Kaufvertrag hier.« Er sah sie stolz, aber auch fragend an. »Wenn du es willst.«

Anabel nickte ungläubig.

»Du musst mir nur einen Gefallen tun«, sagte Dirk. Er kam zu ihr, legte ihr den Arm leicht um die Schulter und drehte sich mit ihr, so dass sie beide in die leeren, wunderschönen Räume sahen. Während sie ihn fragend anschaute, machte er mit der freien Rechten eine weit ausholende Geste.

»Richte es ein.«

Wieder schluckte Anabel.

»Ist das der Gefallen?«, fragte sie mit trockenem Mund.

Er nickte.

Sie nickte.

Donnergrollen erklang von weit her, und der Wind rüttelte an einem der offenen Fenster. Dirk ging hin, zog das Fenster zu und verriegelte es. Mit einem Blick gen Himmel sagte er, »Das war's dann wohl mit dem Sommer.«

Dann sah er auf die Uhr, um sich zu vergewissern, und sein Lächeln wurde noch etwas zufriedener. »Geht doch nichts über pünktliche Jahreszeiten. Herbstbeginn.«

III

ANDERE UMSTÄNDE

Am Montag darauf unterschrieb Dirk seine Vereinbarung mit *Solotrust.* Am Dienstag unterschrieb er den Kaufvertrag für die Villa in Dahlem. Am Mittwoch kündigten sie die Wohnung in der Mommsenstraße. Anabel löschte binnen achtundvierzig Stunden zwölf SMSen von Clemens, ungelesen. Darüber hinaus löschte sie alles, was sie konnte. Sperrte die Erinnerungen rigoros weg, so gut es ging. Die Erinnerungen an ihn, alle. An seine Augen, seinen Duft, Hohwacht, London, Risotto, Sushi, Trottelkissenwale, *Dead or alive,* die Sonne, seine Berührungen, seine Küsse, alles, was sie getan hatten; alle Erinnerungen an den Mord, den sie begangen hatte. Sie verschloss diesen großen Teil ihres Herzens vor sich selbst, verriegelte die Tür und legte eine dicke Kette vor. Sie wusste, dass sie irgendwann wieder würde hineinsehen müssen in diese Kammer – aber nicht jetzt. Später. Viel später. Und sie hoffte, dass bis dahin alles darin blass und leblos geworden wäre, verdurstet, verhungert, tot.

Vom Tag der Wohnungskündigung an blieben drei Monate, in denen Anabel alles organisieren musste. Neben ihrem Alltag, dem Laden, der Rundumversorgung ihres Mannes, neben der Schwangerschaft. Dirks Planung war generalstabsmäßig und – natürlich – ebenso klug wie effizient. Der Umzug würde spätestens im siebenten Schwangerschaftsmonat stattfinden, sodass Anabel anschließend »die Beine hochlegen« könnte. Er selbst würde wenig oder gar keine Zeit haben, sich um Details zu kümmern, aber er vertraute auf Anabels guten Geschmack und ihr Geschick beim Auswählen und Überwachen der Handwerker. Seine Wünsche waren, in seinen Augen, bescheiden. Ein aufwändiges Lichtkonzept in den Räumen im Obergeschoss, Fußbodenheizung in den Bädern, komplett verkabeltes Erdgeschoss, Steuerung von Dolby-Surround-Anlage, Flatscreen und Licht über eine einzige Fernbedienung.

»Gibt es«, sagte er. »Schlimmstenfalls nimmst du B&O, wenn's günstiger geht, umso besser. Aber keinen Schrott.«

Anabel nickte dazu. Sie hatte keine Ahnung von derartigem Jungs-Spielzeug, aber das würde sie schon hinkriegen. Wozu gab es all diese picklingen *Nerds* in den Fachabteilungen der Geiz-ist-doch-nicht-blöd-Märkte – und wenn man ausgeben konnte, was man wollte; wo sollte da das Problem sein?

Für sich betrachtet, war die Installation von sehr viel Licht und Technik tatsächlich kein Problem. Aber vor dem Hintergrund eines vernachlässigten Antiquitätenladens, einer allmählich körperlich schwieriger werdenden Schwangerschaft und der paar anderen Full-Time-Tätigkeiten im Dienste ihres Mannes geriet Anabel dann doch ins Schleudern. Den Rest erledigten die Hormone, denn ihr Körper zog alle Register, wie ein Betrunkener an der Orgel; himmelhoch jauchzend und zu Tode betrübt, hoch begabt und dement wechselten im Stundentakt, und zwischendurch kriegte sie immer wieder mal Anfälle von Alzheimer. Was gut war in Sachen Clemens, aber nicht so gut in Sachen Handwerker.

Sie hätte ihre Eltern kommen lassen können, wie Dirk vorgeschlagen hatte, aber sie wusste, wie das enden würde. Ihr Vater würde nach zwei Tagen Heimweh kriegen und anfangen, über Berlin und die »Eingeborenen« herzuziehen, daraufhin würden ihre Eltern zu zanken beginnen, und Dirk wäre allabendlich genervt. Ihre Mutter fiel deshalb aus. Jedenfalls zu diesem Zeitpunkt. Nach der Geburt würde Anabel sie holen. Da brauchte sie sicherlich dringender Hilfe.

Zum Glück hatte sie Lissi.

Lissi half, wo sie konnte. Oder versuchte es wenigstens. Jede Minute, die sie erübrigen konnte, verbrachte sie mit Anabel. Begleitete sie in Einrichtungshäuser, Designtempel und sogar in Baumärkte, wo sie so deplatziert wirkte wie ein Papagei in einem Bergwerkschacht. Als Beraterin entpuppte sie sich allerdings als nur bedingt brauchbar, denn es konnte ihr gar nicht bunt und crazy genug sein, während Anabel – wie Dirk – eher zur schlichten Eleganz neigte. Noch weniger hilfreich war Lissi allerdings beim Besuch von Technikmärkten, oder wenn sie Anabel freundlicherweise die Verhandlungen mit Handwerkern abzunehmen versuchte.

Zum einen lag das daran, dass sowohl die milchbärtigen Hi-Fi-Hiwis als auch die generell wüst behaarten Tischler, Klempner und Maler beim Anblick von Lissis tief ausgeschnittenen Dekolletees sofort ihren kümmerlichen Restverstand abgaben und so gut wie alles falsch verstanden. Oder gar nichts mehr. Zum anderen legte Lissi sich wie gehabt mit allen an und wusste alles besser. Jedenfalls, was »faire Preise« betraf. Sowie Kabelstärken. Oder Flachbildschirme.

Nach drei oder vier dieser verheerenden Treffen beschloss Anabel, doch lieber allein mit den Handwerkern zu sprechen. Was natürlich nicht einfach war, weil die generell leichtes Spiel witterten, wenn sie mit einer Frau sprachen. Aber Anabel bereitete sich gründlich vor. Auf jedes Gespräch. Zumindest verschaffte sie sich ausreichendes Wissen, um gekonnt zu bluffen. Das Internet erwies sich als wahre Fundgrube, um dreiste Handwerker auflaufen zu lassen. Kaum fingen die an, Fachkauderwelsch zu sprechen, konterte Anabel mit mindestens ebenso wildem Kauderwelsch, und spätestens danach bemühten sich die meisten der Herren um Verständlichkeit.

Es war mühsam, aber es machte ihr Spaß. Außerdem stellte es die perfekte Ablenkung dar, wann immer etwas von innen an die Tür der verschlossenen Kammer klopfte. Nach drei Wochen hatte sie ihre Mannschaft komplett am Start, zu fairen Preisen, und die Arbeiten begannen. Die Elektriker verlegten Kabel, der Tischler hängte die Decken im Obergeschoss ab, die Maler standen Gewehr bei Fuß und hatten am Ende tatsächlich begriffen, welche Farben sie verwenden sollten. Und die Liefertermine für die neuen Regale, das Bett im Kinderzimmer und im Gästezimmer, und den Klimaschrank für den Weinkeller standen fest.

Anabel schaffte es sogar, Ordnung in ihre Buchhaltung zu bringen. Sowie Dirks Hemden zwischen seinen ständigen Reisen nach Hongkong und New York immer rechtzeitig zur Reinigung zu bringen. Er musste sich um nichts kümmern. Wann immer er zu Hause war, hatte sie bereits für alles gesorgt.

Sie war stolz auf sich.

Die Schwangerschaft verlief erfreulich problemlos. Maiberg war zufrieden mit allem, was sich in ihrem Bauch abspielte, sie fühlte sich gut, von Übelkeit keine Spur, und sie hatte auch keinen nächtlichen Heißhunger auf Gurken mit Nutella oder Steinbutt mit Streuseln.

Anfang des fünften Monats, im November, hatte sie das Gefühl, sich ernsthafter als bisher mit der Geburt beschäftigen zu müssen – und mit dem, was danach auf sie zukäme. Zwar hatte sie halbherzig einen »Vorbereitungskurs« gebucht (für sich selbst und Dirk), aber angesichts seiner permanent dringenden Termine ahnte sie, dass sie am Ende allein würde gehen müssen. Oder gar nicht. Denn irgendwie erschien ihr das überflüssig, Geburtsvorbereitung. Was sollte sie da lernen? Sie würde das Kind in der Klinik von Dr. Maiberg bekommen, einer kleinen privaten Klinik, die zwar nicht über eine Intensivstation für Neugeborene verfügte, aber dafür bloß einen Kilometer entfernt war vom nächsten größeren Krankenhaus. Sie fühlte sich in den besten Händen. Sie vertraute ihrem Arzt und genoss ihren privilegierten Status als Privatpatientin – aber wozu sollte sie einen Vorbereitungskurs brauchen? Sie hatte Clarissa angerufen und gefragt, was man da lernen konnte.

»Atmen.«

»Kann ich, das mache ich Tag und Nacht.«

»Aber nicht so.«

»Wie, so?«

Clarissa machte es ihr vor, und beide mussten lachen.

»Ich werde zum Hundeimitator ausgebildet?«

»Sozusagen, ja. Aber du lernst auch ein paar andere Sachen, wie man die Schmerzen besser aushält.«

»Da bringt mir keiner mehr was bei.«

»Du, nichts für ungut, Bella, aber es tut wirklich weh.«

»Kann ich mir vorstellen.« Sie sah hinunter auf ihren immer dicker werdenden Bauch. »Das muss ja irgendwie raus, und das sieht schon jetzt unmöglich aus. Aber bringen die mir bei, wie ich das schmerzlos hinter mich bringe? Ich meine, tat's bei dir nicht weh?«

»Ich wäre fast gestorben.«

»Trotz Kurs.«

»Klar.«

»Clarissa?«

»Ja.«

»Bitte sei ehrlich. Hat dir das was gebracht?«

Sie schwieg eine Weile, dann hörte Anabel sie lachen.

»Martin hätte fast die Scheidung eingereicht nach dem ersten Termin. Ich meine, bitte, stell dir das vor, da sitzen zehn Kegelrobben und ihre Männchen im Kreis, um so eine Birkenstock-Fanatikerin herum, und dann müssen alle komische Übungen machen.«

»Wie, alle? Auch die Typen.«

»Klar. Solidarität. Und dann sagt diese Hebamme«, Clarissa prustete kurz, »dann sagt die zu Martin, du bist aber so'n bisschen blockiert in den Lendenwirbeln, du, und neun blasse Teetrinker kucken meinen Kerl an und grinsen irgendwie. Hallo? Martin ist ein *Mann*. Und diese Typen, Bella, im Ernst, die sahen alle aus, als ob sie die Weihnachtskränze basteln.«

»Ich ahne was«, sagte Anabel.

»Einer von denen hat Martin danach so am Arm genommen, so ganz lieb, und ihm eine Krankengymnastin empfohlen, und – lach nicht – der meinte dann noch, Sauerkraftsaft wäre gut für die Beckenmuskeln.«

»O Gott.«

»Das muss aber nicht überall so sein, vielleicht hatten wir bloß Pech.«

»Entschuldige, aber ... jetzt mal im Ernst, unter Freundinnen: Ist das eine Empfehlung, oder kann ich mir das schenken?«

Clarissa lachte. »Eigentlich will ich, dass alle mindestens so leiden wie ich – aber wenn du mich so fragst: Lass es. Wir treffen uns irgendwann zum Kaffee, rollen die Isomatte aus, und ich zeig dir zwei, drei Dinge, die wirklich helfen. Den Rest kannst du vergessen. Und, bitte, selbst wenn du so einen Kurs belegst, komm nicht auf die Idee, Dirk mitzunehmen. Wenn er seinen geduldigen Tag hat, droht er dir danach bloß mit Scheidung – aber wenn er pragmatisch drauf ist, dann zerlegt der die ganze Veranstaltung und versucht die Hebamme zu optimieren. Da hast du dann garantiert keinen Spaß.«

»Danke«, sagte Anabel. Und verabredete sich für »spätestens im siebten Monat, im neuen Haus« mit ihrer persönlichen Geburtsvorbereiterin Clarissa.

Erschüttert wurde ihre neue Selbstsicherheit in Sachen *Mutter werden* dann allerdings doch noch einmal, und zwar zwei Wochen später, als Dirk, die Fürsorge in Person, ihr vom Rückflug aus Hongkong nicht nur einen geschnitzten Talisman mitbrachte, der für gesunde Kinder sorgen sollte, sondern auch eine Reihe von Zeitschriften. Die üblichen Verdächtigen: *Elle, Vogue, Marie Claire, AD*. Aber dazu etwas völlig Neues: *Eltern*.

Bis zu diesem Augenblick hatte Anabel, bestärkt durch das offene Gespräch mit Clarissa, fest geglaubt, beim Gebären eines Kindes und der Aufzucht desselben handle es sich um natürliche Vorgänge. Nach der Lektüre ihrer ersten *Eltern* war sie nicht mehr so sicher.

Es schien sich vielmehr um einen Vorgang zu handeln, bei dem man so gut wie alles falsch machen konnte, ja falsch machen musste, wenn man nicht wenigstens acht Semester Kinderkriegen studiert und anschließend seinen Doktor in Frühpädagogik abgelegt hatte.

Mit zwanzig hatte sie Stephen Kings *Es* gelesen und Angst gehabt. Mit dreiunddreißig las sie *Eltern* und lernte völlig neue Abgründe des Horrors kennen.

Fruchtwasseruntersuchung, ja oder nein? Impfen gegen Keuchhusten / Masern / Mumps / Meteoriteneinschlag – Chancen und Risiken. Gebärhocker oder Bett, am Seil hängen oder am Partner, Kaiserschnitt oder Wassergeburt? *Wassergeburt,* dachte sie – *bin ich Flipper?* Mein Kind nässt ins Bett – Seelenqual oder Hirntumor? Ist mein Kind missbraucht worden, wenn es dauernd schwarze Wale malt? Drama Schwangerschaftsstreifen – gezeichnet fürs Leben? Dammriss oder Dammschnitt – und die Folgen: Inkontinent für immer? Zange oder Glocke? Hilfe, mein Kind hat Fruchtwasser geschluckt; Vertrauen ins Leben – Mütter von Downkindern erzählen; Sex nach der Geburt – mit viel Liebe geht auch das; 3-Monats-Koliken: 100 Nächte ohne Schlaf; was mein Kind können muss – ist Mona geistig zurückgeblieben, weil sie mit drei noch keine japanischen Kanjis zeichnen kann? – wenn Kinder vor Zorn bewusstlos werden; überfordert – die besten Adressen für werdende Mütter.

Anabel wachte drei Nächte nacheinander schweißgebadet auf. Herrgott, was war sie für eine lausige Schwangere! Und was würde sie erst für eine schlechte Mutter sein! Weder hatte sie eingebildetes Wasser in den Beinen, noch hatte sie bereits einen Kindergartenplatz besorgt, dabei war ihr ungeborenes Kind doch schon sechs Monate alt! Sie benahm sich wie eine komplett ahnungslose Buschfrau, die im blinden, analphabetischen Glauben an die Natur meinte, ein Kind *einfach so* zur Welt bringen zu können. *Einfach so!* Einfach schwanger sein zu können, ohne Probleme und ohne Fragen, und irgendwann, wenn es den Bauch regelmäßig zusammenzog, ins Krankenhaus zu fahren, und ihr Kind *einfach so* zu kriegen! Unfassbar!

Drei Tage lang fühlte sie sich entsetzlich schlecht und vernachlässigte alles. Handwerker, Besorgungen, Reinigungen, Buchhaltung, Einkäufe.

Und am vierten Tag beschloss sie, das alles zu ignorieren. Sie telefonierte mit Dirk, der zur Abwechslung in Madrid war, und bat ihn, ihr notfalls die *Wirtschaftswoche* aus der Businessclass mitzubringen und gern auch die neue AD, falls da wirklich schöne weitere Wohnideen drin wären, aber bitte auf jede weitere Ausgabe der *Eltern* oder verwandter Verunsicherungsmagazine zu verzichten. Wenigstens, bis ihr Kind achtzehn wäre.

Sie war selbst erstaunt, was die Schwangerschaft aus ihr machte. Sie hatte sich so oft schwach gefühlt, und sie war so oft tatsächlich schwach gewesen. Aber das neue Leben war nicht nur in ihrem Bauch. Es war auch in ihrem Herzen und in ihrem Kopf, und sie spürte sich wieder, endlich, die Frau, die sie wirklich war.

Das SMS-Bombardement hatte eine Woche nach ihrem Auftritt vor Clemens plötzlich aufgehört. Das war Ende September gewesen. Mitte Oktober sprach er ihr auf die Mailbox. Sie hörte nur die ersten paar Worte, dann schaltete sie den Anruf weg und löschte ihn. Sie wollte nicht wissen, was er zu sagen hatte. Ganz gleich, was es war. Ganz gleich, wie wahr es sein mochte. Sie hatte keine Zeit. Nicht dafür. Nicht jetzt. Die Kammer war verriegelt. Bis auf weiteres.

Er versuchte es noch einmal, eine Woche später. Wieder sprach er aufs Band. Sie löschte seine Nachricht, ohne sie anzuhören. Danach verstummte er für drei Wochen. Mitte Oktober schickte er eine SMS, und sie las sie, fast versehentlich.

Bin da. Notfalls in zehn Jahren. Liebe dich. Will dein Glück. Keine Sorge. Reine Liebe. Mail einfach: I'm okay.

Sie mailte: *I'm okay.*

Er erwiderte: *Danke.*

Nichts weiter.

Zwei Wochen später schickte er wieder eine SMS. Diesmal hatte sie keine Angst mehr und las sie absichtlich.

Komisch. Zu wissen, du bist glücklich, nimmt mir allen Kummer. Okay, fast. Kuss C.

Tut mir Leid, mailte sie zurück. Seine Antwort kam prompt.

Alles gut. Meet me in 30 years. Bin dann alt, aber liebe dich immer (bis zum letzten Sabbern).

Sie stand in der Küche, neben der frisch gekauften neuen Espressomaschine, als sie seine Nachricht las, und musste lächeln. Sie wollte gerade »Igitt!« in die Tastatur tippen, als Lissi in die Küche trat und die Tüte mit den schrillen Tassen und den Kaffeedosen auf den Tisch stellte.

Anabel legte das Handy schuldbewusst weg, offenbar

etwas zu auffällig. Mit einem missbilligenden Blick sagte Lissi, »Das ist nicht das, was ich denke, oder?«

Anabel sah sie fragend an, die Unschuld in Person.

»Sag nicht, der Schwachkopf schickt immer noch SMSen?«

»Oh. Nur manchmal.«

»Wie viele?«

»Fast gar keine mehr.«

»Du brauchst eine neue Handynummer.«

»Ich antworte ja nicht.«

Sie streckte sich, die Hände ins Kreuz gedrückt, mit angestrengtem Gesicht. Das war keine Show. Der Rücken tat ihr wirklich weh.

»Übertreib's nicht«, sagte Lissi. »Du bist im sechsten Monat, und du rennst den ganzen Tag rum.«

»Mir geht's doch gut.«

»Trotzdem, du solltest dich öfter mal hinlegen. Oder zur Massage gehen.«

Anabel schüttelte den Kopf. »Macht Clemens. Fast jeden Abend, wenn er da ist. Ich muss nicht mal fragen.«

»Wer?«

»Was?«

»Du meinst Dirk.«

»Was?«

»Du hast Clemens gesagt.«

»Quatsch.«

Lissi schüttelte den Kopf und riss die Verpackung der Espressomaschine auf. »Sieh dich vor, Süße.« Dann runzelte sie die Stirn, als sie begriff, was Anabel – abgesehen von der Freudschen Fehlleistung – gesagt hatte.

Ungläubig sah sie ihre Freundin an.

»Er massiert dir den Rücken, *ohne dass* du fragst?«

Anabel nickte.

»Geil«, sagte Lissi und schwieg eine ganze Weile. Sie schüttelte wieder den Kopf, fragend diesmal. »Manchmal frag ich mich echt, wieso ich dir den Typen nicht ausspanne.«

»Dir würden die ganzen anderen fehlen.«

»Was hat denn das eine mit dem anderen zu tun?«

Im Dezember zogen Anabel und Dirk um, Weihnachten feierten sie improvisiert – mit einem »viel zu kleinen Baum und viel zu wenig Geschenken«, wie Dirk fand. Anabel tröstete ihn damit, dass er vom nächsten Weihnachten an den ganzen Raum mit Mammutbäumen und Geschenken würde voll stellen können – Stofftieren, Playmobilschiffen, Elektroautos, Panzern –, nachdem inzwischen klar war, dass sie ihm den ersehnten »Stammhalter« schenken würde – mit Spielen, Bausätzen, Klötzen. Seiner Fantasie wären in Zukunft keine Grenzen mehr gesetzt.

Dirk verbrachte die Wochen danach auf Reisen. Der Jahreswechsel war der seltsamste, den Anabel je erlebt hatte, denn sie war allein, als das neue Jahr begann. Lissi hatte ihr angeboten, zu ihr zu kommen, aber das hatte Anabel nicht gewollt. Lissi brauchte ihre Party. Und Anabel brauchte ganz bestimmt keine. Sie trank schon lange keinen Alkohol mehr, und von Zigarettenrauch wurde ihr augenblicklich schlecht. Deshalb akzeptierte sie sich selbst als Spaßbremse, lehnte auch das Angebot von Martin und Clarissa ab, mit den beiden essen zu gehen, und tat stattdessen, als wäre der einunddreißigste Dezember ein Tag wie jeder andere.

Sie räumte weiter Kisten aus (allerdings keine allzu

schweren Gegenstände mehr), sie fuhr in den Laden, sie kaufte ein, sie kochte sich eine Kleinigkeit, Risotto, eigenartigerweise, badete abends, legte sich aufs Sofa (Füße hoch) und sah sich irgendwelchen Unsinn im Fernsehen an. Als Dirk um Mitternacht aus Hongkong anrief, um ihr ein schönes neues Jahr zu wünschen, lag sie bereits im Bett.

Die Nacht war kalt und klar. Anabel erschien das sehr passend. Kalt und klar, das gehörte zu ihr. Das war sie.

Als draußen die Raketen hochgingen und alle potenziellen Dämonen des neuen Jahres mit Knallen, Pfeifen und Jaulen verjagt wurden, platzten die Riegel der Kammer in ihrem Herzen, die Ketten flogen auseinander, und die Tür stand sperrangelweit offen. Sie sah Clemens, sie sah sich, und sie wurde fortgerissen von einer schwarzen Welle aus Kummer. Ihr Herz schrie nach ihm, schrie, Wo bist du? Warum holst du mich nicht!? Zieh mich an den Haaren aus dieser Lüge! Entführ mich! Warum verbringen wir nicht diesen Tag miteinander, warum nicht jeden Tag? Jede Sekunde ohne dich ist Zeitverschwendung, du bist mein Leben, meine Liebe. Mein Morgen, mein Abend, mein Osten, Westen, Norden, Süden. Was tue ich hier? Türklinken aussuchen? Küchenmöbel kaufen? Allein sein? Wo bist du? Warum erlaubst du mir, dass ich das tue? Wieso akzeptierst du meine Entscheidung? Lass doch nicht zu, dass ich mich lebend beerdige. Bitte, rette mich vor mir selbst. Clemens. Leben. Geliebter. Bitte.

In ihr Schluchzen mischten sich die Schmerzen. Sie spürte die Tränen, die immer noch über ihre Wangen liefen, und legte sich beide Hände auf den Bauch.

Das neue Leben trat nach ihr. Paul, ihr Sohn. Wild und

panisch, weil er fühlte, was seine Mutter fühlte. Sie streichelte ihn, beruhigte ihn mit leisen Lauten, entschuldigte sich bei ihm. Holte leise neue Ketten, neue Riegel, drückte die Tür fest zu und verschloss alles wieder.

Es ist gut, Paul.
Mach dir keine Sorgen.
Mama geht es gut.

Drei Wochen danach warf Mama ihren Aberglauben über Bord. Bis zu diesem Zeitpunkt, Ende des siebten Monats, hatte sie sich geweigert, irgendwelche Möbel für das Kinderzimmer anzuschaffen. Schließlich wusste man nie. Sie wollte das Schicksal nicht herausfordern. Aber langsam wurde es Zeit, denn Dirk würde kaum der Reformhaus-Vater aus dem Bilderbuch sein können, der in der einen Woche, die Mutter und Kind in der Klinik blieben, das Kinderzimmer zusammenschraubte und lustige selbst gebastelte Girlanden aufhängte.

Clarissa hatte ihr einen »ganz bezaubernden kleinen Laden« empfohlen, der offensichtlich die tollsten Designermöbel für Kinder anbot und achthundertmal teurer war als Ikea, aber dafür auch achthundertmal leerer. Was für Dirk den Ausschlag gab, denn der lebte inzwischen quasi nur noch in der Businessclass und in den teuersten Suiten der Welt und weigerte sich daher, in langen Schlangen »zwischen Krethi, Plethi, Ole und Billy darauf zu warten, von einer schlecht gelaunten Kassiererin schlecht behandelt zu werden.«

Sie fuhren gemeinsam in die Stadt, in ihr altes Viertel, und gingen den Ku'damm hoch, zur von Clarissa empfohlenen Möbelboutique für Elitekinder. Dirk hatte ausgesprochen gute Laune. Den Arm im Gehen um ihre Hüfte gelegt, schaute er lächelnd hinunter auf ihren Bauch und sagte, »Das geht aber wieder weg, nach der Geburt, oder?«

Anabel erwiderte das Lächeln. »Vielleicht nicht in den ersten drei Tagen ...«

»Na ja, notfalls kann das ja auch 'ne Woche dauern.«
Sie lachte. »Du bist doof.« Sie küsste ihn.

Dabei bemerkte sie verwundert, dass sie sich plötzlich bedroht fühlte, obwohl es dafür keinen Anlass gab. Sie drehte sich um, aber hinter ihr war nichts. Irgendein archaischer Instinkt sagte ihr, dass etwas nicht stimmte, aber sie konnte nicht erkennen, was es war. Irgendetwas war nicht so, wie es sein sollte.

»So«, fragte Dirk, »und wo ist der nun, dieser großartige Designer-Wiegen-Shop für früh verzogene Gören?«

»Da vorn, in der der ...« sagte Anabel, deutete mit dem Arm auf die nächste Querstraße, und in diesem Moment wurde ihr klar, was nicht stimmte. Der Wellblech-Kleinlaster, der links von ihnen rückwärts am Straßenrand parkte, mit geöffneten Hecktüren; die Aufschrift in großen roten Lettern; die Beine des Lieferanten, der gerade etwas aus dem Inneren hervorzog und jetzt, mit zwei Kisten Wein in den Armen, auf den Gehweg trat, direkt vor ihnen.

Es war zu spät, um wegzulaufen. Oder um einfach so zu tun, als hätte man einander nicht bemerkt.

Anabels Herz blieb stehen.

Clemens blieb ebenfalls stehen, direkt vor Dirk und ihr. Was er sah, war offenbar ein bisschen zu viel für ihn, aber das sah sie nur in seinen Augen. Dass er sie zufällig wieder traf, das war schon ein Schock. Dass er sie an der Seite von Dirk wieder traf, machte die Sache nicht leichter. Aber dass sie erkennbar hochschwanger war, brachte ihn natürlich völlig aus der Fassung.

Allerdings nur innerlich. Er sah ihr kurz in die Augen, sehr kurz auf den Bauch und wieder in die Augen. Die Tür der verschlossenen Kammer wurde mit Wucht von innen aufgetreten.

Anabel wusste, dass sie jeden Moment vorzeitige Wehen kriegen würde.

Clemens sah Dirk an, der leicht verwirrt dastand, und zuckte sich ein Lächeln ins Gesicht.

»Hi«, sagte er zu Anabel, lächelnd, und gab ihr die Hand.

»Hallo«, sagte Anabel tonlos, und während seine Berührung ihr fast die Beine wegzog, schrie eine Stimme in ihr *Ich würde es dir gern erklären!*

Clemens gab Dirk die Hand. »Hi, Dirk.«

Dirk konnte ihn erkennbar nicht einsortieren. Er drückte dem Fremden die Hand und sagte »Hallo, ähm ...?«

»Der Weinhändler«, sagte Clemens freundlich.

»Oh. Ach ja ...« Dirk nickte und taxierte den Mann kurz – seine Begeisterung über die verwaschene Jeans und das Sweatshirt hielten sich erkennbar in Grenzen. »Felix.«

»Clemens.«

»Genau. Aber du ... du belieferst uns gar nicht mehr, oder?« Er sah seine Frau Hilfe suchend an. »Anabel?«

»Nein.«

Sie hätte mehr sagen müssen, aber sie konnte nicht. Sie konnte gar nichts. Sie konnte nicht mal seinem Blick standhalten. Und dem von Clemens erst recht nicht. Die Pause, die entstand, drohte lebensgefährlich zu werden, aber Clemens rettete Anabel.

»Ich war ihr zu teuer.«

»Oh«, sagte Dirk und nickte. Sein Bedauern war ganz bewusst ganz schlecht gespielt. »Tja. Seit Bella schwanger ist, wird bei uns jeder Cent umgedreht. Und sogar die Tausend-Euro-Scheine.« Er lachte kurz, Clemens lächelte dazu. »Da kommst du mit deinem überteuerten Wein natürlich nicht mehr rein.«

»Schon klar.« Er wandte sich an Anabel, mit einem kurzen Nicken in Richtung ihres Bauchs, und versuchte das Thema zu wechseln. »Wann ist es ...« fragte er, aber Dirk hatte nicht vor, ihn ungeschoren davonkommen zu lassen.

»Ich dachte sowieso schon, du wärst Pleite gegangen.«

Anabel schloss für eine Sekunde die Augen und betete. Dies war eindeutig der falsche Moment für einen *Pissing Contest* unter großen Jungs – und Clemens *musste* der Kragen platzen. Sie hörte ihn förmlich sagen »Hör zu, Dicky, du spielst in der Regionalliga, obwohl dein alberner Schlips mehr gekostet hat als mein Auto; obwohl du im Monat mehr verdienst als ich im Jahr: Deine Frau war rettungslos in mich verliebt, wir hatten die beste Zeit, die besten Gespräche und den besten Sex unseres Lebens. Mag sein, dass du mehr Kohle hast, aber wenn du sie nicht zur Mutter gemacht hättest, wäre sie schon lange bei mir. Noch Fragen?«

Stattdessen sagte Clemens. »Pleite? Wegen der Wucherpreise?«

»Auch«, sagte Dirk, mit einem abschätzigen Blick auf den Kleinlaster. Sein Grinsen konnte unter keinen Umständen als freundlich durchgehen. »Aber offenbar gibt's dich ja noch.«

»Offenbar«, sagte Clemens, immer noch freundlich. Er

wandte sich Anabel zu, und seine Augen sagten etwas völlig anderes als sein Mund.

»Wann ist es denn so weit?«, fragte er höflich.

»In acht ...« Anabel räusperte sich. Ihr Mund war trocken. »In acht Wochen ist Stichtag.«

»Toll.« Er nickte, lächelte. »Dann ... ich ... ich drück euch die Daumen.«

»Danke.«

»Ja.« Achselzucken.

Es blieb nichts zu sagen. Außer ein paar Millionen Dingen.

»Ciao«, sagte er. Lächelnd.

Anabel nickte bloß. Sie spürte eine Ohnmacht heranwehen und hielt sich an Dirks Arm fest.

»Ciao, Dirk«, sagte Clemens.

»Ciao, Felix«, sagte Dirk und zog Anabel weiter.

»Clemens«, sagte Clemens.

»Alles klar.«

Sie spürte seinen Blick auf ihrem Rücken. Sie wollte sich umdrehen und schreien *Es tut mir Leid! Du hast das alles nicht verdient! Und schon gar nicht das hier! Es tut mir so unendlich Leid!*

Aber natürlich schwieg sie. Setzte einen Fuß vor den anderen und versuchte, ihr Herz zu beruhigen. Paul trat ihr wie ein wild gewordener Ninja in die Eingeweide; er konnte offenbar so ganz und gar nichts mit dem hundertachtziger Puls seiner Mutter anfangen.

Dirk drückte Anabel beruhigend an sich. Angewidert sagte er, »Lieber Himmel, was für ein Loser«, und schüttelte lächelnd den Kopf, »Also, den Heckenpenner zu entsorgen, das war definitiv clever.« Sein Lächeln wurde breiter – und sehr stolz. »Weil er dir zu teuer war! Bella, sollte ich je behauptet haben, dass du keinen Respekt vor Geld hast: Ich nehme *alles* zurück.«

Ihr blieb nichts übrig, als das Lächeln zu erwidern.

Sie hatten den Möbelladen erreicht, und Dirk hielt ihr die Tür auf. »Dafür kaufen wir jetzt die teuerste Wiege der Welt. Bitte, mein Schatz.«

Beim Eintreten sah sie ein letztes Mal nach rechts, wo Clemens eben noch gestanden hatte. Der Weinlaster stand noch immer am Straßenrand, mit geöffneten Hecktüren, aber Clemens war verschwunden.

Sie wusste, dass auch sein Laster fort wäre, wenn sie ihren Einkauf beendet hätten.

Er würde nie wieder eine SMS schicken.

Nie wieder versuchen, sie anzurufen.

Nie wieder eine Frage stellen.

Es gab keine Fragen mehr.

Nie mehr.

Sie strich den Vorfall aus ihrem Gedächtnis. Verbannte ihn in die Kammer. Legte eine weitere Kette vor. Sie hätte auch gar keine Kraft gehabt, sich damit zu beschäftigen, denn die letzten Wochen der Schwangerschaft waren außerordentlich mühsam. Anabel hatte von Tag zu Tag weniger Lust, schwanger zu sein. Sie fühlte sich wie eine Komparsin in der neuesten *Alien-Fortsetzung:* In ihrem Bauch lebte etwas, eindeutig, und es war kein winziges Wesen mehr, das auf dem Ultraschallbild aussah wie eine Bohne oder ein kleiner Delfin; nein, Sie hatte eindeutig einen Menschen im Bauch, mit Armen, Beinen, Fingern, Zehen, Mund und Augen und einem großen Kopf. Und das fühlte sich zunehmend seltsamer an.

Davon abgesehen, schlief sie keine Nacht mehr durch.

Es war, als hätte der kleine Mensch ihrer Blase in bester Westernmanier verkündet: »In diesem Bauch ist nicht genug Platz für uns zwei« – mit der Folge, dass Anabel alle anderthalb Stunden zum Klo musste. Und das nicht nur tagsüber. Ihre Kreuzschmerzen nahmen zu. In den letzten Wochen konnte sie kaum mehr liegen. Alles drückte, alles tat weh. Auf einige Erfahrungen hätte sie gern verzichtet. Zum Beispiel darauf, plötzlich keine Luft mehr zu kriegen, weil Paul beschlossen hatte, ihre Lungen als Fußbälle zu benutzen. Aber auch die kurzen, harten Tritte gegen die Wirbelsäule waren alles andere als komisch.

Nicht, dass sie scharf darauf gewesen wäre, ins Krankenhaus zu fahren und Paul zur Welt zu bringen. Je näher der Termin rückte, desto größer wurde ihre Sorge. Wie sollte dieses Riesending jemals den Weg aus ihr heraus ins Freie finden? Der natürliche Weg erschien ihr jedenfalls als komplette Zumutung sowohl für Pauls Schädel als auch für ihren Unterleib. Das konnte doch nicht der Ernst von Mutter Natur sein – sie kannte ihren Körper sehr genau, und ihre Vagina war eindeutig nicht gemacht für Wassermelonen. Sie fragte Maiberg, ob sie nicht per Kaiserschnitt entbinden sollte, und der Arzt überließ ihr die Entscheidung. Aus medizinischer Sicht gab es allerdings keinen Grund. Paul fühlte sich offenbar blendend und war »wunderbar aktiv«, wie Maiberg fand.

Anabel fragte Clarissa, was sie machen sollte.

»Kaiserschnitt? Auf keinen Fall.«

»Wieso nicht?«

»Du, das ist doch nur die einfachste Lösung für den Arzt. Aufschneiden, rausholen, zunähen ...«

»Na, ich dachte, vielleicht ist das auch die einfachste Lösung für Paul und mich ...«

»Bella, lass dir da keinen Quatsch einreden. Die Natur hat sich dabei schon was gedacht. Klar, das ist Stress für den Kleinen, dieses auf die Welt kommen, aber positiver Stress. Kaiserschnittkinder riskieren ja bekanntlich später viel eher ihr Leben als normal geborene.«

»Echt?«

»Hast du die neue *Eltern* nicht?«

»Nein.«

»Sehr schöner Artikel.«

»Aber für das Kind ist es doch viel ungefährlicher, wenn es per Kaiserschnitt ...«

»Mag ja sein, aber denkst du vielleicht auch mal an dich? Beim Kaiserschnitt trennen die deine gesamten Bauchmuskeln durch. Das heißt, du kannst dein Kind in den ersten Wochen nicht mal hochheben. Und es ist nicht gesagt, dass das alles wieder verheilt, also, wenn du Pech hast, hast du dein ganzes Leben was davon.«

Anabel runzelte die Stirn. »Aber bei einer normalen ... Hattest du keinen Dammriss?«

»Nein. Die haben gleich geschnitten.«

»Aua«, sagte Anabel.

»Gut, das tat weh, aber das merkst du in dem Moment gar nicht richtig.«

»Wieso?«

»Weil alles andere noch viel mehr wehtut.«

»Das klingt ja hinreißend.«

»Mach dir keine Sorgen. Die Schmerzen hast du in dem Moment vergessen, in dem dein kleiner Mann auf deiner Brust liegt. Ich sag dir, das ist das schönste Gefühl, das du je haben wirst. Das entschädigt für alles. Kommt Dirk mit?«

»Ja. Also, ja, er will jedenfalls.«

»Du nicht?«

»Ich weiß nicht.« Wieder fühlte Anabel sich wie eine Neandertalerin. Wollte sie das wirklich, dass ihr Mann sie so hilflos und entwürdigt erlebte? Wollte sie ihn dabeihaben, wenn man ihr einen Einlauf verpasste, und wenn sie schwitzend und schreiend auf irgendwelchen Laken vor sich hin blutete? Sie kam sich schon komisch vor, weil sie sich das überhaupt fragte. Schließlich gingen doch *alle* Männer mit.

»Nimm ihn mit«, sagte Clarissa. »Martin hat gesagt, es war das Tollste, was er je erlebt hat.«

»M-mh«. Das klang nicht nach einem aufregenden Leben. Aber vielleicht hasste Martin seine Frau auch bloß so sehr, dass er es toll fand, sie leiden zu sehen. Anabel beschloss, diese Frage nicht zu stellen.

Und nachdem sie aufgelegt hatte, war sie noch verunsicherter als vorher. Tief in ihrem Herzen hörte sie eine Stimme, die laut und deutlich sagte: *Was sie vor allem will, ist, dass du nicht weniger leidest als sie selbst.* Und hatte Clarissa selbst nicht genau das gesagt? Aber das war doch nur ein Scherz gewesen, oder? Das konnte doch nicht stimmen, sagte Anabel sich entrüstet. Unter Freundinnen war das undenkbar.

Freundinnen?

Am zweiten März, zwei Wochen vor dem Stichtag, sagte Dirk ihr beim Frühstück, er werde seine für den Abend geplante Zweitagereise nach New York verschieben, um bei ihr bleiben zu können. Sein Gesichtsausdruck verriet allerdings, dass ihm dabei nicht ganz wohl war.

»Warum?«, fragte Anabel ihn.

»Warum was?«

»Warum fährst du nicht?«

»Weil es jeden Tag losgehen kann.«

Sie schüttelte den Kopf. »Es sind noch zwei Wochen bis zum Stichtag. Und Maiberg sagt, es dauert beim ersten Kind auch gern mal zwei Wochen länger.«

Dirk runzelte die Stirn. »Phh. Ich weiß nicht, Bella ...«

»Na, komm. Das ist ja sehr lieb gedacht, aber ... ist der Termin unwichtig?«

»Im Gegenteil.«

»Dann musst du fahren.«

»Aber was, wenn es dann doch losgeht?«

»Es geht nicht los«, sagte sie und legte beide Hände auf ihren Bauch. »Paul wartet auf dich, hat er mir versprochen ... Stimmt's, Paul?« Sie nickte, als hätte der kleine Mensch ihr bestätigend gegen die Bauchdecke getreten. »Davon abgesehen – willst du die nächsten vier oder fünf Wochen auf meinem Schoß sitzen? Ich dachte, du musst arbeiten, um uns«, sie deutete mit einer großartigen Handbewegung durch ihr großartiges Esszimmer, »diesen Traum verwirklichen zu können?«

Sein Lächeln war echt und voll von tiefem Respekt.

»Okay, ich fahre.«

»Mach dir keine Sorgen.«

Um 18 Uhr 30 stieg er winkend ins Taxi und machte sich wie geplant auf den Weg nach New York.

Um 2 Uhr 30 stieg sie keuchend ins Taxi und machte sich völlig ungeplant auf den Weg zur Klinik.

Dem Taxifahrer verschlug es die Sprache, als sich die runde Frau mit der Sporttasche auf die Rückbank hievte und ihm ächzend mitteilte, er solle Gas geben, als ginge es um sein Leben. Das Taxi schoss los, und Anabel kramte das Handy aus ihrer Tasche und wählte Lissis Nummer.

Paul, dachte sie vorwurfsvoll, was soll denn das? *Wieso willst du denn Papa nicht dabei haben?*

Weil er nicht Papa IST, hörte sie ihren ungeborenen Sohn antworten, und gleich danach trat er wütend die nächste Wehe los. Anabel jaulte auf. Die Abstände waren immer kürzer geworden, und am Ende hatte Anabel einsehen müssen, dass es sich nicht um einen Irrtum oder um Zwischenwehen handelte. Es ging los, eindeutig.

Lissis müde Stimme in ihrem Ohr klang absolut nicht begeistert.

»Wenn das jetzt nicht wirklich wichtig ...«

Da Anabel gerade ihre Wehe wegzustecken hatte, antwortete sie bloß mit einem lauten, lang gezogenen Wimmern.

»Bella?«, fragte Lissi, nachdem das Wimmern vorbei war. Das Taxi schoss um eine Kurve, und Anabel musste sich festhalten.

»Lissi«, keuchte sie, »ich bin im Taxi. Ich bin in zehn Minuten im Krankenhaus. Komm da hin, bitte ...«

»Was?«

»Bitte.«

»*Ich?*«

»Ja.«

»Was ist mit Dirk?«

»Dirk ist nicht da.«

Wieder traf sie eine Wehe voll im Schmerzzentrum. Anabel fluchte laut, der Fahrer gab ängstlich noch ein bisschen mehr Gas und ließ eine rote Ampel links liegen.

»Ich soll ...?«, fragte Lissi ungläubig. »Ich? Ins Krankenhaus?«

»Verdammt, Lissi, bitte ...«

»Bella, ich wollte nur bei einer einzigen Geburt dabei sein, und zwar bei meiner eigenen. Kannst du nicht ... warten, bis Dirk ...«

Anabel brüllte vor Schmerzen.

»Okay, ist ja gut«, sagte Lissi. »Aber bist du auch wirklich sicher, dass das 'ne gute Idee ist?«

Wieder schrie Anabel. Lissi gab auf.

»Gut«, sagte sie, »ich komme, aber ... wenn es vorher raus will – wartet bitte nicht auf mich.«

Anabel nahm allenfalls am Rande wahr, dass die kleine Privatklinik tatsächlich eher an ein Designerhotel erinnerte als an ein Krankenhaus. Sie hatte sich schon bei der ersten Besichtigung absolut wohl gefühlt, denn statt krank machender Linoleumböden und Wänden in schmutzigen Brechreizfarben wurden die werdenden Mütter hier von dunklen Holzfußböden und weißen Wänden empfangen, und in den geschmackvoll schlicht eingerichteten Zimmern gab es nicht nur Flatscreen-Fernseher an den Wänden, sondern vor allem ganz herrliche Badezimmer.

Was ihr allerdings in diesem Moment völlig egal war.

Eine Schwester und eine Hebamme kümmerten sich um sie. Doktor Maiberg wurde aus dem Bett geklingelt, und Anabel wurde zunächst einmal in eine warme Wanne verfrachtet, obwohl sie gar nicht wollte. Die beiden freundlichen Profis verpassten ihr einen schonenden Einlauf, und als Lissi eintraf, konnte Anabel leider nicht von der Toilette aufstehen, um sie zu begrüßen. Das holte sie nach, als sie in den Kreißsaal geführt wurde – der nicht aussah wie ein Kreißsaal, sondern eher wie ein gemütliches Schlafzimmer. Abgesehen von dem Wärmetisch an der rechten Seite und einigen Apparaturen neben dem Bett, die man in normalen Schlafzimmern nicht vorfindet.

Lissi sah äußerst bekümmert aus. Die Schwester hatte sie gezwungen, ein grünes Leibchen über ihren knallroten Pullover zu ziehen, und das verletzte Lissis ästhetisches Empfinden gehörig. Trotzdem küsste sie Anabel zur Begrüßung.

»Das kriegst du wieder«, sagte sie.

»Danke«, sagte Anabel.

Die Hebamme schaltete den CD-Player an, und beruhigende klassische Klänge erfüllten den Raum. Anabel wurde an den Wehenschreiber angeschlossen, und die Hebamme überprüfte die Herzfrequenz des Babys. Laut, gurgelnd und schnell wummerten Pauls Herzschläge in den Raum und übertönten Mozart lässig.

»Falscher Beat«, sagte Lissi zur Hebamme. »Meinen Sie, er möchte lieber Techno hören?«

Die Hebamme, eine etwa fünfzigjährige Frau, quittierte die Bemerkung mit einem milden Lächeln.

»Alles in Ordnung?«, fragte Anabel sie. »Mit dem Kind?«

Die Hebamme nickte.

»Machen Sie sich keine Sorgen.«

Anabel nickte. Und machte sich Sorgen.

Sie hätte nicht sagen können, weshalb. Sie war in den besten Händen. Maiberg würde in spätestens einer Dreiviertelstunde da sein, und die Hebamme hatte ihr hoch und heilig versichert, dass Paul auf keinen Fall vorher auf die Welt kommen würde. Pauls Herz schlug regelmäßig und fest. Lissi war bei ihr. Alles war gut.

Sie machte sich Sorgen.

Sie redete sich ein, das sei normal. So kurz vor der Niederkunft fühlte sich bestimmt jede Frau so. Hatte jede Frau Angst.

»Ich hab Schiss«, flüsterte sie.

Lissi nahm ihre Hand. »Das ist normal. Glaube ich. Also, ich hätte jedenfalls die Hose voll, gestrichen.«

»Kann mir nicht mehr passieren.«

»Immerhin.«

Pauls Herz stolperte.

Anabel stockte der Atem. Sie starrte das CTG an, dann starrte sie die Hebamme an, und einen Augenblick später war alles wieder normal.

»Keine Sorge«, sagte die Hebamme und machte sich auf den Weg zur Tür. »Ich bin gleich wieder da.«

»Sag mir, dass die eben nicht besorgt geguckt hat«, sagte Anabel zu Lissi.

»Soll ich lügen?«, fragte Lissi besorgt.

Beide hypnotisierten die fürchterliche Maschine, die Pauls Herzschlag in den Raum ballern ließ. Alles schien wieder normal zu sein.

»Irgendwas stimmt nicht«, sagte Anabel, und die Wehe, die sie in diesem Moment erwischte, war ein völlig anderes Kaliber als die, die sie bisher kannte. Ihr blieb die Luft weg vor Schmerzen, vor ihren Augen tanzten Sterne, und sie schrie auf. Was keine so gute Idee war, denn danach kriegte sie erst recht keine Luft mehr und hatte das Gefühl zu ersticken. Sie spürte Lissis Hand auf ihrem Arm. Sie sah Lissi an, und zu ihrer Überraschung machte Lissi ihr vor, wie sie atmen sollte. Sie machte es Lissi nach, und sie überlebte den Schmerz.

»Woher weißt du, wie man atmet?«

»Hab ich mal im Fernsehen gesehen. Aber auch nur zwei Minuten, danach hab ich weggezappt und Jauch geguckt. Also, wenn das hier noch schlimmer wird und auf so was wie die Eine-Million-Euro-Rauspressen-Frage hinausläuft, bin ich die totale Fehlbesetzung.«

Es wurde schlimmer. Natürlich.

Aber immerhin kam die Hebamme zurück. Sie untersuchte Anabels Unterleib, und wieder hatte Anabel das Gefühl, einen besorgten Schatten über das Gesicht der milden Frau huschen zu sehen.

»Der Muttermund ist bei drei Zentimetern«, sagte sie lächelnd.

»Kann ich das mal auf Deutsch haben?«, fragte Lissi.

»Das Kind ist noch nicht auf dem Weg nach unten ...«

»Schlaues Kerlchen. Geht im Leben früh genug abwärts.«

Die Irritation war der Hebamme jetzt doch anzusehen. Sie sah Anabel fragend an, Anabel erwiderte den Blick.

»In zwei Stunden brauchen wir fünf Zentimeter.«

»Sonst?«

»Nichts, sonst«, erwiderte sie entschieden.

Maiberg traf ein, beruhigte Anabel, hielt sich aber ansonsten merklich zurück. Anabel wurde bewusst, dass nicht Maiberg Chef im Ring war, sondern die milde Dauergrinserin. Sie fand das alles andere als beruhigend, aber mit Maibergs Eintreffen war wenigstens Lissi wieder mit ihrem Schicksal versöhnt. Sie flirtete drauflos, was das Zeug hielt.

Um fünf Uhr morgens war Anabel körperlich und seelisch ein komplettes Wrack. Was um sie herum vor sich ging, bekam sie nur noch zur Hälfte mit. Der Muttermund öffnete sich nach Plan, so viel hatte sie immerhin verstanden, aber irgendetwas stimmte nicht mit dem Baby. Das war nämlich noch immer nicht unterwegs, sondern schien sich irgendwo festzuhalten. Sie meinte das Wort »Kaiserschnitt« gehört zu haben, von Maiberg, und andere Stimmen murmelten »PDA«, »Wehentropf« und andere schreckliche Wörter, aber was genau geschah, wusste sie nicht.

Um halb sechs kam die Übelkeit. Sie konnte nicht mehr aufstehen, sie konnte bloß noch seitwärts spucken, in eine Schüssel, die Lissi festhalten musste. Lissi hatte das Flirten wieder eingestellt, und obwohl Anabel sich fühlte wie im Halbkoma, las sie im Gesicht der Freundin nichts als Sorge. Binnen einer halben Stunde übergab sie sich viermal. Die Hebamme fand das eigenartigerweise gut und erklärte ihr die tiefere Bedeutung des Wortes »Übergeben«, aber das war Anabel zu diesem Zeitpunkt völlig egal.

Paul klammerte. Paul wollte nicht ins Becken.

Anabel hörte Lissi vorschlagen, irgendwer solle einen Fernseher vor ihren geöffneten Beinen aufstellen und die Teletubbies einschalten, weil das Baby dann bestimmt von selber runterkommen würde.

Man ignorierte den Vorschlag geflissentlich.

Als die Hebamme Anabel vormachte, wie man hechelte, fragte Lissi die milde Lächlerin, ob es ihr gut ginge – oder ob sie mal das Fenster öffnen solle.

Unter normalen Umständen hätte Anabel gelacht.

Um viertel vor sechs entschied Maiberg sich für einen Kaiserschnitt, aber die Hebamme widersprach ihm erneut. In diesem Augenblick spürte Anabel einen stechenden Schmerz, der schlimmer war als jede Wehe, und schrie auf. Sie spürte die Hände der Hebamme in ihrem Unterleib und hörte wie durch eine Wand etwas von »verdreht«. Es fühlte sich auch so an. Als hätte Paul sich vollständig verkantet.

Von da an war alles Nebel. Drogenrausch. Angst. Der Wehentropf war angeschlossen, aber keine Wehe nützte etwas. Paul war zwar mit dem Kopf voran auf dem Weg nach unten, aber statt die Nase nach oben zu drehen, hatte er die Nase nach unten gedreht und kam nicht weiter. Anabel hörte den Puls ihres Kindes rasen, und sie sah die Panik in den Augen von Maiberg, von Lissi, und sogar in den Augen der Hebamme, die nicht mehr lächelte, sondern in ihr herumfuhrwerkte und versuchte, Paul zu drehen. Er war zu lange unterwegs. Sein Herz raste, und seine Todesangst war laut und deutlich zu hören. Anabel spürte, wie alle Kraft sie verließ. Sie spürte, wie Lissi sie umarmte, aber es nützte alles nichts mehr.

Lissi schrie Maiberg an, er solle ihr helfen. Einen Kaiserschnitt machen. Die Hebamme rief, dazu sei es zu spät, und dann spürte Anabel, wie der Druck in ihrem Bauch nachließ und eine warme Flüssigkeit aus ihrem Körper schoss.

»Grün«, hörte sie die Hebamme raunen, und Maiberg klang ernst wie nie, als er erwiderte, »Holen Sie es raus, sofort.«

»Hören Sie auf, sich zu wehren«, befahl die Hebamme.

Anabel hatte gar keine Kraft mehr, sich zu wehren.

Wieder kamen die Schmerzen, rollten über sie hinweg wie eine große schwarze Welle, und als sie die Hebamme hörte, die »Pressen« rief, tat sie es, und als sie das Gefühl hatte, auf der Stelle sterben zu müssen und einen letzten, langen lauten Schrei ausstieß, ließ der Druck mit einem Mal nach – ein stechender, kurzer Schmerz durchfuhr ihren Körper, aber der war, verglichen mit all den anderen Schmerzen, so unbedeutend, wie Clarissa prophezeit hatte.

Und dann, als die schwarze Welle zurückrollte, ins Meer der Schmerzen, hörte sie ein leises Quaken.

Sie öffnete die Augen, sah Lissi neben sich stehen; Lissi, die nicht sie ansah, sondern die Hebamme, den Arzt – und Paul. Anabel konnte ihn gar nicht richtig erkennen, denn die Hebamme wickelte ihn sofort ein und eilte zum Wärmetisch auf der anderen Seite. Lissi stürmte hinter ihr her.

»Hey, das gehört *ihr!*«

Anabel sah Maibergs Lächeln. Er stand neben ihr und drückte ihre Hand. »Tapferes Mädchen«, sagte er, »gut gemacht«. Dann sah er besorgt zur Hebamme, die Mund und Nase des schreienden Paul mit einem Schlauch absaugte. Sie erwiderte den Blick des Arztes mit einem strahlenden Lächeln und verkündete stolz: »Alles in Ordnung. Er hat kein Fruchtwasser geschluckt. Der ist hart im Nehmen, der Junge!«

Lissi stand neben ihr und deutete skeptisch auf das kleine Bündel Mensch.

»Ist das serienmäßig, dieses Blau?«

Die Hebamme sah sie an wie etwas, in das sie versehentlich hinein getreten war. Dann brachte sie Paul zu Anabel und legte ihn ihr auf die Brust.

Große blaugrüne Augen sahen sie verwundert an. Die Tränen schossen Anabel über die Wangen.

»Mein Gott«, flüsterte sie, »ist der hübsch. Und so klein.« Sie konnte nicht fassen, dass sie ihren Sohn im Arm hielt. Er sah ihr mitten in die Augen, unverwandt. Verwundert, fragend, erstaunt. Als erwartete er eine Erklärung. Für alles. Das viele Licht. Den vielen Platz. Die vielen Leute. Als wollte er fragen: »Wer bist du denn?«

»Ist der gesund?«, fragte Lissi skeptisch.

»Sicher«, sagte Maiberg, »der sieht doch prachtvoll aus, der Bursche.«

»Der Schmierkram geht noch weg?«

»Ja.«

»Und die Haare auf den Schultern?«

»Ja.«

»Auch die Knitterfalten?«

»Auch.«

Lissi atmete erleichtert durch, dann flatterte sie davon. »Ogottogottogott, ist das alles aufregend!«

Anabel lächelte Paul an und hätte schwören können, dass er das Lächeln kurz erwiderte – was er natürlich noch gar nicht konnte, aber es sah trotzdem so aus. Sie war so glücklich wie noch nie in ihrem Leben, und doch schossen ihr Unmengen Fragen durch den Kopf. Ein Kind zu haben, das war trotz der Schwangerschaft bis zu diesem Augenblick eine ganz und gar abstrakte Vorstellung gewesen. Jetzt, da Paul auf ihrer Brust lag und sie ansah, war es Realität. Und Anabel wurde schmerzlich bewusst, dass die Geburtsminute eines Kindes auch die Minute war, von der an man sich Sorgen um dieses neue Leben machte. Ging es ihm wirklich gut? Hatte er alles gut überstanden, den schwierigen, lebensgefährlichen Weg ins Leben? Waren seine Knochen in Ordnung? Sein Kopf? Sein Herz? Seine Lunge? Was brauchte er jetzt? Essen? Etwas zu trinken?

Der Knall eines Champagnerkorkens ließ sie aufsehen. Lissi hatte an alles gedacht, sogar an die Plastikbecher. Fröhlich schenkte sie Champagner ein, reichte Anabel unter dem vorwurfsvollen Blick der Hebamme einen Becher, in dem bloß der Boden bedeckt war, und reichte der Hebamme und Doktor Maiberg ebenfalls einen Becher.

»Jetzt aber schnell anstoßen«, sagte sie. »In meiner Heimat sagt man, *gleich nach der Geburt einen Schampus, und das Leben wird prickelnd!*«

»Interessantes Sprichwort«, lächelte Maiberg und hob den Becher. »Woher kommen Sie?«

»Charlottenburg«, strahlte Lissi.

Maiberg lachte, dann prostete er Anabel zu. Mit fragendem Blick sagte er, »Na, dann – auf ...?«

»Paul«, flüsterte Anabel überglücklich.

»Willkommen auf der Erde, Paul. Du hast dir eine sehr liebe und sehr tapfere Mama ausgesucht.«

»Das stimmt«, gurrte Lissi, während sie dem Arzt tief in die Augen schaute. »Und dazu eine *sehr* attraktive, *völlig* ungebundene Patentante.«

Um halb sieben Uhr morgens rief Anabel Dirk auf dem Handy an. Als er ihre Stimme hörte, war er sofort hellwach.

»Paul nimmt überhaupt keine Rücksicht auf deine Termine«, flüsterte sie glücklich.

»Was?«, sagte er, dann wurde ihm klar, was das bedeutete. »Nein. Ehrlich? Wie? Bist du schon im Krankenhaus, oder ... nein, sag nicht ...«

»Doch. Und wir sind auch schon fertig. Völlig fertig sogar, ehrlich gesagt. Aber Paul geht es gut. Er ist gerade eingeschlafen.«

»Ist er bei dir?«

»Ja«, sagte Anabel und streichelte ihrem Sohn sanft über den Rücken. Er lag auf ihrer Brust, unter der Decke, und sie spürte seinen kleinen Atem auf ihrer nackten

Haut. »Ich versuche jetzt auch mal ein paar Stunden zu dösen. Wollte dir nur sagen, dass er leider nicht warten konnte.«

»Von wem hat der bloß die Ungeduld?«

»Ich hätte da einen Verdacht.«

Er lachte. »Ich nehme die nächste Maschine.«

»Nur, wenn du keinen Termin mehr hast.«

»Nur einen wichtigen. Mit dir und Paul. Verdammt, Bella, ich ...«

»Was?«

»Ich bin so stolz auf dich.«

»Danke.«

»Wirklich.«

»Alles ist gut«, sagte sie. Und meinte es auch.

»Bis später. Und küss meinen Sohn von mir.«

»Mache ich.«

Sie dämmerte ein paar Stunden vor sich hin, dann wachte Paul wieder auf und fing an zu schreien. Sie rief die Schwester, eine sehr freundliche blonde Person, die Eva hieß und ein paar Jahre älter war als sie, und gemeinsam versuchten sie Paul beizubringen, dass Futter ab jetzt nicht mehr automatisch auf ihn zukäme, sondern dass er sich ein bisschen bemühen musste.

Anabel sah mit gemischten Gefühlen, wie der kleine Kerl mit ihrer Brustwarze zurechtzukommen versuchte. Sie hatte sich im Lauf der vergangenen Wochen häufiger gefragt, ob sie stillen wollte, aber niemand hatte ihre Zweifel hören wollen. Sogar Dirk, bei dem sie am ehesten auf Verständnis gehofft hatte, war in diesem Punkt eindeutig gewesen. Er hatte, wie alle, behauptet, es ginge nachweislich nichts über Muttermilch, und sie hatte sich gefragt, wo er das gelesen hatte.

Paul kriegte die Brustwarze mit dem Mund zu fassen und begriff das Prinzip schlagartig. Er fing derartig wüst an zu saugen, dass Anabel aufschrie.

Die Schwester lächelte, während Paul gierig trank. »Na, prima«, sagte sie. »Da haben Sie aber wirklich Glück.«

Glück?, dachte Anabel unter Schmerzen. *Ich habe höchstens Glück, dass der noch keine Zähne hat!*

»Bei den meisten ist das viel schwieriger«, sagte Eva.

»Bestimmt nur bei Mädchen. Den Jungs liegt das doch garantiert allen im Blut.«

»Nein, nein. Wenn Sie wüssten, was für Dramen wir hier teilweise erleben.« Sie winkte ab. »Gottogott. Bei der einen schießt die Milch nicht ein, bei der Nächsten entzünden sich die Brustwarzen, und die Kinder sind halb am Verhungern – aber ›Nichtstillen‹ kommt natürlich nicht infrage.«

Anabel sah die Schwester erstaunt an.

»Was wollen Sie denn damit sagen? Sind Sie gegen's Stillen?«

Ein mildes Lächeln war die Antwort. »Nein. Ach, was. Wenn es klappt, ist es prima. Nur, wenn es nicht klappt, dann sollte man's anders machen. Es ist ja nicht so, dass die Kinder nicht groß werden, wenn man sie mit der Flasche füttert.«

»Aber sie kriegen Allergien«, trug Anabel ihr rudimentäres *Eltern-Wissen* vor.

Eva zuckte die Achseln. »Ich habe meine beiden nicht gestillt. Die haben keine Allergien. Und es gibt viele gestillte Kinder, die trotzdem Allergien kriegen. Man sollte halt kein Dogma draus machen.«

»Aber es ist doch der natürliche Weg.«

»Stimmt. Nur, bevor es die moderne Medizin gab,

war's auch der natürliche Weg, dass eine normal veranlagte Frau im Leben sechs bis sieben Kinder kriegt. Ich nehme trotzdem die Pille.«

»Haben Sie deshalb nicht gestillt, oder hat's nicht funktioniert?«

»Ich hab's gar nicht ausprobiert.«

»Wieso nicht?«

Die Schwester sah sich kurz um, als wollte sie sich vergewissern, dass niemand zuhörte. Dann zuckte sie lächelnd die Achseln. »Ich ... ach, es ist ja fast peinlich, das zu sagen, sie halten mich bestimmt für bescheuert.«

»Bestimmt nicht, ich schwöre. Sagen Sie's. Bitte.«

»Ich liebe Tomaten.«

»...?«

»Und ich kann nicht auf meinen Orangensaft am Morgen verzichten. Außerdem esse ich für mein Leben gern scharf, Curry, Chili, Arrabiata ...«

»Oh.«

»Eben. Und ich hätte nicht sechs Monate auf all das verzichten können, echt nicht, tut mir Leid. Wenn man mit Nudeln ohne Sauce und jeden Tag Kuchen klarkommt, ist das klasse. Aber ich bin ...« Sie lächelte wieder. »Ich bin halt Genussmensch.«

Na, super, dachte Anabel. *Wieso hab ich die denn nicht vorher getroffen?*

»Man kann aber doch auch nach drei Monaten abstillen, oder?«, fragte sie hoffnungsvoll.

»Klar«, sagte die beneidenswerte Genießerin. Und lächelte wieder. Dann deutete sie auf Paul, der inzwischen schon wieder an Anabels Brust eingeschlafen war. »Sie sollten ihn wecken, ganz sachte.«

»Wieso?«

»Sie müssen ihm einen Rhythmus beibringen. Immer abwechselnd anlegen, und er soll sich satt trinken. Sonst will er am Ende alle halbe Stunde einen Schluck, und das wird dann sehr anstrengend.«

»Verstehe«, sagte Anabel unsicher.

Sie musste noch sehr viel lernen. Offensichtlich.

»Und wenn er getrunken hat«, sagte die Schwester, »dann passe ich mal ein paar Stunden auf ihn auf. Damit sie schlafen können.«

»Danke«, sagte Anabel. *Schlafen,* das klang gut.

Nach vier Stunden weckte Schwester Eva sie, weil Paul wieder Hunger hatte. Anabel fühlte sich wie zerschlagen. Ihr Unterleib brannte wie Feuer, und sie bat um Schmerzmittel. Die Schwester schüttelte bedauernd den Kopf. »Nur, wenn es wirklich gar nicht anders geht. Alles, was wir Ihnen geben, landet in der Milch ...«

Anabel nickte. »Verstehe. Es geht auch so.«

Nachdem sie Paul gestillt hatte, versuchte Eva ihr beizubringen, wie man wickelte. Es sah unglaublich einfach aus. War es aber nicht. Paul hielt nämlich nicht still. Jedenfalls nicht bei Anabel. Bei Eva lag er ruhig und völlig fasziniert da und ließ sich alles gefallen, aber sobald Anabel auftauchte, leuchtete Panik in seinen Augen, und er schrie und strampelte, was das Zeug hielt.

»Paul, ich weiß, dass Eva das besser kann«, sagte Anabel, »aber ich muss es doch auch lernen.«

Paul war das völlig egal. Eva wickelte ihn zu Ende.

»Das wird schon«, sagte sie und nahm Anabels Hand. »Die sind aber auch wirklich sehr kalt.«

Als Dirk am Abend eintraf, mit einem Riesenstrauß Rosen, war Anabel völlig fertig mit den Nerven. Dirk küsste sie nur kurz und stürmte dann sofort zu der Plexiglaswiege, in der Paul schlummerte. Stolz betrachtete er seinen Sohn.

»Großartig«, flüsterte er. »Unglaublich. Und was für ein hübscher kleiner Mann. Ganz der Vater.«

Er kam zu ihr zurück und nahm sie in die Arme. »Toll gemacht, Bella. Das ist einfach ... unfassbar.« Er hielt sie an beiden Oberarmen und sah sie an. »Wie geht's dir?«

»Ganz gut«, log sie. »Bisschen Schmerzen, aber das geht wieder weg. Und ... es ist wirklich viel zu lernen.«

»Klar, aber das schaffst du schon.«

»Bestimmt. Ich ... ich werde trotzdem meine Mutter anrufen, wenn's dir nichts ausmacht ...«

»Nee, klar.«

»Damit sie mir ein bisschen hilft, am Anfang, wenn ich aus dem Krankenhaus raus bin.«

»Haben wir doch besprochen. Machen wir so.«

»Bist du sicher, dass das geht?«

Er sah sie verwundert an.

»Ja. Wieso? Ist doch 'ne gute Idee.«

»Mein Vater kommt aber vielleicht auch.«

Er zuckte die Achseln. »Kein Thema.«

»Sicher?«

»Jetzt hör auf«, sagte er und lächelte. Wieder zog er sie an sich und drückte sie. »Bella – wir sind Eltern! Ist das toll?«

Sie nickte. Vermutlich war es das.

Zehn Tage später fand sie am *Elternsein* gar nichts mehr toll. Sondern hatte es vollständig satt. Was sie allerdings tunlichst für sich behielt. Sicher, es war toll, dass Paul da war. Absolut toll. Es war faszinierend und unglaublich und völlig unfassbar, dass er ihr Kind war, dass sie ihn geboren, einen Menschen zur Welt gebracht hatte. Aber was, fragte sie sich, konnte irgendwer so toll dran finden, vierundzwanzig Stunden am Tag ein schreiendes Nervenbündel zu füttern und zu wickeln? Paul war ja noch gar kein Mensch, genau genommen, jedenfalls nicht nach der Definition, die sie bislang für Menschen verwendet hatte. Menschen redeten, dachten, taten Dinge, gingen herum, arbeiteten, fuhren Auto, wussten ein gutes Abendessen zu schätzen. Paul hingegen schlief, schrie, saugte sie aus, machte in die Windel, schlief, schrie, saugte, schiss, schlief, schrie, saugte ... und so weiter. Vierundzwanzig Stunden am Tag, im Vierstundenrhythmus, Tag und Nacht.

»Da musst du durch«, sagte ihre Mutter aufmunternd. »Das ist nur eine Phase. Aber das ist bald vorbei, diese ganz harte Zeit.«

»Wie lange dauert die?«

»Ach, höchstens zweieinhalb Jahre.«

»Zweieinhalb *Jahre*? Er bleibt doch wohl nicht zweieinhalb *Jahre* so!«

»Natürlich nicht. Aber bis er zweieinhalb ist, bist du rund um die Uhr gefordert. Mit zweieinhalb kann er laufen und sprechen und wenn du Glück hast, ist er dann auch seine Windel los. Und den Schnuller.«

»Er kriegt keinen Schnuller.«

»Bitte?«

»Das ist schlecht für den Kiefer.«

»Aber gut für die Nerven. Deine.«

»Meine Nerven sind in Ordnung, danke.«

»Wenn er aus den Windeln raus ist, mit oder ohne Schnuller, danach wird alles einfacher.« Ihre Mutter seufzte. »Jedenfalls, bis er in die Schule kommt.«

Sie sah den kleinen Paul an, der in der Wiege neben dem Esstisch schlummerte. »Er ist ein bisschen blass.«

»Was?« Anabel sah Paul an. »Quatsch.«

»Doch. Isst du auch vernünftig?«

»Ja. Nudeln und Kuchen.«

»Keine blähenden Sachen.«

»Mama, ich weiß.«

»Das bekommt ihm nicht.«

»Ich weiß.«

»Hatte er nicht gestern schlimmes Bauchweh?«

»Nein.«

»Du musst ihn dann im Fliegergriff tragen.«

»Mama.«

Es war nicht das erste Gespräch in dieser Art. Als Anabel nach einer Woche in der Klinik mit Paul nach Hause gekommen war, hatten die Eltern sie bereits erwartet. Sie war dankbar und glücklich gewesen – aber seither führte sie mit ihrer geliebten *Mama* nur noch Gespräche, in denen sie sich unglaublich dämlich vorkam. Na schön, vielleicht *war* sie dämlich, weil sie eben einiges noch nicht wusste, noch nicht wissen konnte, aber mit Anfang dreißig wieder in der gleichen blöden Position ihrer Mutter gegenüber zu sein wie mit fünf Jahren, das ging ihr gewaltig auf die Nerven. Sie war jetzt Mutter, aber behandelt wurde sie wie ein kleines Mädchen.

»Lass ihn nicht auf dem Bauch schlafen.«

»Nein, Mama.«

»Du musst ihn öfter anlegen, er ist so dünn.«

»Mama, er ist satt.«

»Keines von diesen Öltüchern, sonst kriegt er einen wunden Po.«

»Keine Kommentare, sonst kriege ich ein wundes Hirn.«

»Wie bitte?«

»Nichts.«

»Wozu hast du mich herkommen lassen, wenn du doch nicht auf mich hörst?«

Es war zum Verrücktwerden. Anabel hatte, seit sie zu Hause ausgezogen war, ein sehr entspanntes Verhältnis zu ihrer Mutter gehabt, wie zu einer guten Freundin – und mit einem Mal war sie wieder bloß die kleine Bella, die nicht so wild schaukeln sollte.

Aber nicht nur deshalb zweifelte Anabel schon nach drei Tagen mit ihren Eltern daran, dass es eine gute Idee gewesen war, die beiden zu ihr kommen zu lassen. Dummerweise hatte nämlich Dirk seine Termine tatsächlich so gelegt, dass er die ersten zwei Wochen nach Anabels Heimkehr ebenfalls in Berlin sein konnte – was bedeutete, dass er abends nach Hause kam. Und manchmal sogar schon am Nachmittag. Was wiederum bedeutete, dass er mit Anabels Vater zusammentraf.

Obwohl man beiden anmerkte, dass sie sich unbedingt zusammenreißen wollten, war die Spannung im Haus vom ersten Moment an spürbar gewesen. Helmut, Anabels Vater, und Dirk stammten von verschiedenen Planeten. Und falls Anabel gehofft hatte, dass Pauls Präsenz daran etwas ändern würde, sah sie sich getäuscht. Es lag nicht nur daran, dass Helmut nicht gern reiste, geschweige denn bei anderen Leuten übernachtete. Anabels Vater hatte bis zu seiner Pensionierung an der Universität Geschichte gelehrt und ein Dutzend kluge Bücher geschrieben, bevorzugt über die Kolonialzeit und das *neue Rom*, als das er das amerikanische Empire bezeichnete. Reich war er damit nicht geworden, aber da auch seine Frau, Emma, ihr Leben lang gearbeitet hatte, waren die beiden stolze Besitzer eines kleines Hauses, das vor lauter Büchern förmlich aus den Nähten platzte, und Helmut hatte mit der Pensionierung weder aufgehört zu denken, noch aufgehört zu schreiben. Anabel liebte und schätze ihn sehr – wegen seines Wissens, aber auch, weil er ein Mann leidenschaftlicher Überzeugungen war. Als sie ihre Eltern damals von ihrem Entschluss in Kenntnis gesetzt hatte, Dirk zu heiraten, war ihre Mutter begeistert gewesen, wie so oft, wenn sie sich zu irgendetwas entschloss, aber in diesem Fall ganz besonders, denn im Gegensatz zu all ihren anderen unglücklichen Lieben vorher war Dirk eben kein Verlierer, kein Künstler, kein Trinker und kein Ausländer. Ihr Vater hingegen war, entgegen aller Klischeevorstellungen, nicht froh gewesen, die Tochter endlich unter einer Haube zu wissen, sondern skeptisch. Er hatte ihre Entscheidung akzeptiert, natürlich. Aber mehr auch nicht. Und obwohl er sich immer bemüht hatte, Dirk nicht spüren zu lassen, was er für ihn – oder besser, gegen ihn – empfand, konnte man die Spannung zwischen den beiden bei jeder Begegnung förmlich mit den Händen greifen. Es gab nichts, wirklich nichts, was sie hätte verbinden können, den alten Humanisten und den jungen Kapitalisten.

Immerhin, sie hatten sich bemüht. All die Jahre, und erst recht unter dem Eindruck des neuen Lebens, das sie zusammenschweißen musste, ob sie wollten oder nicht.

Am zweiten gemeinsamen Abend hatte Helmut beim Abendessen tatsächlich gefragt, worin Dirks neuer *Job* eigentlich genau bestand. Dirk hatte dankbar zu berichten begonnen, von seinen millionenschweren Projekten, von den sensationellen *Investment Returns*, die seine handverlesenen Anleger erwarten konnten, jener Eliteclub, dem er nun sozusagen angehörte – obwohl er nicht hineingeboren war. Er war ins Plaudern geraten, hatte über die Schwierigkeiten in Asien berichtet, die man am besten unter vier Augen und mit Bargeld löste, hatte sich danach auf sicherem Terrain geglaubt, da sein Gegenüber schweigend zuhörte, und sich am Ende weit ins Theoretische gewagt, bis hin zu jenem Satz, dem Anabel schon am Anfang anhörte, dass er Helmuts Schweigen brechen würde.

»Wir sind in einem harten Wettkampf. Es gibt eben Gewinner und Verlierer. Die einen verhungern, die anderen essen gut. Und dieses Filet, Anabel, ist ein ab-so-lutes Gedicht.«

»Ja, wirklich!«, brachte ihre Mutter noch dazwischen, dann fielen Helmut die lange zusammengebissenen Zähne auseinander.

»Nichts gegen deine Kochkunst, Tochterherz«, sagte er zu ihr, »es ist wirklich exzellent, aber« – und damit wandte er sich ihrem in jeder Hinsicht vollständig begeisterten Mann zu, »das ist nicht nur ein bisschen zynisch, das ist, verzeih mir, Schwiegersohn, menschenverachtend. Nichts gegen deine beruflichen Erfolge, aber erspare mir alle Pseudophilosophie aus deinem Mund, die bestenfalls dem Zweck dient, deine Unmenschlichkeit rhetorisch zu bemänteln.«

Er schnitt in das letzte Stück Filet, das ihm noch geblieben war, und hätte das vernichtende Schlusswort als solches stehen lassen. Wenn nicht Dirk, inzwischen ebenfalls *casual*, mit hochgekrempelten Hemdsärmeln und zwei Gläsern Rotwein im Blut, mutig nachgehakt hätte.

»Unmenschlich? Wirst du auf deine alten Tage noch zum Globalisierungsgegner?«

»Durchaus nicht. Zumal ich schon auf meine jungen Tage keiner war. Aber mit Raubtieren muss man als intelligenter Mensch ja nicht unbedingt im gleichen Käfig sitzen wollen.«

»Was stört dich? Darwin an sich?«

Emma versuchte mit einem beherzten »Paul hat vorhin so süß gelächelt!« alles zum Guten zu wenden, aber Anabel wusste, dass es zu spät war.

Helmut lächelte. Und es war beileibe nicht das »Mein-Vater-erklärt-mir-jeden-Sonntag-unsere-neun-Planeten«-Lächeln.

»Du hast Glück«, erklärte er Dirk. »Genieß es. Aber in Demut. Du hast das Glück, mit Intelligenz beschenkt zu sein, gutem Aussehen und Durchsetzungsgabe. Vor allem aber mit etwas Unverdientem, etwas Geschenktem, nämlich mit den geeigneten Lebensumständen. Dazu mit einer wunderbaren Frau, was durchaus schön und wichtig ist, in diesem Fall aber vernachlässigenswert. Du hast, mit Fleiß und Machthunger, viel aus diesem dir gegebenen Talent gemacht. Aber täusche dich nicht: Jeder Zweite von denen, über die du heute verächtlich redest, hätte es unter ähnlichen Umständen wenigstens genauso gut gemacht wie du.«

»Helmut!«, sagte Emma.

Anabel schob ihr Filet ein bisschen nach links.

Dirk nickte. Und nickte gleich noch mal. »Mein Vater«, lächelte er versöhnlich, »hat mir irgendwann mal ... da war ich achtzehn, neunzehn ... da hat mein Vater mir diesen ewig wahren Satz mitgegeben, als ich beim Mittagessen ungefähr das von mir gegeben habe, was du gerade gesagt hast. *Wer mit zwanzig kein Kommunist ist, ist ein Idiot. Wer mit dreißig Kommunist ist, ist immer noch ein Idiot.*«

Er lächelte entschuldigend, zuckte die Achseln und hielt seiner Frau das Glas hin. Anabel schenkte ihm artig Rotwein nach, während Helmut schmunzelnd antwortete.

»Das ist schön«, sagte er. »Aber du unterschlägst uns den Rest des Merksatzes, den dein Vater hoffentlich komplett aufsagen konnte. *Wer mit vierzig nicht wieder Kommunist ist, ist der größte Idiot von allen.* Das gehört dazu, oder?«

»Nichts für ungut, aber ich glaube, wir sollten das Thema wechseln.«

»Fangen wir nicht gerade erst an?«

»Ich glaube nicht.«

»Bedauerlich.«

»Nicht wirklich.«

»Helmut«, sagte Emma, und »Dirk« Anabel fast gleichzeitig, aber es war, endgültig, zu spät.

»Hast du dich gelegentlich gefragt«, fragte Helmut, ohne seine geliebte Frau oder seine geliebte Tochter auch nur eines Blickes zu würdigen, »mit wem du da eigentlich an einem Tisch sitzt, bei diesen wichtigen Meetings in New York oder Hongkong? Nein, ich rede nicht von deinen asiatischen Bauunternehmern, die irgendwelche zu kurz Gekommenen ausbeuten, ich rede von deinen Freunden, deinen *vons* und *zus*. Meinst du, denen ist das Geld, mit dem sie dich kaufen, in den Schoß gefallen? Ist dir oder mir je Geld in den Schoß gefallen? Oder hast du versehentlich mal in einem Geschichtsbuch nachgeschaut? Versuch's mal unter *IG Farben*, das ist kein Malkasten für deinen Sohn, das ist dein Leben, deine Villa, dein Depot. Aber versteh mich nicht falsch, mein Junge: Ich billige das – im Sinne der Versorgung meiner inzwischen dank deiner Energie vergrößerten Familie –, aber du solltest ... *wir* sollten dieses Privileg schweigend genießen, nicht mit vollem Maul. Das gebietet der Anstand. Ein bisschen Anstand, ein bisschen Schweigen, bitte. Und«, dabei wandte er sich mit einem auf entzückende Weise verletzten Lächeln wieder an Anabel, »dieses Filet ist wirklich wunderbar. Ich danke dem Himmel dafür, sowie dir, Tochter. Sowie dir, Dirk, deinem Talent und deinen Ellenbogen. Und schweige darüber hinaus in höherer Dankbarkeit und Demut.«

Emma quittierte diesen Vortrag ihres Mannes mit einem neuerlichen »Also, Helmut«. Anabel versuchte auf der Stelle, mit einer weiteren launigen Bemerkung über Paul das Thema zu wechseln, aber weder Dirk noch Helmut waren in der Stimmung dazu. So kam es, wie es kommen musste, und wäre es nicht so entsetzlich gewesen, hätte Anabel beide bewundert für ihre rhetorischen Fähigkeiten – beide Männer blieben während der folgenden höchstens zehn Minuten höflich im Ton und sagten sich dennoch, durch die Blume, was sie voneinander hielten, nämlich nichts.

Dass Helmut am Ende mit der Bemerkung triumphierte, »Lass unsere Meinungen als Freunde auseinander gehen«, machte nichts besser. Das Dessert wurde schweigend verzehrt, und an den Abenden danach mussten die Frauen die Konversation bei Tisch praktisch allein bestreiten. Die Männer blieben nur so lange sitzen, wie sie unbedingt mussten, danach zog Dirk sich ins Nebenzimmer zurück, mit der Bemerkung, er müsse noch arbeiten, um den Kredit für das Haus für Frau und Sohn zu verdienen. Wozu er die Tür schloss. Und nicht wieder öffnete.

Am vierten Abend beendete Helmut den unerträglichen Zustand. Als Dirk sich nach dem Abendessen entschuldigt und die Türen zum Arbeitszimmer geschlossen hatte, sagte Anabels Vater zu seiner Frau: »Emma, ich fahre nach Hause.«

»Was?«

»Ich fahre nach Hause. Lieber ernähre ich mich drei Wochen von Wasser und Pudding, als hier die Atmosphäre zu vergiften.« Er sah seine Tochter traurig an. »Es tut mir Leid, Anabel.«

Sie nickte. »Ist schon in Ordnung.«

»Herrgott, wieso kannst du dich denn nicht mal eine Woche zusammenreißen?«, fragte ihre Mutter verzweifelt.

»Das konnte ich nie«, sagte er. »Und jetzt bin ich zu alt, um es noch zu lernen. Davon abgesehen, will ich das auch gar nicht.«

»Aber ich kann dich doch nicht allein lassen«, sagte sie.

»Das sollst du auch nicht, Mama«, sagte Anabel. »Ihr fahrt beide.«

»Was? Aber du brauchst mich doch hier!«

»Ich komme schon klar, Mama.«

Ein unendlich skeptischer Blick traf Anabel.

»Wirklich«, sagte sie mit einem souveränen Lächeln, obwohl sie alles andere als überzeugt war. »Das haben ja wohl auch schon andere Frauen geschafft. Millionen Frauen. Also, Mama, trau deiner Tochter mal was zu.«

»Das tue ich«, sagte ihre Mutter. Dann sah sie ihren Mann an, sagte, »Sturkopf«, und als Anabel den Blick bemerkte, mit dem sie ihn dabei bedachte, diese Mischung aus Wut und Liebe, fühlte sie einen Stich im Herzen, weil sie wusste, dass ihr das immer fehlen würde.

Im Lauf der kommenden Monate sollte Anabel oft bereuen, dass sie ihre Mutter einfach hatte gehen lassen. Immer wieder sollte sie sich dafür verfluchen, dass sie ihren geliebten Vater nicht auf eine wochenlange Wasser-und-Pudding-Diät gesetzt hatte, sondern den beiden erlaubte, ihr Leben weiterzuführen, als wäre nichts geschehen. Als hätten sie keine Tochter, die ein Kind zur Welt gebracht hatte und mit der Verantwortung für dieses Kind nicht zurechtkam. Ganz und gar nicht. Natürlich hatte Anabel fest damit gerechnet, dass sich nach der Geburt von Paul vieles verändern würde – aber nie im Leben hatte sie damit gerechnet, wie gravierend die Veränderungen sein würden. *Der Tag, an dem du dein erstes Kind zur Welt bringst, ist der furchtbarste Tag in deinem ganzen Leben.* Sie erinnerte sich an diesen Satz, erinnerte sich, wie sie mit Lissi im Kino gewesen war und *Lost in Translation* gesehen hatte, vor langer Zeit, erinnerte sich, wie ihre Freundin ahnungslos nickte und lachte, als Bill Murray genau das zu seiner jungen Freundin sagte, in dieser wunderbar romantischen Bettszene fast ohne Berührungen. Klar, er hatte das unmittelbar darauf relativiert. Strahlende Kindergesichter entschädigten irgendwann. Für alles. Irgendwann wurde alles gut. Erste Schritte. Fahrrad fahren. Klettern. Etwas besser wissen. Alles besser wissen.

Aber das änderte nichts. Es war furchtbar. Ihr Leben war weg, verschwunden, pulverisiert. Es hatte sich nicht *einiges* geändert, sondern alles. Kein Stein blieb auf dem anderen, das Leben, das sie geführt hatte, löste sich vollständig auf und wurde ersetzt durch ein neues. Ein Leben mit neuen Koordinaten, neuen Anforderungen, neuen Fragen.

Nichts und niemand hatte sie darauf vorbereitet. Freundinnen mit Kindern, die ihr gegenüber behauptet hatten, nach der Geburt fange auch für die Mutter ein komplett neues Leben an, hatte Anabel immer für gnadenlose Aufschneiderinnen gehalten. So schlimm konnte das ja wohl nicht sein. Ein neuer Mensch kam dazu und verlangte eine gewisse Aufmerksamkeit. Klar. Logisch. Man musste Kompromisse machen, hier und da. Für eine Weile. Aber wieso sollte das zu völlig unvorstellbaren Veränderungen führen?

Nichts und niemand hatte sie darauf vorbereitet, dass zwischen der Entscheidung »Kinder haben« und allen anderen Entscheidungen, die man im Leben traf, ein ebenso elementarer wie fürchterlicher Unterschied bestand. Alle anderen so genannten »Entscheidungen« waren nämlich im Grunde genommen keine, da man sie mehr oder weniger mühelos korrigieren konnte, jedenfalls im einundzwanzigsten Jahrhundert. Jeden Job, für den man sich *entschieden* hatte, konnte man wechseln, wenn einem der Chef nicht passte. Jeden Studiengang konnte man abbrechen. Beides kostete einen ein paar Dutzend Karrierepunkte und möglicherweise ein wenig zukünftigen Wohlstand, aber mehr auch nicht. Jede Wohnung konnte man kündigen, wenn einem die Nachbarn oder Vermieter nicht gefielen. Jedes Haus konnte man wieder verkaufen. Jede Stadt, für die man sich entschieden hatte, wieder verlassen. Jeden Mann rauswerfen, jede Ehe problemlos scheiden lassen, jedes Haustier ins Tierheim bringen. Entscheidungen, das bedeutete normalerweise nur: Man legte sich fest – aber nie und nirgends ohne Hintertür. Außer freiwilligen körperlichen Verstümmlungen gab es eigentlich nichts, was sich nach einer »Entscheidung« nicht auch wieder ganz entschieden korrigieren ließ. Alles blieb unverbindlich.

Außer Kinder haben.

Nach sechs Wochen mit Paul hockte Anabel nachts vor dem Bett im Gästezimmer ihres neuen, herrlichen, unaufgeräumten Hauses, leistete weinend Abbitte und fragte stumm in die Dunkelheit, ob da draußen irgendjemand sei, der ihr bitte ein bisschen Kraft schicken könne.

Das ist die gerechte Strafe, dachte sie. *Die gerechte Strafe dafür, dass ich all diese anderen Mütter immer für Jammerlappen gehalten habe.* Sie war vollkommen sicher, dass Paul nur deshalb seit drei Tagen und Nächten so unruhig schlief. Nur, weil sie so schlecht über all diese tapferen Mütter gedacht hatte, zwang Paul sie aus dem ohnehin schon mörderischen Vierstunden-Still-Rhythmus in eine Art Dauerwachzustand, der nach zweiundsiebzig Stunden endgültig seinen Tribut forderte. Was hatte Martin damals gesagt? Ein wiedergeborener argentinischer Gefängniswärter? Und zwar einer von der ganz konditionsstarken Sorte.

Sie konnte nicht mehr.

Aber sie musste.

Wer sonst?

Ihre Mutter war da, wo sie hingehörte. In der Kieler Küche, um ihrem Vater nach anstrengenden Studien ein Abendessen auf den Tisch zu stellen.

Dirk war da, wo er hingehörte: im Schlafzimmer, im Bett, nachdem er eine Woche zwischen Hongkong und Kuala Lumpur hin- und hergeflogen war.

»Was ist mit Dirks Eltern?«, hatte Lissi sie gefragt, am Telefon. »Oder hat Supermann keine? Ist der in 'ner Raumkapsel hier aufgeschlagen?«

»Er ist Vollwaise. Sozusagen.«

»Heißt *sozusagen*, man weiß nicht genau, ob sie tot sind?«

»Nein, *sozusagen* heißt, man weiß, dass sie leben. Aber sie können sich nicht kümmern.«

»Schwer krank, oder was?«

Anabel hatte bloß genickt. Dabei stimmte das nur im übertragenen Sinn. Dirks Eltern hatten sich spät scheiden lassen, mit Mitte fünfzig, und beide hatten das endgültige Scheitern ihrer von Anfang an misslungenen Beziehung nie wirklich verwunden. Dirks Mutter, inzwischen Mitte sechzig, hatte seither kaum mehr Kontakt zur Außenwelt und war zu erschöpft von ihrem Leben, um sich weiterhin um Kinder oder gar Enkelkinder kümmern zu können, Dirks Vater hingegen hatte wieder geheiratet und genoss sein Leben in vollen Zügen – wobei zu seiner Vorstellung von *Genuss* offenbar gehörte, dass man an die nachfolgenden Generationen keinen Sekundenbruchteil des Nachdenkens mehr verschwendete. Dirk hatte ihn ein Jahr nach der Scheidung um ein bescheidenes Darlehen gebeten, das er damals, direkt nach dem Studium, brauchte; sein Vater, ein außerordentlich vermögender Mann, hatte mit der schlichten Begründung abgesagt, er habe »kein Geld« und sich unmittelbar danach eine Achtzimmervilla an der Costa del Sol zugelegt, weil seine neue Frau es offensichtlich wünschte. Nach diesem Vorfall hatte Dirk jahrelang kein Wort mehr mit ihm gesprochen – was dem Vater offensichtlich sehr recht gewesen war. Anabel hatte sich in den ersten Jahren an Dirks Seite die Mühe gemacht, wenigstens Weihnachtskarten zu schicken, aber nie eine Antwort erhalten.

Dass sie nun Lissis Frage »Schwer krank, oder was?« mit einem Nicken beantwortete, stimmte also. Auch wenn Dirks Eltern körperlich nichts fehlte; es fehlte alles andere.

»Schrill«, sagte Lissi. »Wie kann man sich seine Enkelkinder entgehen lassen? Was hat man denn sonst noch im Alter, außer schlechten Zähnen, Falten und *Kerner* zum Einschlafen?«

»Vielleicht hat man einfach keine Lust mehr auf Kinder, wenn man selber welche großgezogen hat«, erwiderte Anabel lahm.

»Klar«, sagte Lissi spöttisch. »Wie bescheuert ist das?«

Anabel konnte bloß die Achseln zucken. Natürlich war das bescheuert. Aber es änderte ja nichts. Unterm Strich blieb nur eine simple Erkenntnis: Ihre Eltern und die von Dirk standen aus ganz unterschiedlichen Gründen nicht zur Verfügung, ihre wenigen Freundinnen wohnten in anderen Städten oder waren berufstätig, und Dirk war ganz sicher nicht der Typ, der sich ein Erziehungsjahr gönnen würde oder erlauben konnte.

Sie war allein erziehend, sozusagen.

Sie musste. Ohne Hilfe. Jeden Tag, von morgens bis morgens.

Aber sie wusste nicht mehr, wie.

Schlimmer noch als ihre vollkommene körperliche Erschöpfung empfand sie die Unausweichlichkeit der Situation. Dies war keine Prüfung, deren Ende absehbar war; dies war ihr neues Leben. Irgendwann würde sie wieder eine ganze Nacht schlafen können, spätestens in drei, vier Monaten, wenn sie Paul abgestillt hätte, aber wie sollte sie diese Monate überstehen? Und wie die Jahre danach?

Millionen anderer Mütter haben das auch geschafft!, brüllte ihr wieder ein ganzer Chor innerer Stimmen zu.

Aber wie?, fragte Anabel sich. Bestimmt hatten diese Millionen Mütter Helfer gehabt, Dutzende Helfer, das war die einzige Erklärung. Männer, die anders als Dirk nicht ständig unterwegs waren, sondern nachts aufstanden – genau so stand das doch in allen Eltern- und Frauenzeitschriften! Sanfte Männer, weiche Männer, Sandalenträger, Rehstreichler, die dauernd mithalfen, putzten, kochten, einkauften, massierten, mit den Kindern spazieren fuhren. Die die Karriere links liegen ließen, vorübergehend. Die zwar kein Erziehungsjahr nahmen, aber gern wickelten. Und dazu Großmütter und Freundinnen, die mit anpackten; Ammen, Aupairmädchen und ältere Geschwister! All diese erfolgreichen Mütter konnten das nie im Leben allein geschafft haben, da war Anabel plötzlich ganz sicher.

Andererseits, dachte sie, *können auch Au-pairs oder Omas einem das Stillen nicht abnehmen, oder?*

Wie hatten die das bloß hingekriegt, diese Millionen und Abermillionen souveräner Muttertiere?

Anabel kroch ins Gästebett und rollte sich ein. Schlafen. Eine Stunde. Vielleicht. Vielleicht auch zwei. Bitte.

Ich brauche Hilfe, dachte sie beim Einschlafen.

Am nächsten Morgen sah die Welt schon wieder ein bisschen freundlicher aus, nicht nur, weil Paul Erbarmen gehabt und Anabel tatsächlich vier Stunden ungestörten Schlaf im Gästebett gegönnt hatte. Nachdem sie ihn um sieben gestillt hatte, war Dirk entgegen seiner Gewohnheit zu Hause geblieben und hatte ihr gestattet, sich noch einmal für zwei Stunden hinzulegen, während er ein Frühstück zubereitete. Und Anabel war überrascht, dass er von selbst auf das Thema zu sprechen kam, das sie in der Nacht beschäftigt hatte.

»Bella, ich glaube, du solltest dir jemand besorgen, der dir ein bisschen hilft.«

Anabel wusste, dass sie einfach »Ja« hätte schreien sollen, aber das tat sie natürlich nicht. In ihrem Leben würde nicht die Hoffnung zuletzt sterben, sondern der Stolz.

»Wieso?«, fragte sie gereizt. »Meinst du, ich komme damit nicht allein klar?«

»Doch«, sagte Dirk. »Aber du bist, sorry, fürchterlich blass und erschöpft, und ich glaube, es geht hier nicht darum, den deutschen Mutterorden zu gewinnen.«

»Das habe ich auch nicht vor. Aber wenn du erwartest, dass eine Mutter in den ersten Monaten durch die Wohnung hüpft wie das blühende Leben, dann siehst du auch in der Hinsicht mal wieder alles falsch.«

Er verdrehte die Augen, wie so oft in den vergangenen Wochen, wenn sie versucht hatten, ein Gespräch zu führen, und stand vom Tisch auf.

»Okay«, sagte er bloß, »war ja nur 'ne Idee.« Er gab Paul einen Kuss und verließ den Raum, ohne Anabel noch einmal anzusehen. Sie hörte seine Schritte, sie hörte die Haustür zuklappen, sie hörte, wie er den Wagen startete und wegfuhr, in sein Leben.

Ich brauche Hilfe, dachte Anabel, als sie nach dem Telefon griff und Lissis Nummer wählte.

»Nichts für ungut, aber du siehst aus wie das Stofftier vom Hund – und zwar im Herbst.«

Das war so zirka das Gegenteil von dem, was sie hören wollte, aber Lissi verstand unter »Freundschaft« nun mal vor allem »Offenheit«, und das ohne Rücksicht auf Verluste.

»Danke«, sagte Anabel sauer, »aber so sieht man nun mal aus, wenn man in einem argentinischen Gefängnis lebt. Ich kriege maximal vier Stunden Schlaf am Stück, und das seit sechs Wochen, also ignorier' mal meine fehlende Bemalung.«

»Schwierig.«

»Gib dir Mühe.«

»Mach ich ja schon.« Lissi kramte ihre Zigarettenschachtel heraus und machte allen Ernstes Anstalten, eine zu rauchen. Mitten in der Küche. Im Beisein des schlafenden Paul.

»Nicht hier«, sagte Anabel.

»Was?«

»Wenn du rauchen musst – draußen.« Anabel deutete auf die Tür, die auf die Terrasse führte. Draußen hagelte es junge Hunde.

»Sorry«, sagte Lissi und steckte die Zigarette zurück in die Schachtel.

»Bin ich krank?«, fragte Anabel.

»Sowieso.«

»Sei mal fünf Sekunden ernst. Ich bin fertig. Mich überfordert das. Ich will das alles nicht.«

»Was, alles?«

»Paul.« Sie deutete auf die Wiege. »Ich meine, klar, ich will Paul, Paul ist toll, meistens, aber ... den Rest. Ich krieg das nicht hin. Ich bin die beschissenste Mutter der Welt, okay, aber ich kann das alles nicht.«

»Zu spät.« Lissi warf einen Blick in die Wiege und lächelte. »Der hat geile Augen. Echt.« Sie sah Anabel an. »Sind nicht deine. Also, deine sind auch klasse, aber Paulemanns, meine Fresse. Sind das die von dem Penner?«

»Das geht bestimmt noch weg«, sagte Anabel. »Viele Kinder haben am Anfang blaue Augen.«

»Die sind nicht blau«, sagte Lissi. »Die sind irgendwas zwischen blau, grün und grau, und wenn der Braten mich anguckt, krieg ich weiche Knie, obwohl der noch nicht mal sprechen kann.«

»Ja, er hat schöne Augen.«

»Erstaunlich, dass da keiner nachfragt.«

»Außer meiner Mutter.«

»Hat sie?«

»Ja.« Anabel nickte. »*Die Augen hat er aber nicht von dir.* Und dann kuckt die Dirk ins Gesicht, stellt fest: *Ups, von dem hat er sie auch nicht,* und fängt an, lang und breit von Tante Dorothee zu erzählen, die *genau solche* Augen hat.«

»Ahnt die was?«

»Meine Mutter?«

»Ja.«

»Nein.«

»Dirk?«

»Quatsch.«

»Gut.«

»Weiß nicht.«

»Was soll das denn heißen?«

»Keine Ahnung«. Anabel zuckte die Achseln. »Ich weiß nicht. Ich bin im falschen Film. Paul kuckt mich an, und ich sehe Clemens.«

Lissi holte Luft, als hätte sie sich in den Finger geschnitten, aber Anabel redete weiter.

»Weißt du, ich glaube ... man kriegt das alles hin, man hält das alles durch, wenn man weiß, dass man das für jemand tut, den man liebt. Wenn man weiß: Das ist unser Kind. Das mache ich für uns. Wenn man weiß, irgendwann wird es leichter, und dann gibt es *uns* wieder. Ein bisschen, wenn Paul drei ist, dann wieder ein bisschen mehr, vielleicht sogar eine ganze Woche, wenn er auf Klassenreise ist, und wieder ganz, wenn Paul auszieht. Aber mich und Dirk gibt es nicht. Und wird es nie geben.«

»Bella«, sagte Lissi, klappte ihre Zigarettenschachtel auf und gleich wieder zu, »das ist Bullshit.«

»Leider nicht.«

»Das geht weg. Du bist gestresst, ist doch klar. Du bist müde und kaputt, und da denkt man dann so was ...«

»Nein. Lissi, wenn ich mir auch nur vorstelle, irgendwann im Lauf der nächsten dreißig Jahre wieder mit Dirk ins Bett zu müssen, wird mir schlecht.«

»Na ja, das legt sich ...«

»Lieber verzichte ich für den Rest meines Lebens auf Sex.«

Lissi sah sie alarmiert an. »Du magst doch Sex ...«

»Ich mochte Sex. Sex mit Clemens.«

»Vergiss es.«

»Hab ich doch schon lange.« Sie machte eine lange Pause. »Ich wollte doch nur sagen ...« Wieder wartete sie und prüfte die Worte, die sie aussprechen wollte. »Es war ein Fehler, Lissi.«

»Was?«

»Was ich gemacht habe.«

»Du hast alles richtig gemacht.«

»Nein.« Anabel schüttelte traurig den Kopf. »Ich komme mir vor ... als hätte mir das Leben eine Aufgabe gestellt, und ich habe eine Antwort gegeben. Leider die falsche.«

»Und was heißt das?«

»Ich muss damit leben.«

»Gott sei Dank.« Lissi seufzte erleichtert. »Ich dachte schon, du würdest jetzt wieder von dem Penner anfangen.«

»Nein. Nein, bestimmt nicht.« Anabel seufzte und spürte eine Träne, die sie nicht zulassen würde. »Er hat mir sein Herz geschenkt, und ich hab's ihm weggenommen und in den Mixer getan. Ich wünschte, ich könnte zu ihm gehen und mich entschuldigen, aber das ist vorbei. Er könnte genauso gut tot sein. Ich habe mich entschieden, es war die falsche Entscheidung, aber jetzt muss ich damit leben.« Anabel schwieg lange. Dann sagte sie. »Ich weiß nur nicht, wie.«

»Nichts für ungut, Bella, aber ... ich glaube, du bist wirklich mit den Nerven am Ende. Glaub mir, das wird sich legen.«

»Ich sehe Paul an«, sagte sie leise, und jetzt kamen die Tränen, »und denke, das ist falsch.«

»Paul?«

»Ja«, flüsterte sie. Es war grausam, aber es stimmte. Die Tränen rollten weiter, über ihr regloses Gesicht.

»Das ist nicht dein Ernst«, sagte Lissi, und ihre Stimme war irgendwas zwischen Erschütterung und Wut. »Das kann nicht dein Ernst sein. Du hast dir immer ein Kind gewünscht, und jetzt, wo du eins hast ...«

»Lissi, ich weiß, dass das krank ist. Das weiß ich doch selber. Aber ich wollte kein Kind, ich wollte Liebe. Ich dachte nur ...«

»Das ist total bescheuert. Entschuldige. Ich glaube, ich

weigere mich, dieses Gespräch fortzusetzen. Ich glaube, ich ziehe morgen hier ein und helfe dir. Nehme dir Paul ab. Also, außer wenn er an die Brust will, weil, mit meinen Titten kann er nichts anfangen. Aber alles andere mache ich, bis du dich wieder beruhigt hast.«

Anabel wollte den Kopf schütteln. Sie wollte den ganzen Rest aussprechen, alle finsteren Gedanken, die in ihrem Kopf waren. Sie wollte erklären, welchen Kummer sie empfand. Wie Leid Paul ihr tat. Wie Leid sie sich selbst tat. Sie konnte gehen. Ihn mitnehmen. In ein armseliges Leben, das nicht gut für ihn wäre. Er würde leiden müssen. Oder sie konnte bleiben, ein Leben ertragen, das sie nicht wollte, an der Seite eines Mannes, den sie nicht liebte. Sie konnte sich entscheiden zu leiden. Für Paul. Und dann konnte sie nur noch hoffen, dass sie ihm das nie übel nehmen würde. Könnte sie das? Wenn er mit fünfzehn betrunken nach Hause käme und sie anschnauzte? Oder wenn er von der Schule flöge? Oder sonst irgendetwas Absurdes täte, was Jungs in der Pubertät nun mal tun? Wäre sie dann immer noch frei von Vorwürfen ihm gegenüber, ein verschenktes Leben später?

Sie wollte so viele Dinge sagen.

Aber Lissi saß vor ihr, entschlossen, alles für sie zu tun, und es brach ihr das Herz. So sagte sie nichts. Schluckte. Schniefte. Wischte sich die Tränen von den Wangen. Zwang sich zu einem Lächeln, nahm Lissis Hand und drückte sie.

»Danke«, sagte sie. »Du bist wirklich lieb.«

»Ich mein das ernst.«

»Ich weiß«, erwiderte Anabel leise. »Aber ich möchte nicht, dass du das machst.«

»Bella.«

»Shh.« Sie schüttelte den Kopf. »Es ist meine Aufgabe. Nicht deine.«

»Ich ...«

»Ich verspreche dir, dass ich auf dein Angebot zurückkomme. Wenn es gar nicht mehr geht.«

»Also zum Beispiel jetzt.«

»Nein.«

Lissi sah sie streng an. »Versprich mir, dich zu melden. Versprich mir, mich einzuspannen. Versprich mir das.«

»Versprochen«, log Anabel lächelnd. Sie wusste jetzt, was sie zu tun hatte. Sie würde Paul eine gute Mutter sein. Sie fühlte sich wie eine Gefangene, die sehenden Auges in die Folterkammer schritt. Im Wissen, dass sie nichts mehr sagen würde, zu niemandem, kein Sterbenswörtchen. Egal, was sie ihr antaten, egal, welche Knochen sie ihr brachen, ob sie sie mit Benzin übergossen und anzündeten, sie auf die Streckbank legten oder ihr mit Eisenstangen den Kopf zu Brei schlugen. Sie würde ihre Mission erfüllen.

Selbst wenn es sie umbrächte.

Vor der Schwangerschaft hatte Anabel 52 Kilo gewogen und ihre 34er Hosen mit Stolz getragen; als sie Paul zur Welt brachte, wog sie 70 Kilo, und natürlich war sie entschlossen gewesen, binnen neun Monaten nach der Geburt wieder die Frau zu sein, die sie vorher gewesen war – wenigstens optisch. Nachdem sie sich allerdings entschieden hatte, in die Folterkammer zu gehen, erschien ihr jede zusätzliche Selbstkasteiung durch morgendliche Läufe oder Sit-ups als sinnloses Zusatzopfer. Außerdem musste sie irgendwas essen, und da alles Gesunde weiterhin ausfiel – weil es entweder zu viel Säure enthielt oder zu sehr blähte –, wurde aus dem Abnehmen zunächst einmal nichts. Natürlich verlor sie etwas Gewicht – nämlich die Kilos, die Paul und seine Verpflegungsration im Mutterleib gewogen hatten, aber der Rest blieb einigermaßen stabil auf ihren Hüften liegen. Sechs Monate nach der Geburt wog sie noch immer 65 Kilo, und es war ihr völlig egal.

Allerdings verhinderte sie immer wieder geschickt, dass Martin und Clarissa, wie von Dirk gewünscht, zum Abendessen vorbeikamen. Das, dachte sie, musste ja nun wirklich nicht sein. *Schön, dass du als Einzige deinen Teller leer gegessen hast,* nein, sie würde Clarissa keine Gelegenheit geben, ihr das heimzuzahlen. Solange sie selbst der Wal im Wallekleid war, kam ein Treffen nicht infrage. Sie schickte Dirk stattdessen zum Essen mit Martin. Und telefonierte gelegentlich mit Clarissa.

Aber als Paul ein halbes Jahr und sieben Tage alt war, stellte Dirk sie vor vollendete Tatsachen, als er am Nachmittag, wesentlich früher als sonst, nach Hause kam.

»Ich habe Martin und Clarissa heute Abend zum Essen eingeladen.« Er ließ ihr keine Zeit, eine Ausrede für die Absage zu erfinden. »Keine Sorge, du kannst die Füße hochlegen. Ich hab Steaks gekauft, Kartoffeln, Salat, Dressing und Saucen, und glaub mir, *das* kriege sogar ich hin – obwohl ich der schlechteste Koch der Welt bin. Du müsstest mir nur sagen, wo die Edelstahlpfanne ist. Ansonsten: Entspann dich.«

Zwei Stunden später saßen sie zusammen beim Essen, zu viert. Dirks Steaks waren gründlich durchgebraten, trocken und zäh, die Kartoffeln verkocht und die Paprika-Stücke im Salat so groß, dass man sie kaum in den Mund bekam. Aber es war ein Abendessen zu viert. Wie früher. Davon abgesehen, dass nichts mehr war wie früher – und die Rollen vertauscht.

Clarissa ließ die Kartoffeln links liegen. Und das nicht, weil sie praktisch ungenießbar waren, sondern weil sie nach eigener Aussage schon seit längerem »auf Kohlehydrate verzichtete«.

Sie sah großartig aus. Ein kleines Schwarzes, gefüllt mit höchstens zweiundfünfzig Kilo, schätzte Anabel. Größe 32, maximal 34. Und sie erzählte genüsslich von ihrer Diät, der letzten South-Beach-Variante. Keine Nudeln, keine Kartoffeln, kein Reis, kaum Brot. Dafür viel Fisch und Gemüse, wenig Käse, wenig Obst, wegen des »fiesen Fruchtzuckers«. Dazu ein bisschen Sport, jeden zweiten Morgen eine halbe bis dreiviertel Stunde Joggen, an den anderen Tagen Bauch- und Rückenübungen. Ganz simpel. Und sehr effektiv. Die Frage, die sie an Anabel richtete, war unvermeidlich – und klang nur in den Ohren der dabei sitzenden Männer unschuldig.

»Hast du schon abgestillt?«

»Vor drei Wochen«, sagte Anabel und tunkte demonstrativ das letzte Kartoffelstück in die leckere Steaksauce, die Dirk mitgebracht hatte.

»Ist das nicht herrlich?«, fragte Clarissa fröhlich. »Endlich wieder normal essen dürfen! Diese Stillzeit, das ist ja die *Hölle*. Da kannst du ja praktisch nichts anderes zu dir nehmen als Kohlehydrate – aber jetzt ... Also, ich kann das nur empfehlen.«

»Klingt aber nicht besonders amüsant«, sagte Anabel trotzig.

»Was?«

»Deine Diät.«

»Inwiefern?«

»Na, Kaninchenfutter und Fisch beim Dauerlauf, das ist nicht direkt die sinnlichste Kombi der Welt, oder?«

Dirk räusperte sich. Martin grinste seine liegen gebliebenen Kartoffeln an.

Clarissa schmunzelte. »Nein, da hast du Recht. Sinnlich ist das nicht. Wenn man unter sinnlich – na ja, so was wie Rubens versteht. Aber der Trend geht ja eh wieder mehr zum Vollweib, hab ich gelesen.« Sie sah Dirk und Martin an. »Angeblich steht ihr ja gar nicht auf diese halb verhungerten Dinger ...«

»Na ja«, hustete Martin. »Wenn du unter halb verhungert so was wie Pamela Anderson verstehst, also Wespentaille in Verbindung mit diesen total übergewichtigen, wunderbaren, riesigen ...«

»Die zählt nicht, die war öfter beim Chirurgen als ich beim Friseur. Nein, ich meine Bridget Jones statt Claudia Schiffer, da stehen Männer neuerdings angeblich wieder drauf.«

»Aha«, sagte Dirk, und es klang nicht besonders überzeugt, aber dafür besonders desinteressiert.

»Schläft er denn schon durch?«, fragte Clarissa scheinheilig.

»Fast«, log Anabel.

»Und wer steht auf?«

»Ich«, sagte Anabel und versuchte, dem drohenden Fegefeuer mit einem Scherz zu entkommen. »Dirk hat's versucht mit Stillen, aber Paul ist nicht satt geworden.«

Dirk und Martin lachten dankbar, Clarissa lachte etwas länger als nötig. Dann setzte sie extrem verständnisvoll nach, ehe jemand das Thema wechseln konnte.

»Ach, es ist schon stressig«, sagte sie heiter. »Jede Nacht dieses Geschrei, das dauernde Aufstehen. Da nützt einem ja auch das Au-pair nichts, da geht man ja förmlich kaputt dran an diesen schreienden Braten.«

»Ach, Paul ist eigentlich ziemlich pflegeleicht«, log Anabel, und Dirk nickte bestätigend.

»Ja, Theresa«, sagte er, »unser Mädchen ... Anabel lässt sie das nachts machen, wenn's irgendwie geht.« Er räusperte sich, und Anabel war sicher, dass auch die beiden anderen sahen, wie selten *es irgendwie ging*. Normalerweise ging nur Mama – und zwar alle paar Stunden vom Schlafzimmer ins Kinderzimmer.

»Ich krieg davon gar nicht so viel mit«, versicherte Dirk tapfer.

»Du Glücklicher«, sagte Martin. »Also, offen gestanden ...« Er wechselte einen Blick mit Clarissa, der so innig war, dass Anabel sich am liebsten sofort übergeben hätte. »Ich hab das ganze erste Jahr gedacht, ich werd irre, ich lass mich scheiden, ich fang 'ne Affäre an und wandere aus nach Neuseeland.«

Dirk machte ein Gesicht, als könne er sich so etwas überhaupt nicht vorstellen.

»Oh«, sagte er.

»Ja, Clarissa – sorry, Schatz – Clarissa saß praktisch nur noch drauf auf Tom-Henry. Ich hab meine Frau gar nicht mehr gekannt, auch optisch.« Anabel war sehr, sehr sicher, dass Martin nach dieser unbedachten Bemerkung ganz bewusst an ihr vorbeisah und umso schneller weitersprach. »Und sonst ...«

»Na ja«, assistierte Dirk. »Aber das ist ja nur eine Phase. Ist in der ersten Zeit wahrscheinlich normal, dass man gelegentlich einfach nicht mehr kann. Und nicht mehr will ...«

»Habt ihr schon wieder Sex?«, fragte Clarissa fröhlich, und die Stille danach war so tief wie ein Bombenkrater.

Anabel bewunderte Dirk für die Miene, die er dann doch zustande brachte. Sie wusste plötzlich, wieso er beruflich so erfolgreich war. Mit diesem Gesicht konnte man sich durch jedes Meeting bluffen. Mit diesem Gesicht konnte man sogar Beduinen Sand verkaufen. Sehr souverän, ein leises, wissendes, fast spöttisches Lächeln, der linke Mundwinkel unmerklich hochgezogen; ein Blick, der sagte: *Baby, ich gebe dir eine letzte großzügige Chance, von dieser millimeterdünnen Eisscholle zurückzutreten. Das ist mein Revier. Du weißt nichts, ich weiß alles. Ein Schritt weiter, und ich versenke dich und sehe dir beim Ertrinken zu.*

»Bei aller Freundschaft«, sagte er sanft. »Es gibt private Themen, die, so befriedigend sie auch sein mögen, nicht Gegenstand der Erörterung sein sollten, nicht mal unter engsten Freunden.«

»Und, bitte«, fügte Anabel mit gespielter Panik hinzu, »erzählt es uns nicht! Ganz egal, wie viele Peitschen ihr im Schrank habt!«

Sein Blick, den sie für einen Sekundenbruchteil auffing, sprach schöne Bände. Auch wenn alles unendlich schrecklich war, für einen winzigen Moment waren sie wieder ein Paar. Die Schöne und der Hai, *Beauty and The Beast*. Und sei es nur, um wieder einmal eine perfekte Lüge aufrechtzuerhalten.

Aber Clarissa gab sich nicht geschlagen. Was auch daran lag, dass sie inzwischen ihr viertes Glas Wein intus hatte und langsam von einer bolzengerade am Tisch sitzenden, extrem kontrollierten Person zur extrovertierten, leicht frustrierten, aber angenehm sarkastischen Salatesserin mutierte, die sie eigentlich auch nüchtern hätte sein sollen.

»O Gott«, sagte sie. »Bei euch ist alles so *perfekt!* Perfekte Aufgabenteilung, perfektes Au-pair, perfekter Haushalt – alles immer aufgeräumt, Paul immer perfekt gekleidet und perfekt duftend, sogar mit bis zum Rand vollgeschissener Windel! Ich kapituliere! Eigentlich wollte ich ja nur hören, dass irgendwas ganz leicht *nicht* in Ordnung ist ...« Anabel bemerkte durchaus, dass Clarissas Blick dabei einen Sekundenbruchteil zu lang auf ihrer Wampe liegen blieb. »Aber nein! Nicht mal das gönnt ihr uns totalen Versagern!« Sie warf die Arme hoch und signalisierte breit grinsend die totale Kapitulation. »Ich geb's auf! Entschuldigt! Ich war nur neidisch! Als ich damals, nachts, im dunklen, auf die erste auf dem Flur vergessene lustige Holzrassel getreten bin – seit damals denke ich: Das soll jeder erleben! Und den Rest erst recht. Das ist gemein und schwach«, fügte sie pathetisch hinzu, und noch pathetischer, zu allgemeinen Erheiterung: »Vergebt mir!«

»Ich hab Paul neulich Lego für *bis drei* mitgebracht«, sagte Dirk.

»Ein bis zwei Jahre zu früh«, lachte Anabel.

»Und das Zeug als lange Köderspur auf dem Flur ausgelegt.«

»Um Paul zum Krabbeln zu bringen.«

»Und ich hab vergessen, die Dinger wegzuräumen.«

»Du hast derartig geschrien auf dem Weg zum Klo«, lachte Anabel.

»Du bist nicht mal aufgestanden! Das hätte doch auch Paul sein können!«

»Keine Chance. Paul schreit garantiert nicht mitten in der Nacht: *Diese verfickten Klötzchenbauer! Ich sprenge dieses ganze Scheiß-Dänemark persönlich in die Luft!* Und falls er das doch tut, vor seinem ersten Geburtstag, sei sicher, dass ich ihn an der Wunderkinder-Uni anmelde.«

»Zum Benimmkurs?«, fragte Martin, und die zwei Stunden danach waren die schönsten und komischsten, die Anabel seit langer, langer Zeit erlebt hatte.

Um eins lag sie endlich im Bett, neben Dirk. Viel später und viel betrunkener, als sie es gewöhnt war. Während der Schwangerschaft und in den sechs Stillmonaten danach hatte sie keinen Alkohol angerührt, und zwei Gläser Weißwein setzten ihr dementsprechend zu wie eine Flasche Bier einem Säugling. Als sie ins Bett fiel, war sie angeheitert, aber auch unendlich müde. Und als Dirk seine Hand auf ihren Bauch legte, der – jedenfalls nach ihrem Empfinden – für jeden Mann unerotischer sein musste als der Bauch von Hella von Sinnen, schob sie die Hand ungläubig zurück. Das konnte nicht sein Ernst sein.

»Lass das.«

»Ach, komm, Bella.«

»Nein.«

Er küsste sie in den Nacken. Sie blieb starr liegen. Seine Hand wanderte über die Außenseiten ihrer Oberschenkel nach unten, dann wollte er an der Innenseite wieder zurückkehren. Sie nahm seine Hand und legte sie weg.

»Ich bin müde«, sagte sie.

Er versuchte es tatsächlich noch einmal. Diesmal, indem er sich auf den Ellenbogen stützte und sie ein wenig zu sich drehte.

»Du bist immer müde«, sagte er und küsste sie. Das heißt, er versuchte es, denn sie machte nicht mit.

»Tut mir Leid«, sagte sie. »So ist das, wenn man nie schläft.«

»Bella ...« Er ließ den Kopf leicht sinken, aber sie bemerkte seinen veränderten Ton sofort. »Bei allem Verständnis ...«

»Danke«, sagte sie und drehte sich um.

»Ich bin nicht zweiundsiebzig.«

»Ist mir bekannt.«

»Und ich bin ein Mann. Und habe Bedürfnisse. Auch wenn dir das entfallen ist.«

Sie drehte sich wieder um, wütend diesmal.

»Das ist mir nicht entfallen. Es ist mir durchaus bewusst. Aber vielleicht hörst du dich mal in deinem Freundeskreis um. So direkt nach der Geburt ist es für eine Frau nicht so einfach, wieder Sex zu haben.«

»Direkt nach der Geburt? Paul ist sechs Monate alt.«

»Setz mich nicht unter Druck.« Sie wusste, dass sie jetzt auf relativ sicherem Terrain war. »So wird doch alles nur noch schlimmer. Meinst du, wenn du mir ständig ...«

»Ständig ...«

»... sagst, dass du Sex willst, wird der Druck kleiner?«

»Ich setze dich nicht ...«

»Meinst du, dann hab ich eher wieder Lust drauf? Also.«

Er kapitulierte. Er war nicht der Typ, der so etwas stundenlang diskutierte.

Sie hörte ihn resigniert seufzen. Und wartete. Ob er es wagen würde. Ob er die Frage stellen würde. Sie hoffte für ihn, dass er nicht so blöd wäre.

»Du könntest mir ja wenigstens manchmal einen ...«

»Scheiße, vergiss es!«, unterbrach sie ihn wütend, obwohl sie den Vorschlag unter anderen Umständen okay gefunden hätte. Aber unter anderen Umständen hieß eigentlich auch nur »Clemens«, und mit Clemens hätte sie schon eine Woche nach der Geburt wieder schlafen wollen. »Echt«, fügte sie hinzu, mit so viel Verachtung, wie sie überhaupt nur simulieren konnte.

Er sagte »Scheiße«, stand auf, verließ das Schlafzimmer und ließ die Tür etwas zu laut ins Schloss fallen.

Paul fing vier Millisekunden später an zu brüllen. Dirk wiederholte seine Einschätzung der Situation, so laut, dass seine Frau es auch durch die geschlossene Schlafzimmertür hören konnte. Dafür hörte man Anabels »Danke!!!« auch noch drei Häuser weiter.

Die Stimmung verschlechterte sich zusehends. Dirk schlief, wenn er nicht ohnehin auf Reisen war, immer öfter im Gästezimmer, und sie heuchelten immer weniger überzeugend Interesse an dem, was der andere aus seinem Leben zu erzählen hatte. Dirks Worte gingen Anabel zum einem Ohr rein und zum anderen wieder raus, und wenn sie von Pauls Fortschritten oder irgendwelchen »U«-Terminen berichtete, tat er höchstens so, als höre er zu. Er hoffte einfach, dass es vorübergehen würde. Dieser Zustand, in dem sie sich befand. Sie. Es. Alles. Das stand ihm ins Gesicht geschrieben.

Sie las es, und manchmal ertappte sie sich bei dem Wunsch, es zu ändern. Alles sollte wieder normal werden. Das Problem war nur, dass es schon vorher nicht normal gewesen war. Wie also sollte es werden? Besser als vorher. Klar. Aber das konnte nicht gehen. Wegen Paul. Wie sollte sie da mehr Zeit als vorher für Dirk haben? Paul brauchte sie. Wie sollte sie da mit Dirk irgendetwas unternehmen, zum Beispiel mal entspannt drei Wochen in die Karibik fahren, um die schon vor Pauls Ankunft völlig verkorkste Beziehung wieder auf die richtigen Gleise zu bringen? Und was den Sex betraf, ja, auch darüber hatte sie viel nachgedacht und sich einzureden versucht, das werde bestimmt bald wieder möglich sein, irgendwie. Spaß hatte es ihr ja auch vorher nicht gemacht, jedenfalls nicht mit ihm, viel schlimmer konnte es doch nicht werden.

Aber bei dem Gedanken war jedes Mal die Kammer aufgeflogen, die sie ansonsten weiterhin fest verschlossen hielt. Es reichte schon so mit dem Verleugnen. Sie konnte sich einreden, dass das alles irgendwie in Ordnung war. Machbar. Paul zuliebe. Sie konnte sich einreden, dass es richtig gewesen war, Clemens zu verlassen. Aber sie konnte sich nicht dazu überwinden, ihn auch noch körperlich zu betrügen. Nicht einmal mit ihrem eigenen Mann.

Ihr war klar, dass ihm das nicht gefiel. Und dass es ihm immer weniger gefallen würde. Dass er es nicht akzeptieren würde. Dass er nicht ihretwegen zum Mönch werden würde. Aber sogar das war ihr inzwischen egal. Sollte er sich eine Freundin zulegen, zum Ficken. Egal wen. Solange er sie in Ruhe ließe.

Anabel beschloss, nicht mehr allzu ehrlich zu sich selbst zu sein. Eine kaputte Ehe, ein kaputtes Leben, ihr Mann demnächst (oder bereits) im Bett einer anderen, die Aussicht, mit dreiunddreißig zum letzten Mal Sex gehabt zu haben, dazu Übergewicht und schlechte Haut, intellektuelle Totalverödung durch Einsamkeit, Müdigkeit und den täglichen Umgang mit einem reizenden, aber absolut wortlosen Menschen: Es tat zu weh, sich das alles einzugestehen, und es führte zu nichts. Paul war auf der Welt. Paul brauchte sie. Das war ihr Schicksal. Daraus musste sie das Beste machen. Es war das Ende der Geschichte. Leben für Paul. Für sonst nichts.

Das sollte jetzt ihr Leben sein. So hatte sie es gewollt, auch wenn sie nicht gewusst hatte, was es bedeutete. Sie sah Paul an und ertappte sich bei dem Gedanken, dass sie ohne ihn hätte gehen können. Sie hasste den Gedanken und verjagte ihn.

Paul. Das war alles, was zählte.

Nichts sonst.

Von da an dachte sie nicht einmal mehr daran, sich helfen zu lassen. Jeden Vorschlag von Dirk, ihr mehr Personal »zu kaufen«, lehnte sie ab. Sie versuchte sogar, Theresa zu vergraulen, aber die ließ sich das eigenartigerweise nicht gefallen. Anabel nahm befremdet zur Kenntnis, dass die kleine Spanierin Paul aufrichtig zu lieben schien – und sogar ihr, der bösen Mutter, größte Sympathien entgegenbrachte. Ihr anschließender Versuch, Mina, die Putzfrau so schlecht zu behandeln, dass die Perle kündigte, scheiterte an der Sprachbarriere. Mina kam aus Kroatien und verstand höchstens drei Sätze deutsch, und Anabel sprach kein Wort kroatisch. Deshalb gingen all ihre Beleidigungen ins Leere, oder schlimmer, in Minas freundlich lächelndes Gesicht, aus dem ein strahlender kleiner Mund immer bloß »Danke, gut, Mina mache!« erwiderte. Es war zum Auswachsen. Um nicht wahnsinnig zu werden, brach Anabel den Versuch nach wenigen Tagen wieder ab. Sollten sie doch bleiben und weiter mit ihr durch dieses endlose Tränental ziehen, die blöden, herzensguten Weiber!

Anabel schottete sich von allem und von allen ab. Ging kaum mehr ans Telefon, rief selten zurück, wenn jemand eine Nachricht hinterließ, und genoss jeden Schmerz, den das Schicksal ihr zufügte. Jede schlaflose Nacht. Jedes Bauchweh, jedes Fieber, jeden Hustenanfall von Paul beantwortete sie mit noch mehr Hingabe, noch mehr Opfer, noch mehr masochistischer Selbstaufgabe. Sie bettelte um Schläge. Sie holte ihn jede Nacht zu sich ins Bett. Ließ sich bereitwillig von seinen kleinen Füßen wachstrampeln. Obwohl kein Grund mehr bestand, ihn so nah bei sich zu haben. Außer vielleicht, dass er ein ganz hervorragender Beschützer war.

Anfangs versuchte Dirk noch, sie zurückzuholen. Aber sie hatte stets die besseren Argumente. Eine Mutter musste für ihr Kind da sein. Da mussten alle anderen egoistischen Ideen zurückstehen. Ihre und natürlich auch seine.

Zeit zu zweit?

Unmöglich. Paul brauchte sie. Und dann musste sie sich um den Haushalt kümmern. Sie kochte jeden Tag für den kleinen Mann und warf fast jeden Tag alles weg, weil er Gläschenkost lieber mochte.

Zärtlichkeiten?

»Ich bin keine Frau, ich bin Mutter.«

Sex?

»Ich fühle mich vollständig unattraktiv. Ich ekle mich vor mir selbst.«

Etwas für die Figur tun?

»Wann denn? Nachts, wenn er schläft?«

Zusammen ausgehen?

»Paul akzeptiert nur mich als Aufpasser.«

Sie baute eine hohe Mauer. Um sich und Paul. Dirk sperrte sie aus, und es war ihr völlig gleichgültig, was er draußen machte. Im Zweifel arbeitete er. Und das sollte er. Das war seine Pflicht. Aber auch seine große Leidenschaft. Immer gewesen. Sollte er sich doch freuen, dass sie ihn endlich nicht mehr davon abhielt.

Sie hatte nur noch Paul.

Und mit der Zeit arrangierte sie sich immer besser mit

ihrem Eremitendasein. Sie weinte vor Glück, als Paul seine ersten Schritte machte. Als er sie zum ersten Mal ganz bewusst anlächelte. Als er zum ersten Mal »Mama« sagte. Und zum ersten Mal »Mjam Mjam«.

Paul war sechzehn Monate alt, als Anabel aus ihrem scheinbaren Glück herausgebombt wurde. Und natürlich warf niemand anders die Bombe als Lissi.

Die beiden saßen zum Frühstück mit Paul zusammen, im Licht einer überaus freundlichen Sommersonne. Die Terrassentür stand weit offen, ein paar Vögel, die sich von der Hitze nicht unterkriegen ließen, trillerten müde Lieder. Beim Eintreten hatte Lissi Anabel bloß kurz skeptisch angesehen und dann ebenso ausgiebig wie herzlich begrüßt. Jetzt, da die beiden am Tisch saßen, wurden Lissis Blicke länger und skeptischer. Paul hockte auf seinem Hochstuhl neben Lissi und versuchte auf seine Art zu flirten, indem er hemmungslos drauflos brabbelte und mit seiner Wurstscheibe herumwedelte wie mit einem Porscheschlüssel. Offensichtlich gefiel ihm die angemalte Tante in Knallrot.

Lissi zog ihm ein Wurststück aus dem Kragen. »Das mag ja alles sein, Paul, trotzdem gehört Mortadella in den Mund, nicht ins Hemd – ich mag animalische Männer, aber beim Essen hört der Spaß auf.«

Anabel hing auf ihrem Stuhl, ungeduscht und in Klamotten, die sie sehr bequem fand, und sah die Post durch. Sie zerknüllte einen Werbebrief von *Weinland* ungeöffnet und riss die Telefonrechnung auf. Als sie die Rechnungssumme sah, verkündete sie stolz: »Schon wieder niedriger als letzten Monat!«

Lissi wollte etwas erwidern, aber in diesem Moment tauchte Dirk im Türrahmen auf. Adrett frisiert, im Anzug, tadellos wie immer. Den Aktenkoffer in der Hand, mit zornigem Blick. Wie so oft in letzter Zeit.

»Hi, Lissi.«

»Morgen, Dirk. Wie ...«

»Danke, gut«, sagte er nickend, dann traf sein vernichtender Blick Anabel. »Anabel, bist du bitte so nett und sorgst dafür, dass auch auf dem Gästeklo Klopapier ist – das wäre großartig.«

Sie sah nicht mal auf. »Du weißt doch, wo das ist.«

Sie spürte seinen Blick im Nacken, und obwohl das ein bisschen brannte, drehte sie sich nicht um, sondern nahm ihre Brötchenhälfte und biss ab.

Mit zusammengebissenen Zähnen sagte er, »Danke.« Den Rest verkniff er sich, wegen Lissi. »Vielen Dank«, sagte er noch einmal, dann hörte Anabel seine flache Hand kurz gegen den Türrahmen schlagen. Seine energischen Schritte auf dem Flur, die Tür, die ins Schloss fiel. Nicht ganz so laut wie sonst, aber etwas lauter als nötig.

»Paul«, sagte Anabel lächelnd zu ihrem Schatz, »du kannst werden, was du willst – Astronaut, Gehirnchirurg, Florist –, aber werde nicht wie dein Vater.« Sie kitzelte ihn kurz, vorn am Hals, wo er am empfindlichsten war, und er fing an zu prusten und zu giggeln. »Oder doch«, fügte sie hinzu und verschluckte sich fast, »mmh, werde *doch* wie dein Vater, aber nicht wie dieser Arsch mit Ohren. Solltest du dir je ein Aktenköfferchen zu Weihnachten wünschen, kannst du dir eine neue Bleibe suchen, auch wenn du erst fünf bist, damit wir uns versteh...«

»Bella«, unterbrach Lissi sie ernst.

»Was?« Sie ließ grinsend und grimassierend die Finger auf Paul zutanzen, und der Junge hielt sich mit lautem Gegluckse beide Hände vor den Hals.

Lissi schüttelte den Kopf. »Ich schau mir das nicht mehr länger an.«

»Mh?«, machte Anabel mit vollem Mund.

»Wie meine beste Freundin mir unter den Händen verblödet. Im Ernst. Du – du siehst aus wie eine Wasserleiche, deine Ehe ist schon ganz weit den Bach runter, und du bist auf dem geistigen Niveau von Paul.« Sie sah Paul an und fügte entschuldigend hinzu, »Nichts für ungut, kleiner Mann.«

Anabel vergaß das Kauen. Sie musste sich verhört haben. Hatte sie aber nicht, und Lissi sah auch nicht so aus, als verspüre sie ein dringendes Bedürfnis, sich zu entschuldigen.

»Sag mal, spinnst du? Hast du sie nicht mehr alle? Wie redest du denn mit ...«

»Wie lange warst du nicht mehr im Laden?«

»Ich bin Mutter, verdammt! Das ist alles nicht mal eben so, wie du dir das ...«

»Du hast Theresa, du hast eine Putzfrau, du könntest dir noch zwanzig Sklaven kaufen. Du müsstest nicht kochen, du musst hier garantiert nicht rumfeudeln und Staub wischen – machst du das eigentlich auch mit deinem Sweatshirt?«

Ohne es zu wollen, sah Anabel an sich herunter. Na gut, es war ein bisschen fleckig, trotzdem, Lissi ging eindeutig zu weit.

»Wie lange warst du nicht mehr beim Friseur, zwei Jahre?«

»Ich ...«

»Andere Leute führen so was an der Leine.«

»Ich muss nicht zum Friseur, Theresa macht das hervor...«

»Nee, eben nicht.«

Anabel wollte widersprechen, aber ihr fehlten die Worte. Es fühlte sich sonderbar an, sehr seltsam. Sie war stinksauer auf Lissi, aber andererseits wollte sie auch nicht, dass sie aufhörte. Was Lissi natürlich auch nicht tat.

»Bevor wir wieder lange diskutieren«, sagte sie. »Du gehst jetzt zum Friseur. Jetzt.«

O ja!, dachte Anabel und wollte energisch widersprechen.

»Und danach«, sagte Lissi, »kaufst du dir was zum Anziehen, was nicht aussieht, als ob es komisch riecht.«

O ja!, dachte Anabel und widersprach.

»Ich muss auf Paul ...«

Aber Lissi war bereits aufgestanden und ging unter den verdutzten Blicken von Anabel und Paul um den Tisch herum. »Ich«, sagte sie, »passe auf Paul auf«, und zog Anabels Stuhl mit lautem Knarzen nach hinten.

»Hey!«, protestierte Anabel.

»Keine Widerrede.«

Ich bin doch nicht bescheuert!, dachte Anabel. *Ich darf raus! Freigang! O ja, bitte! Haare machen! Pullover kaufen! Sogar Schuhe!*

»Lissi, du weißt doch nicht mal, was er zu essen ...«

Lissi lachte spöttisch. »Nee. Aber dafür muss man bestimmt keinen Maginster in Ernährungswissenschaft haben.« Sie sah Paul an und lächelte. »Das kriegen wir schon hin, gell, Paulemann?«

Zu Anabels Überraschung nickte Paul begeistert, als verstünde er alles.

Jetzt konnte sie nicht mehr anders als lächeln.

»Ich weiß nicht ...« sagte sie.

»Aber ich, nickte Lissi. »So. Tschüs. Und schau mich

nicht so an. Ich bin bisher noch mit jedem Mann klargekommen – die halbe Portion macht mir keine Angst.«

Anabel war bereits im Türrahmen, und sie konnte ihre Erleichterung nicht mehr verbergen. Am liebsten hätte sie losgeheult.

»Lissi ...«

Lissi winkte ab, mit einem sehr breiten Lächeln. »Hau ab, Mensch! Mach dir keine Sorgen! Schreib dir in dein Tagebuch: *Heute ist der erste Tag vom wundervollen Rest meines Lebens.* Und jetzt raus mit dir!«

Alles fühlte sich gut an. Geschminkt zu sein. Auszusehen wie ein Mensch. Einen frischen Pullover zu tragen und eine Hose, die nicht um ihre Beine herumwehte wie ein Zirkuszelt. Schuhe mit Absätzen. Und als Krönung des Ganzen die Aussicht, in einer Stunde wieder eine *Frisur* zu haben. Bernd, ihr Friseur, hatte extrem erleichtert geklungen, als sie ihn angerufen hatte. Als wäre sie irgendein verschollener Onkel Walter, der überraschend aus der Kriegsgefangenschaft zurückkehrte, obwohl man ihn längst, wenn auch in Abwesenheit, beerdigt und betrauert hatte.

Anabel musste sich eingestehen, dass sie sich wunderbar fühlte. Als sie losgefahren war, hatte sie sich noch Vorwürfe gemacht. Hatte sich eingeredet, sie ließe Paul im Stich. Was, wenn nun etwas passierte? Wenn Lissi ihm das Gläschen kochend heiß servierte? Wenn er vom Stuhl fiel, sich den Hals brach? In die Steckdose griff? Den Föhn in die Wanne warf und hinterherfiel? Konnte sie das alles riskieren? Eine innere Stimme, die allerdings sehr nach Lissis Stimme klang, hatte sie daraufhin energisch ausgeschimpft. Was hatte sie denn sonst vor? Auf Paul draufzuhocken, bis der achtzehn wäre? Oder fünfunddreißig? Mit ihm jeden Tag zur Schule zu fahren und später zur Uni? All seinen Freundinnen Bluttests abzuquetschen, ehe sie ihm erlaubte, mit irgendeiner dieser leichtfertigen Personen Sex zu haben?

Nein, es war in Ordnung. Mehr als das, es war goldrichtig. Auch für Paul. Denn dem würde es gefallen, seine Mutter in renoviertem Zustand zu sehen, einem Zustand, der wenigstens wieder ein bisschen fraulicher war. Selbst wenn sie mit seiner durchtrainierten, grellen, aufgebrezelten Tante in Rot nicht würde konkurrieren können.

Jedenfalls nicht gleich, nicht heute. Aber vielleicht bald wieder.

Die Nachrichten im Radio waren deshalb wie für sie gemacht. Und zwar gerade deshalb, weil sie so schlecht und schrecklich waren.

Sie hörte von neuen Selbstmordanschlägen im Irak und war froh und dankbar, im sicheren Jammertal Deutschland zu leben. Sie hörte von einem schweren Busunfall auf der Avus und freute sich, ein eigenes Auto zu haben. Gesund zu sein. Unversehrt. Sie hörte von ständig steigenden Privatinsolvenzen und freute sich, einen reichen Mann zu haben. Sich nicht fragen zu müssen, ob sie Paul einen neuen Strampler kaufen konnte. Sich nicht fragen zu müssen, wann es Olivenöl wieder im Angebot gab. Sich nicht fragen zu müssen, ob sie die Heizung im Wohnzimmer ihrer 2-Zimmer-Wohnung nachts aufgedreht lassen könnte.

Stell dich nicht so an, sagte sie sich.
Alles ist gut.
Na ja, vielleicht nicht alles. Aber mehr als genug.

Sie stellte sich vor, wie es wäre, wenn sie Clemens zufällig vor den Laster liefe, wie damals, als sie ihn mit Dirk getroffen hatte. Nach dem Friseurbesuch. Auf keinen Fall vorher. Was würde sie sagen? Was würde er sagen? Natürlich war alles längst vorbei, entschieden und geregelt, aber manchmal fragte sie sich doch, was er machte. Ob er glücklich war. Wie seine neue Freundin aussah. Vermutlich besser als sie, jedenfalls momentan.

Sie sah auf die Uhr und stellte fest, dass sie zu spät dran war. Was auch daran lag, dass sie nun schon zum dritten Mal um den Block fuhr und noch immer keinen freien Parkplatz gefunden hatte. Sie griff nach dem Handy, das auf dem Beifahrersitz lag, und wählte Bernds Nummer, während sie weiter Ausschau nach aufflackernden Rückfahrleuchten oder Menschen mit gezückten Autoschlüsseln hielt.

»New Cut, Schröder«, säuselte Bernd in die Leitung. Er klang unheimlich schwul, obwohl er genau das definitiv nicht war, aber nach seiner Aussage erwarteten seine Kundinnen genau diesen Tonfall von ihm, da ihnen nichtschwule Friseure verdächtig vorkamen.

»Bernd? Anabel hier ... Ich bin gleich bei dir.«

»Soll ich jemand vor dir dran nehmen, Schätzchen? Die Mädchen rennen uns hier wirklich *total* die Bude ein.«

»Nein, ich bin gleich da. Ich brauch hier nur noch einen Parkplatz.«

Was in diesem Augenblick nicht mehr stimmte, denn zwanzig Meter vor ihr setzte tatsächlich ein VW rückwärts aus der Reihe der parkenden Autos.

»Zwei Minuten, okay? Aber versprich mir, dass du nicht in Ohnmacht fällst, wenn du mich siehst.«

Während sie mit einer Hand versuchte, ihren für jede Querfeldeinreise nach Australien bestens ausgerüsteten Allrad-Jeep in die winzige Parklücke zu bugsieren, ertönte in ihrem Ohr das Anklopfsignal eines wartenden Anrufers.

»Bernd, ich bin gleich da, ich hab hier gerade noch einen anderen Anruf ...«

»Aber nicht trödeln, Schätzchen, ciaociao.«

Sie drückte ihn weg und sah auf das Display, während sie langsam weiter vorwärts rollte. Lissis Handynummer leuchtete auf.

Anabel drückte auf Empfang, sagte unbekümmert »Hallo?« und wollte ihren Einparkversuch millimetergenau beenden.

Einen Sekundenbruchteil später trat sie auf die Bremse und hörte völlig fassungslos in das Schluchzen und Jammern in der Leitung. Zunächst konnte sie kein Wort verstehen, dann kriegte sie einzelne Satzfetzen zwischen den Schluchzlauten zu fassen.

»Ich *habe* aufgepasst«, »Ich schwör's dir«, »So schnell«, »Lieber Gott, verzeih mir«.

»Lissi«, sagte sie kalt, »wo bist du?«

»Krankenhaus«, heulte Lissi, und danach verfiel sie wieder in größtenteils unverständliches Gebrabbel. Anabel hörte wie versteinert »Nur ganz kurz weggekuckt«, »Bobby-Car«, »Messer« und immer wieder »so viel Blut« heraus, ehe sie Lissi wütend unterbrach.

»Welches Krankenhaus«, sagte sie, und ihre Stimme war wie aus Eis.

Lissi brachte eine Antwort zustande.

Anabel setzte rückwärts aus der Parklücke, ohne sich umzusehen. Irgendwer bremste, irgendwer hupte. Es war ihr völlig egal. Sie trat das Gaspedal durch und ignorierte das strahlende Rot der Ampel direkt vor sich. Wieder hupte irgendwer, wieder war es ihr egal.

Sie hörte den Teufel lachen, laut, mitten in ihrem Kopf.

Ich nehme dir alles, Königin, wenn du nicht tust, was ich verlange. Wenn du auch nur eine Sekunde deines Lebens zu genießen versuchst, füge ich dir Schmerz zu. Du findest die Liebe? Ich nehme sie dir weg. Du opferst dich für ein Kind? Wage es nicht, auch nur eine Sekunde zu schlafen. Ich nehme dir alles. Nie wieder wirst du versuchen, mir zu entkommen.

Sie betete, unter Tränen.

Lass mir mein Kind.

Lass Paul nicht sterben.

Als sie Lissi auf dem Krankenhausflur stehen sah, war auch der letzte kleine Rest an Hoffnung dahin, den sie sich auf dem Weg noch eingeredet hatte. Lissi sah grauenhaft aus. Nicht nur, weil ihr Gesicht vor Sorge und Kummer leichenblass war. Nicht nur, weil die Tränen aus ihrem Make-up und dem Lidschatten ein finsteres Gemälde gemacht hatten. Noch schlimmer war, dass ihr hellrotes Kostüm mit dunkelroten Flecken übersät war, Flecken, die allesamt viel zu groß waren. Viel zu groß. *So viel Blut.* Lissi stürzte auf Anabel zu und griff nach ihrem Arm, und Anabel verlor fast den Boden unter den Füßen, als sie die Blutspuren an den Händen und Armen ihrer Freundin sah. *So viel Blut.*

»Wo ist er?«

»Auf der Intensivstation«, heulte Lissi und deutete vage über ihre Schulter.

Anabel ging an ihr vorbei, Lissi folgte ihr.

»Anabel, es tut mir so Leid, es tut mir so Leid, ich hab, ich hab wirklich, ich hab nur eine Sekunde nicht hingekuckt, und er ist, er ist mit dem Bobby-Car, und dann ist er irgendwie gegen den Schrank, und da stand dieser Messerblock drauf, und ich hatte das eine rausgenommen, und das lag auf der Kante, ...«

Anabel schloss im Gehen die Augen, während sie auf schmerzenden Beinen durch die Tür zur Intensivstation marschierte, und sah alles vor sich. Paul, der wie immer viel zu wild mit seinem Bobby-Car durch die Wohnung raste und alles rammte, was er wollte. Sie hätte es Lissi sagen müssen. Dass ihm das Spaß machte, viel zu viel Spaß. Sie musste die Zähne fest zusammenbeißen, um Lissi nicht anzuschreien.

»Warte bitte draußen«, sagte sie kalt und spürte, dass Lissi zurückblieb. Sie hörte, wie ihre Freundin wieder anfing zu weinen, und der Impuls, sie anzuschreien, wurde stärker.

Anabel widerstand dem Impuls.

»Wo ist mein Kind?«, fragte sie die Schwester, die aus ihrem Glaskäfig aufsah.

»Wer sind Sie denn?«

Anabel nannte ruhig ihren Namen und den ihres Sohnes. Die Schwester blätterte in ihren Unterlagen. Blätterte weiter.

Es dauerte zu lange.

Anabel sah den gesenkten Kopf der Schwester und stellte sich ihr Gesicht vor, das sie nicht sehen konnte. Die Unterlippe mit den Vorderzähnen eingeklemmt, vor sich die Akte des Jungen, der vor einer knappen halben Stunde eingeliefert worden war, mit schwersten Verletzungen. Den sie operiert hatten. Dem sie nicht mehr hatten helfen können.

Tot.

Und nun stand die Mutter vor ihr.

Es dauerte zu lange.

»Wo ist mein Sohn!«, schrie Anabel.

Die Schwester zuckte zusammen und stand rasch auf. Ihr Blick war voller Sorge, aber offenbar weniger Sorge um den Jungen als um ihre eigene Unversehrtheit. Sie trat aus dem Glaskäfig heraus, bat Anabel, sie möge ihr folgen, und quietschte eilig auf ihren Sandalen über den grünen Linoleumboden davon. Anabel folgte ihr bis zu einer schweren weißen Doppeltür und trat hinter ihr ein.

Sie nahm den Arzt kaum wahr, der neben Pauls Bett stand. Sie sah nur ihren Sohn, der mit geschlossenen Augen dalag, bleich und krank, mit Unmengen Schläuchen und Kabeln am Körper. Die Maschinen gaben leise, unregelmäßige Signale von sich. Mit einem Schmerzlaut stürzte sie zu ihm, und die Tränen schossen ihr aus den Augen. Sie wagte es nicht, ihn zu berühren, und erst als der Arzt ihr die Hand auf die Schulter legte, begriff sie, dass er mit ihr sprach.

»Sind sie die Mutter?«

Anabel nickte. »Wird er ...« Sie schluckte. Sie wusste nicht, ob sie *leben* oder *sterben* fragen sollte.

»Sein Zustand ist kritisch«, sagte der Arzt. »Er hat sehr viel Blut verloren, das Messer ist glatt durch sein Handgelenk gegangen und hat die Pulsader verletzt.«

Anabel fühlte, wie eine schwarze Wolke versuchte, sie zu umhüllen. Der Arzt verscheuchte sie, in dem er ihr ungebührlich stark die Finger in die Schulter grub. Als sie ihn ansah, begriff sie, dass sie nicht ohnmächtig werden durfte. Dass sie aus unerfindlichen Gründen gebraucht wurde.

Er sprach langsam und eindringlich mit ihr, wie mit einem Ausländer, der seine Sprache nicht allzu gut beherrschte. »Wir haben ein Problem«, sagte er. »Wir hatten einen schweren Auffahrunfall heute Morgen, ein voll besetzter Bus, diverse andere schwere Folgeunfälle. Normalerweise haben wir jede Blutkonserve in ausreichender Menge vorrätig, jedenfalls greifbar ...«

Der Teufel lachte in ihrem Kopf. Was hatte sie gedacht, als sie von dem Unfall gehört hatte? *Gut, dass ich ein eigenes Auto habe?*

»Das Problem«, sagte der Arzt, »ist der Kellfaktor. AB rhesus negativ ist schon extrem selten, aber er nimmt nichts an, was nicht exakt seinen Kellfaktor hat ...« Er sprach den undenkbaren Rest nicht aus, sondern bot die Lösung an. Wenigstens eine Hoffnung. »Ich denke aber«, hörte Anabel ihn sagen, »dass wir ihn sofort stabil haben, wenn wir eine Blutspende von Ihnen oder vom Vater haben, je nach dem, wer Pauls Blutgruppe hat. Welche haben Sie?«

Sie sah ihren Impfpass vor sich. Den hatte sie nun wirklich oft genug gesehen im Rahmen ihrer Schwangerschaft.

»B«, sagte sie tonlos. »Rhesus positiv, den Rest weiß ich nicht.«

»Gut, dann brauchen wir den Vater, der hat A oder AB negativ. Können Sie den herholen, und zwar möglichst schnell?«

Es war, als hätte eine große Hand sie ohne Vorwarnung ins Weltall geschmissen, in unendliche Weiten, unendliches Schwarz. Sie hatte immer gewusst, dass in dieser unscheinbaren Buchstabenkombination der Keim zum Verderben lag, aber nie hatte sie sich vorgestellt, dass es auf diese schreckliche Weise geschehen würde. Sie hatte auf Dirks Egozentrik gehofft. Dass er nie fragen würde. Dass es ihn einfach nie interessieren würde, welche Blutgruppe sie hatte, oder welche Blutgruppe Paul hatte. Dann wäre sie damit durchgekommen, lebenslänglich vielleicht.

Maiberg hatte sie gefragt, als er die Schwangerschaft festgestellt hatte. Da ihre Blutgruppe positiv war und sie zum ersten Mal schwanger war, bestand aber kein Anlass, auch die Blutgruppe des Vaters zu bestimmen. Sie hatte den Arzt belogen. Sicherheitshalber. Hatte behauptet, sie wüsste es nicht.

Aber natürlich kannte sie seine Blutgruppe. Als geborener Hypochonder hatte er Wert darauf gelegt, sie ihr mitzuteilen. Falls er ohnmächtig wurde oder grün anlief, wegen einer bislang möglicherweise unentdeckten Krankheit, und falls ein Arzt das wissen musste. Für alle Fälle.

Null.

Nicht A. Nicht AB.

Null.

Der Arzt hatte Recht. Sie brauchten Pauls Vater.

Anabel zog ihr Handy heraus.

Es schien Tonnen zu wiegen.

»Ich hole ihn her«, sagte sie tonlos und begann mit zitternden Fingern Clemens' Nummer zu tippen.

Der Arzt legte ihr behutsam die Hand auf den Rücken und führte sie mit einem entschuldigenden, schwachen Lächeln zurück auf den Flur. »Bitte«, sagte er. »Und danach schalten sie es bitte aus.«

Clemens war sofort am Apparat.

Sie sagte nicht viel. Ihren Namen. Dass sein Sohn sterben würde, wenn er nicht sofort zu ihm käme und ihm Blut spendete. In welchem Krankenhaus sie war.

Er stellte keine Fragen. Er sagte nur »Ich komme«.

Dann legte er auf.

Als Anabel Clemens zwanzig Minuten später durch die Tür am Ende des Flurs treten sah, fühlte sie sich allzu deutlich an den Auftritt des toten Komturs in ihrer gemeinsamen Lieblingsoper Don Giovanni erinnert. Sie erhob sich tapfer von der Bank, auf der sie neben Lissi gesessen und gewartet hatte, aber sie fühlte sich immer noch winzig klein vor diesem Rächer, der entschlossen auf sie zukam. Sein finsterer, wütender Blick traf sie wie eine Axt, aber zum Glück blieb er nicht vor ihr stehen, sondern ging an ihr vorbei, öffnete die Tür zum Glaskäfig und sagte zu der Schwester: »Ich bin Pauls Vater.«

Die Schwester sprang auf. In der Sekunde, die sie brauchte, um zur Tür zu gelangen, sah Clemens Anabel noch einmal an, und sein Blick zerschlug das, was von ihrer Seele noch übrig war, in kleine Stücke.

»Kommen Sie«, sagte die Schwester, und Clemens wandte sich von Anabel ab und folgte ihr eilig.

Anabel spürte Lissis Hand auf ihrem Arm. Sie senkte den Kopf, dann schob sie Lissis Hand weg. Behutsam. Sie ging ein paar Schritte von der Bank weg, sah den Flur entlang, auf die Tür, durch die Clemens und die Schwester verschwunden waren. Sie drehte sich um und ging die paar Schritte zurück. Wünschte sich, etwas tun zu können, und wusste, dass sie nichts tun konnte.

Nur warten.

Und hoffen.

Die weiße Gestalt, die eine halbe Stunde später vom anderen Ende des Flurs auf sie zugeweht kam, hielt sie im ersten Augenblick für eine Erscheinung. Einen Engel, der gekommen war, um sie abzuholen. Dann fiel ihr ein, dass sie in diesem Fall wohl nicht mit Engeln zu rechnen hatte, sondern eher mit rot und schwarz gewandeten Dienerinnen des Teufels, und ihr wurde klar, dass sie sich noch immer in der Wirklichkeit aufhielt, im Leben. Der flatternde weiße Kittel landete direkt vor ihr, und während sie auf seinem Brustschild desinteressiert las, dass er mit Nachnamen Zerber hieß, sprach er mit erstaunlich ruhiger Stimme zu ihr. Er sagte nicht, was sie befürchtet hatte; er überbrachte ihr keine schlechten Nachrichten.

»Alles wird gut«, sagte die Stimme von Zerber. »Sie müssen sich keine Sorgen mehr machen.«

Anabel sah ihn an wie einen Lügner.

»Wirklich«, sagte der Arzt. »Glauben Sie mir. Ihr Junge ist über den Berg. Er wird noch ein paar Stunden schlafen, aber das ist gut für ihn. Wenn Sie wollen, fahren Sie kurz nach Hause und holen Sie sich ein paar Sachen. Wir können Sie hier einquartieren, über Nacht, bei ihm. Wenn Sie möchten.«

»Er«, sagte Anabel. »Er schafft es?«

»Ja«, sagte der Arzt.

Anabel hörte Lissi laut aufheulen. Dann spürte sie ihre eigenen Tränen, und es kam ihr merkwürdig vor, dass sie einfach nur aus ihren Augen flossen, über ein Gesicht aus kaltem Stein. Auf ihrem Arm fühlte sie die Hand des Arztes.

»Er wird eine Narbe behalten, am Unterarm, aber die wird man später kaum mehr sehen. Es ist alles in Ordnung, Frau Scholz. Ihr Mann – gut, dass Ihr Mann so schnell da war, das hat ihn gerettet.«

Anabel spürte, wie der Kopf aus Stein nickte.

»Wollen Sie zu ihm?«, fragte der Arzt.

Anabel verstand die Frage nicht. »Was?«

»Zu Ihrem Mann.«

Anabel sah ihn fragend an. Ihr war völlig klar, dass sie die Frage verstehen *musste,* aber sie verstand sie trotzdem nicht. Irgendetwas an der Formulierung ging ihr nicht in den Kopf.

»Er ...« Doktor Zerber lächelte kurz und machte eine entschuldigende Handbewegung. »Na, er kann offenbar kein Blut sehen. Aber spätestens morgen früh ist der auch wieder in Ordnung.«

»Wo ist er?«, fragte Anabel, die endlich begriff.

»Ich bringe Sie hin«, sagte der Arzt.

Er wandte müde den Kopf, als sie das Zimmer betrat, und hatte sich schon wieder abgewandt, als die Tür hinter ihr zufiel. Anabel trat vorsichtig näher, und obwohl sie nur wenige Schritte machen musste, kam ihr der Weg entsetzlich lang und beschwerlich vor. Neben dem Bett hing ein Tropf im Gestell, und in Clemens' Arm steckte eine Kanüle. Von Entschlossenheit war nichts mehr zu spüren, nur noch von Trostlosigkeit, endlos.

Als sie sich vorsichtig auf den Stuhl neben dem Bett setzte, sah er sie kurz an, dann wandte er den Blick an die Decke. Er schloss die Augen und öffnete sie wieder. Anabel sah ihn an und bemerkte, ohne es zu wollen, dass seine Schläfen seit ihrer letzten Begegnung deutlich grauer geworden waren. Es machte ihn nicht unattraktiver, aber sie wollte es nicht sehen, nicht wissen. Seine geflüsterten Worte fielen ihr wieder ein, aus ferner Zeit. *Du machst mich schwach. Das kann ich dir nur erlauben, weil ich weiß, dass du mich stark machen wirst.* Sie wollte nicht wissen, was ihm passiert war. Sie wollte nicht, dass er sie ansah, und wenn, dann wollte sie seinen entschlossenen, hasserfüllten Blick.

»Paul«, sagte Anabel mit gesenktem Kopf. »Paul schafft es.«

Clemens nickte kaum merklich, ohne sie anzusehen. »Gott sei Dank.«

Mehr sagte er nicht.

Sie war an der Reihe. Aber sie kannte ihren Text nicht. Alles, was ihr einfiel, war dumm.

»Clemens ...«

Er sah sie an, und sein Blick war nicht ganz so schlimm, wie sie befürchtet hatte; ein Blick, der sich noch nicht entschieden hatte zwischen Verachtung, Mitleid, Kummer und Zuneigung.

»Es tut mir Leid«, sagte sie.

Er schüttelte kaum merklich den Kopf. »Ich kapier's nicht«, sagte er dann. »Das ist alles. Ich kapier's nicht. Ich hab gedacht – ich dachte, ich kenne irgendwas von dir.«

»Du kennst mich besser als jeder andere Mensch«, sagte sie, und sie meinte es.

»Klar.« Clemens ließ die Zimmerdecke einen verächtlichen Laut hören. »Das merke ich gerade.«

»Ich ...« Anabel rang kurz nach den richtigen Worten, dann ließ sie es bleiben und nahm die, die gerade da waren. »Ich hab's einfach nicht geschafft. Und ich werd's nicht mehr schaffen.«

»Warum?«

Sie schwieg.

»Liebst du – deinen Mann? So sehr?«

Achselzuckend antwortete sie mit der Wahrheit. »Ich liebe Paul.«

»Was hat das damit zu tun?«

»Alles.«

Er schüttelte den Kopf. »Sorry. Da komm ich nicht mit.«

»Ich weiß«, sagte sie. »Ich wünschte, es wäre anders. Alles. Ich wäre anders. Ich wäre frei. Stark, jung, frei und verrückt. Aber es geht hier um Paul, nicht um mich oder um Dirk oder um dich.«

Clemens hob die Arme, rieb sich mit den Handballen die Augen und ächzte leise. Dann sah er wieder die Decke an und schüttelte den Kopf. »Weißt du«, sagte er und verstummte, ehe er wieder den Kopf schüttelte. »Nein. Was du gerade zu sagen versuchst, geht nicht. Du hast mal irgendwann zu mir gesagt – und entschuldige, dass ich dir jetzt mit dem Schnee von gestern komme – *Olala, was tun sich denn da für beschissene Abgründe auf.*« Er lachte, aber es war nicht so gemeint. »Ich will das nicht wissen. Lass mich einfach glauben, dass du Dirk liebst. Lass mir wenigstens das, sonst fange ich an, dich zu ...«

Er wandte sich ihr zu, und sein bekümmerter Blick war schlimmer als jedes Wort.

»Lass mir«, sagte er, »ein schönes Bild von dir.«

Sie saß noch einen Augenblick da, unfähig, sich zu erheben, während er ein schwaches Lächeln zustande brachte und dann wieder die Decke ansah, als könne er da oben irgendeine vernünftige Erklärung für alles entdecken, wenn er nur konzentriert genug hinstarrte.

Anabel schaffte es, aufzustehen. »Ich – ich muss kurz nach Hause, ein paar Sachen holen. Lissi bleibt hier, ich – ich komm nachher noch mal zu dir ...«

Ohne die Zimmerdecke aus den Augen zu lassen, erwiderte Clemens, »Lass es. Lass es einfach, okay?«

»Du ...«

»Ich bin gleich weg. Ich warte nur noch, bis ich meine

Füße wieder spüre. Schick mir gelegentlich 'ne SMS, wie sein Kinderarzt heißt. Dann geb ich da noch mal Blut ab. Für alle Fälle.«

»Clemens ...«

Er sah sie an, und sein Blick war ein Ausrufezeichen. Sein »Okay?« war keine Frage.

Dann sah er wieder nach oben. Er schloss die Augen.

Anabel stand noch ein paar Sekunden da, in der stillen Hoffnung auf einen Geistesblitz, mit dem sie alles oder wenigstens irgendetwas erträglicher machen konnte. Die Situation, ihr Leben, sein Leben, ihre Liebe zu ihm, ihre Liebe zu Paul. Irgendwas.

Aber sie fand kein einziges Wort.

Was sie fand, nachdem sie die Tür von außen geschlossen hatte, waren unendlich viele Tränen.

Mühsam beherrscht nahm sie Lissi das Versprechen ab, eine Stunde die Stellung zu halten, während sie ihre und Pauls Sachen von zu Hause holte. Lissi interpretierte ihre unterdrückte Schniefere als Erleichterung und fand eine Menge tröstender Worte, die alle ins Leere fielen.

Vom Verlassen des Krankenhauses bis zum Betreten ihres Hauses weinte Anabel fast ununterbrochen.

Hatte sie gerade dem Vater ihres Kindes zu verstehen gegeben, dass er keinen Platz in ihrem Leben hatte, weil sie zu schwach war, an seiner Seite zu leben? Weil sie zu schwach war, ohne Dirks Geld zu leben? Hatte sie das getan?

Ja.

Und war das die Wahrheit gewesen? War das ihr Ernst?

Ja.

Es war ein guter Grund zu weinen. Stundenlang. Tagelang. Vielleicht ein Leben lang. Sie wusste, dass sie große Mühe haben würde, das Lügengebäude wieder aufzubauen, in dem sie sich eingerichtet hatte. Es war kein schönes Gebäude, bei genauer Betrachtung; es war nicht einmal bequem, es tat nur weh. Aber es war das Beste, was sie kriegen konnte.

Sie hörte nicht auf zu weinen, als sie in Pauls Zimmer stand und seine Sachen aus der sündhaft teuren Holzkommode holte, sein Spielzeug aus dem italienischen Designerbett, seine schwedische Spezialzahnbürste aus dem Badezimmer und seine private Krankenversicherungskarte aus dem fast unbezahlbaren antiken Sekretär in ihrem Arbeitszimmer.

Sie hörte nicht auf zu weinen, als sie ihre Sachen in den Gucci-Kulturbeutel stopfte und den Kulturbeutel in die kleinere der vier Gucci-Taschen, mit denen sie früher immer auf Reisen gegangen war.

Sie hörte erst auf zu weinen, als sie den Schlüssel im Haustürschloss hörte. Als sie die Tür zufallen hörte. Dirks Schritte hörte. Das Geräusch, mit dem er seinen Koffer vor der Kommode unten im Flur abstellte, auf den Terrakottafliesen. Seine Schritte, die sich entfernten, in Richtung Wohnzimmer.

Er rief nicht nach ihr. Das war ungewöhnlich. Hatte er nicht gesehen, dass ihr Wagen vor der Tür stand?

Anabel ging ins Bad, putzte sich die Nase, tupfte sich die verheulten Augen trocken und versuchte mit etwas Puder, sich wenigstens einigermaßen wiederherzustellen. Dann nahm sie die Taschen und ging die Treppe hinunter nach unten. Sie stellte beide Taschen in den Flur und betrat das Wohnzimmer.

Sie sah Dirk vor einem der großen Fenster zum Garten

stehen, mit einem Glas Whisky in der Hand. Er hatte sein Jackett ausgezogen und auf die Lehne eines der Ledersessel gelegt, die Ärmel aufgekrempelt, und sah hinaus in den inzwischen fast völlig dunklen Himmel.

»Dirk?«, fragte sie.

Er wandte sich ihr zu, und Anabel hielt in der Bewegung inne, als sie seinen merkwürdig ernsten Blick bemerkte. So hatte er noch nie ausgesehen, seit sie ihn kannte. *Wer ist gestorben?*, schoss es ihr durch den Kopf, sein Vater, seine Mutter oder seine Firma?

Instinktiv stellte Anabel die wichtigste Meldung des Tages zurück. Paul lebte. Dirk hatte offenbar schlechtere Nachrichten.

»Was ist?«, fragte sie besorgt.

Er sah sie weiter an, mit diesem Grabesblick, dann schob er die Unterlippe leicht vor, wie es seine Art war, wenn er eine längere Rede ohne Unterbrechung zu halten beabsichtigte, und sah kurz in seinen Whisky. Dann sah er wieder sie an und begann seinen Vortrag.

»Anabel«, sagte er, und das war ein schlechtes Zeichen, denn solange sie nichts Schlimmes angestellt hatte, war sie für ihn grundsätzlich *Bella*. »Anabel, ich will keine große Rede halten.«

Sie verschränkte die Arme vor der Brust und machte sich auf irgendetwas gefasst. Vermutlich war wieder einmal die Zahnpasta ausgegangen. Oder hatte sie bloß etwas wahnsinnig Wichtiges vergessen? Seine Hemden nicht rechtzeitig aus der Reinigung geholt? Den Steuerberater nicht angerufen? Den Gärtner? Hatte er deshalb in den halb dunklen Garten gestarrt? Weil ein Zierstrauch seine Grenzen nicht kannte?

»Du kennst mich«, sagte er, »du weißt, dass ich meine

Entscheidungen gründlich abwäge, unter Berücksichtigung aller Interessen der beteiligten Personen, aber wenn ich am Ende etwas entscheide, ist es unumstößlich.«

Anabel blieb stehen, die Arme verschränkt. Es ging nicht um die ungekämmten Rhododendren im Garten, da war wesentlich mehr im Busch. Irgendetwas war anders als sonst, und zwar komplett anders. Dirk griff sich an den Kragen, er fühlte sich offensichtlich nicht wohl, und er fühlte sich *immer* wohl, wenn er Vorträge halten konnte, ganz gleich, wie unangenehm das Thema für seine Zuhörer sein mochte. Sein nächster Satz erklärte, was diesmal entscheidend anders war.

»Anabel, wir werden uns trennen.«

Sie stand da wie vom Donner gerührt und glaubte, sich verhört zu haben. Sie musste sich verhört haben. Sie hatte vor nicht einmal einer Stunde beschlossen, sich *nicht* von ihm zu trennen und dafür endgültig und unwiederbringlich alles weggeworfen, was ihrem Herzen wirklich etwas bedeutete, und jetzt sprach *er* von Trennung? Das war nicht möglich.

Was er danach sagte, nahm sie wie durch eine Wand zur Kenntnis, und ihre Überzeugung, sich verhört zu haben, zerfiel unter seinen Worten zu Staub und Asche.

»Ich denke«, sagte Dirk sachlich, »Schuldzuweisungen sollten wir uns gegenseitig ersparen. Es ist am Ende unerheblich, wer wessen Erwartungen nicht oder nicht in ausreichendem Maße entsprochen hat. Vermutlich wir beide, daher wäre es, jedenfalls in meinen Augen, müßig, wenn wir uns mit Vorwürfen aufhielten. Sicherlich hast du einiges an mir auszusetzen, so wie ich manches an deinem Verhalten durchaus kritisierbar fand und finde, aber, wie gesagt, das bringt uns nicht weiter, da gibst du mir hoffentlich Recht.« Ohne ihre Zustimmung abzuwarten, fuhr er fort. »Nach meinem Dafürhalten lag zwischen uns schon lange vor Pauls Geburt ein, na, sagen wir, ein Missverständnis vor, und wir haben den Fehler gemacht zu glauben, dass ein Kind uns beide glücklicher macht. Das mag auf dich zutreffen, obwohl ich da manchmal nicht vollständig sicher bin, aber fest steht, dass es uns, als Paar, nicht glücklicher gemacht hat. Im Gegenteil. Und was mich betrifft, hat es ganz und gar nicht funktioniert. So Leid es mir tut. Ich habe mich bemüht, glaub mir. Und Paul ...« Er verstummte kurz, dann fand er die richtigen Worte. »Ich liebe Paul, wirklich. Ich liebe meinen Sohn sehr, und ich will, dass er glücklich ist. Aber alles andere, alles außer Paul, ist ein totales Desaster.«

Alles drehte sich. Anabel tastete nach der nächstgelegenen Sessellehne und stützte sich leicht ab. Mit Mühe und Not gelang es ihr, die Tränen zurückzuhalten. Das konnte alles nicht wahr sein. Das war eindeutig zu viel für einen ganz normalen Wochentag. Sie rieb sich die Stirn, um wieder halbwegs zu sich zu kommen, und Dirk deutete ihren Beinahe-Zusammenbruch verständlicherweise völlig falsch.

Er räusperte sich und stellte sich dem Vorwurf, den er befürchtete. »Es gibt, um die Frage zu beantworten, die du noch nicht gestellt hast, keine andere Frau.«

Unter normalen Umständen hätte Anabel bloß gelacht. Natürlich gab es die. Es gab immer eine andere Frau, wenn ein Mann sich trennte. Nicht zuletzt, weil es so viele Frauen gab.

»Es geht nur einfach nicht mehr«, sagte Dirk.

Anabel schniefte und nickte.

Als Dirk weiterredete, klang seine Stimme nicht mehr

ganz so fest, sondern fast schuldbewusst. »Aber«, sagte er, »ich nehme die Schuld auf mich, ich fürchte, es *ist* meine Schuld. Auch wenn ich nicht genau weiß, weshalb. Ich habe mich bemüht. Aber es hat nicht gereicht. Und ich habe in meinem Leben gelernt, dass man mehr nicht tun kann. Sich nach Kräften bemühen, das ist alles. Und wenn das nicht genügt, dann sollte man es lassen.« Er seufzte, und es klang wirklich niedergeschlagen und erschöpft. Anabel sah ihn an, sah zu, wie er einen Schluck Whisky trank, begegnete seinem Blick.

Er zuckte die Achseln, schüttelte den Kopf. »Ich – Anabel, ich will – keinen Krieg.«

Sie nickte bloß.

»Es wird für uns beide und für Paul, es wird für uns alle nicht leicht, aber lass uns keinen Krieg führen. Paul und du, ihr könnt hier bleiben, in diesem Haus. Ich verspreche dir, ich werde alles sehr großzügig regeln, du wirst auf nichts verzichten müssen, und du kannst so lange und so intensiv für Paul da sein, wie du es für richtig hältst.«

Er verstummte und schien den Nachhall seiner Worte noch einmal auf Richtigkeit zu überprüfen, dann nickte er sich förmlich selbst zu und beendete seinen Vortrag.

»Ich werde keine Fragen stellen zu deinem Leben. Ich will nicht wissen, was du tust, mit wem du bist … Ich will nur, dass Paul glücklich ist. Und du. Und ich verspreche dir, dass es euch an nichts fehlen wird, an gar nichts.«

Er sah sie an.

Anabel wusste nicht, was sie denken sollte. Sie wusste nicht einmal, was sie fühlen sollte.

Trennung. Aus und vorbei.

Was bedeutete das?

Ein Chor von Stimmen, eine Flut von Bildern überschwemmten sie, überschlugen sich in ihrem Kopf, laut und chaotisch. Dirks Stimme, Clemens' Stimme, die Stimme ihrer Mutter, ihres Vaters, Lissis Stimme. Gleich mehrere unsichtbare Filmvorführer projizierten Filme vor ihr geistiges Auge. Dirks Zukunft an der Seite seiner schönen, schlanken neuen Freundin. Ihre Zukunft, in allen Varianten. Allein erziehend, ohne Freunde, in einem Loch in Kreuzberg und an der Supermarktkasse. Die Alternative war schöner: Sie, allein erziehend, gut versorgt von ihrem großzügigen Ex, genau hier, in diesem Haus, ihrem Haus, mit ihrem glücklichen Sohn und dessen glücklichem Vater, Clemens. Sie sah die beiden durch das riesige Wohnzimmer toben, lachend und schreiend vor Glück; sah sich selbst, wieder schön und schlank und jung, wie sie zur Tür hereinkam, in den schönsten Klamotten der Welt, mit ein paar Designertüten lässig in den Händen; sah es vor sich, das ganze Glück.

Mit Clemens.

Mit Paul.

Das ist der Sechser im Lotto plus Zusatzzahl, jubelte Lissis Stimme in ihrem Kopf. *Und er fühlt sich auch noch schuldig!*

Du musst vor allem an deine Sicherheit denken, sagte die Stimme ihrer Mutter. *Du hast ein Kind.*

Er hat sowieso nie zu dir gepasst, sagte ihr Vater. *Und es trifft keinen armen Mann.*

Ich dachte, ich kenne irgendwas von dir, sagte Clemens.

Hab ich dir nicht immer gesagt, dass wir alles haben können!?, jubelte Lissi begeistert.

Du hast so unter ihm gelitten, all die Jahre, sagte ihre Mutter.

Wenn er dir zu viel überweist, spende es an Unicef, sagte ihr Vater.

Lass mich glauben, dass du ihn liebst, sagte Clemens. *Ich will meinen Respekt vor dir nicht völlig verlieren.*

Alles deins!, brüllte Lissi. *Der Hauptgewinn!*

Nicht alles, dachte Anabel. *Ich kann nur fast alles haben.*

Sie sah Dirk an. Sie nickte.

»Das ist wirklich – wirklich nett gemeint. Und es ist wirklich sehr ...« sie suchte nach dem richtigen Wort und fand am Ende ein sehr altmodisches, das ihr passend erschien. »Sehr anständig. Von dir. Ich weiß, dass dir das nicht leicht fällt. Ich weiß es umso mehr zu schätzen. Wir können wohl beide nichts dafür, dass wir nicht zusammenpassen. Aber ...«

Sie senkte kurz den Blick, dann sah sie wieder auf.

»Aber es geht leider nicht.«

Er sah sie überrascht an, mit einem Blick, der fragte, was sie denn sonst noch wollen konnte? Etwa keine Scheidung? Etwa noch mehr Geld? Etwa beide Autos?

Anabel schüttelte den Kopf. »Das wäre zwar – vermutlich wäre das wirklich so was wie der Hauptgewinn in meinem komischen verkorksten Leben. Aber der Preis ist mir zu hoch. Ich weiß nicht, ob bei dir eine andere Frau im Spiel ist ...«

Er setzte zu einer entschiedenen Lüge an, aber sie ließ ihn nicht zu Wort kommen.

»Versteh mich nicht falsch, ich wünsche es dir. Dass da jemand ist, der dich liebt, so wie du bist. Bei mir ist – war jedenfalls ein anderer Mann im Spiel, und zwar der Mann, der mich liebt.«

Sie sah ihn an.

»Und den ich liebe. Dieser Mann musste heute seinem Sohn das Leben retten, denn er ist Pauls Vater.«

Sie hasste sich, als sie das sagte. Sie hasste sich, als sie sah, wie sich die Augen ihres zukünftigen Exmannes schockiert weiteten, ehe sein Blick leer wurde, leer und fassungslos.

»Es tut mir unendlich Leid«, sagte sie, »dass ich dir so wehtun muss. Und ... dass ich ihm so wehgetan habe. Ich werde nichts von dir nehmen. Ich habe dir schon genug genommen. Es tut mir Leid, ich habe einiges falsch gemacht. Aber ich liebe Clemens.«

Sie senkte kurz den Kopf, dann nahm sie ihn entschlossen wieder hoch. Es nützte ja nichts.

Er stand da, mit leicht geöffnetem Mund, reglos, das Glas in der Hand, als bemerkte er es gar nicht mehr. Vielleicht wäre später, viel später noch einmal Zeit für Geschrei und Beschimpfungen, aber in diesem Moment blieb nichts mehr zu tun, nichts mehr zu sagen.

Anabel drehte sich um und ging. Sie nahm die Taschen, öffnete die Haustür und verließ ihr Haus und ihr bisheriges Leben. Sie zog die Tür hinter sich zu, atmete die kühle Luft ein, die der beginnende Herbst übers Land schickte, und atmete entschlossen wieder aus.

Sie fühlte sich zweihundert Kilo leichter.

Sie machte sich Sorgen.

Sie war unendlich erleichtert.

Sie wusste nicht, was jetzt werden sollte.

Sie hatte mit wenigen Sätzen alles weggeworfen, wovon frau im Leben träumte, Geld, Wohlstand, Autos, Haus, Mann, Sicherheit; alles getauscht gegen ein kleines, unscheinbares Gut.

Gegen ein bisschen Wahrheit.

Selten hatte sie das Gefühl gehabt, so richtig zu handeln.

Es würde ungemütlich werden.

Sie würde sich warm anziehen müssen in den kommenden Monaten. Und sie wusste nicht einmal, woher sie das Geld für die Winterjacke nehmen sollte.

Aber es fühlte sich richtig an. Alles.

Anabel hörte es schon von weitem, aber es erschien ihr so unpassend an diesem Ort, dass sie zunächst sicher war, sich zu irren. Ein Krankenhaus war ganz einfach nicht der richtige Ort für laute Streitereien.

Aber je näher sie dem Durchgangsraum zur Intensivstation kam, in dem sie Lissi zurückgelassen hatte, desto lauter wurden die Stimmen, und sie erkannte beide. Die eine gehörte unzweifelhaft Lissi. Die andere, ebenso unzweifelhaft, obwohl sie sie noch nie so gehört hatte, Clemens.

Anabel verlangsamte ihre Schritte, als sie sich der Tür näherte, und konnte gar nicht anders, als Zeuge eines Gesprächs zu werden, das offenbar schon eine Weile dauerte. Sie zögerte, ob sie die beiden unterbrechen sollte, aber irgendwie erschien ihr das unpassend. Wenn Erwachsene sich streiten wollten, dann sollte man sie lassen.

»Was glaubst du eigentlich, wer du bist?«, fragte Clemens. »Du kommst da rein, während ich bei meinem Sohn sitze, und machst Alarm?«

»Der Junge braucht seine Ruhe, Mensch. Du machst den doch nur völlig kirre!«

»Ach? Weil ich ihm über den Arm streichle und ihm was Nettes erzähle?«

»Was Nettes? Th! Dass du mit ihm Fußballspielen

willst, wenn er größer ist? Wach auf, Mann! Du bist nicht gefragt. Er *hat* einen Vater, und zwar einen, der was auf die Reihe kriegt.«

»Wer ist sein Vater?«

»Dirk.«

»Oh, verstehe.«

»Immerhin. Hat ja lang genug gedauert.«

Anabels Füße waren wie festbetoniert. Sie sah ihre beste Freundin und den Mann, den sie liebte, dort stehen, mitten in dem leeren, ungemütlichen Raum, und sie sagte sich, dass sie sofort hineingehen musste. Aber etwas hielt sie zurück. Es war einfach zu faszinierend. Sie hatte weder Lissi noch Clemens je so gesehen.

Clemens senkte den Kopf und nickte, aber sein Nicken war alles andere als zustimmend gemeint. Es sah eher so aus wie das Nicken eines Löwen, der im nächsten Augenblick seinem Gegner die Pranke durchs Gesicht ziehen wird.

Als er den Kopf hob und etwas sagen wollte, klingelte sein Handy. Er zog es wütend heraus, sah unschlüssig auf das Display und entschied sich dann, den Anruf entgegenzunehmen.

»Hallo?«

Er hörte einen Augenblick zu, und seine ohnehin nicht sonderlich freundliche Miene verfinsterte sich weiter. »Natürlich bin ich da«, sagte er wütend. »Mann, Enzo, nur weil euer Chef mal fünf Minuten nicht zu erreichen ist, müsst ihr doch nicht gleich ... Jetzt hör auf zu jammern, ja, mir geht's gut!«

Anabel sah ihm fasziniert zu. Er hatte offensichtlich nicht nur das, was Dirk *nicht* hatte. Sondern auch eine gute Portion von dem, *was* Dirk hatte.

»Was?«, fragte er gereizt ins Telefon. »Ja, ich bin morgen um sieben da und unterschreibe. Was denkst du denn? Ja, ciao.«

Energisch klappte er das Handy zu und seufzte laut.

»Kannst du Anabel was von mir ausrichten?«, sagte er zu Lissi.

Lissi zuckte die Achseln. »Klar«, sagte sie betont gleichgültig.

»Sie soll Paul was beibringen, okay?«

»Keine Sorge. Macht sie.«

»Eins nur: Echt bleiben. Nichts weiter.«

Lissi verdrehte gekonnt die Augen und setzte ein Lächeln auf, das wie ein Klappmesser aussah.

»Na, sicher.«

Anabel sah Clemens nicken. Sie hörte den verächtlichen Laut, den er Lissi zur Antwort gab. Dann wandte er sich zum Gehen. Er machte einen Schritt in Richtung Ausgang, dann drehte er sich noch mal um, jetzt mit einem freundlichen, wenn auch resignierten Lächeln.

»Anabel hat viel von dir erzählt«, sagte er sanft. »Anabel hat dich nämlich wirklich gern, und sie kennt dich, besser als du denkst.« Er zuckte die Achseln. »Ich glaube, du bist nicht verkehrt, Lissi. Aber 'ne schwere Kindheit gehabt zu haben, ist noch lange kein Grund, anderen beschissene Ratschläge zu geben.«

Als Anabel Lissis Mundwinkel zucken sah, wusste sie, dass sie sich endlich bewegen musste. So faszinierend das alles sein mochte: Sie wollte nicht erleben, wie ihre beste Freundin in Tränen ausbrach.

Anabel drückte die Tür auf und betrat den Raum. Lissi ergriff die sich bietende Gelegenheit dankbar und eilte, an Clemens vorbei, auf ihre Freundin zu.

»Bella!«

Clemens blieb stehen, während Anabel Lissi kurz umarmte und ihr beruhigend über den Arm strich.

»Wie geht es Paul?«

»Er schläft ganz ruhig.«

»Gut.«

Sie ging weiter, auf Clemens zu. Lissi blieb zurück. Es war ihr offensichtlich wesentlich angenehmer, einen Sicherheitsabstand zu diesem Typen wahren zu können.

Anabel blieb direkt vor Clemens stehen und sah ihm in die Augen. Ihre Stimme klang, wie sie klingen sollte. Stolz, traurig und sachlich. »Versteh das jetzt nicht falsch«, sagte sie. »Ich erwarte gar nichts. Aber wenn's irgendwie geht, würde ich gern ein paar Tage mit Paul bei dir bleiben, bis ich was organisiert habe. Lissi hat nur zwei Zimmer, und sonst hab ich hier niemand.«

Seinem Blick nach zu urteilen, verstand er nur Bahnhof.

»Ich habe Dirk gesagt«, erklärte Anabel ihm, »dass Paul dein Sohn ist. Und dass ich dich liebe. Wie mein Leben.« Sie verstummte, dann fuhr sie fort, weiterhin sachlich, obwohl ihr nicht so zumute war. »Damit ist keine Erwartung meinerseits verbunden. Ich weiß, was ich getan habe. Bestenfalls würde ich dich bitten, Paul gegenüber, trotz allem, was ich verbockt habe ...«

»Du *liebst* mich?«, fragte Clemens.

Er hätte mehr sagen können. Er hätte schlimmstenfalls laut lachen können. Oder einen Vortrag halten. Aber er fragte bloß.

»Ich liebe dich«, sagte Anabel leise und nicht mehr sehr förmlich, »seit ich dich kenne.«

Er schwieg lange. Sie schwieg lange. Las alle Fragen, die

aus seinen Augen sprachen. Alle stummen Vorwürfe, alle Hoffnungen, alle Erschütterungen, allen vergangenen Kummer. Aber auch die Erkenntnis, dass sie es ernst meinte, endgültig. Dass dies nicht der Moment für Fragen war.

Clemens nickte. »Und ich liebe dich«.

Noch immer standen sie direkt voreinander. Etwas fehlte. Der eine Satz, der ihnen erlaubte, einander zu umarmen.

Clemens schüttelte den Kopf, fast unmerklich. Dann schluckte er tapfer und versuchte eine souveräne, coole kleine Geste, die ihm gründlich misslang. Es wirkte dennoch sehr charmant.

»Komischer Ort vielleicht, um die gesündeste Beziehung der Welt anzufangen ...«

Anabels Antwort war nicht mehr als ein Flüstern, in das Tränen fielen. »Vielleicht erkennt man draußen nicht, was wichtig ist.«

Sie spürte seine Arme, endlich, hielt ihn ganz fest und schloss die Augen, lächelnd unter stummen Tränen. Sie spürte sein leichtes Zittern und hielt ihn umso fester. Es fühlte sich richtig an.

Vollständig.

»Es ist vorbei«, flüsterte sie. »Ich bin da.«

Und das war die ganze Wahrheit. Sie war bei ihm. Bei sich. Ganz gleich, was sonst noch auf sie wartete. Sie würde damit leben oder daran sterben, ganz gleich: Sie würde die Frau sein, die sie war. Und das war alles, was zählte.

Verwundert bemerkte sie, dass er sich aus ihrer Umarmung löste. Sie wollte ihn nicht loslassen. Sah ihm ins Gesicht, sah seine Augen, die feucht schimmerten und an ihr vorbeiblickten, über ihre Schulter.

Sie drehte sich um und sah, was er sah. Lissi, die immer

noch wie festgenagelt dastand, den Kopf gesenkt, die Arme eng um den Oberkörper geschlungen, wie ein Kind, das im Winterwind friert. Clemens streckte seinen Arm aus und nahm sie bei der Schulter. Er zog sie zu sich und Anabel, hinein in die Umarmung. Auch Anabel legte der Freundin den Arm um die Schultern und küsste sie auf den gesenkten Kopf.

Lissi weinte stumm.

Clemens drückte sie kurz an sich, küsste Anabel und drückte Lissi noch einmal.

»Hey«, sagte er sanft. »Schluss jetzt. Du wirst doch geliebt.«

Lissi zuckte unter leisem Schluchzen zusammen, dann hob sie den Kopf. Die kümmerlichen Reste ihres Make-ups waren völlig zerlaufen, sie war blass und müde und hätte sich unter normalen Umständen eher erschossen, als sich in diesem Zustand außerhalb ihrer Wohnung erwischen zu lassen. Aus verheulten Augen sah sie Clemens an, und ihr Blick war ein einziger verzweifelter Vorwurf.

»Hör auf«, schluchzte sie, »mich so nett zu behandeln, das passt überhaupt nicht in mein Weltbild!«

»Entschuldige«, sagte Clemens.

»Weißt du eigentlich«, schniefte Lissi gerührt in Anabels Richtung, »was du wegen dem Typen da alles wegwirfst?«

»Ja«, lächelte Anabel.

»Ich weiß es zu schätzen«, versicherte Clemens.

»Das will sie auch hoffen!«, erwiderte Lissi mit einem letzten Schniefen, und Anabel sah Clemens in die Augen und lächelte. Sie zuckte die Achseln. Lissi blieb eben Lissi. Es würde sich nicht alles ändern.

Nur alles Wesentliche.

»Was könnte ich mehr wollen?«, sagte Clemens, und Anabel war sich für einen Augenblick nicht sicher, ob er Gedanken lesen konnte. Aber dann sah sie in seinen Augen, dass er bloß sie meinte und seinen Sohn. »Und wegen all der Gucci-Taschen, die du jetzt wegen mir aufgeben musst ...«

»Sssh.«

»Die verdiene ich dir notfalls neu ...«

»Ach, weißt du«, sagte sie sehr souverän, mit einem Lächeln, das sie lange nicht benutzt hatte und das sich ausgesprochen gut anfühlte, »vielleicht versuche ich das jetzt zur Abwechslung mal selber.«

DANK

»Leben, das ist jetzt schwierig!« – »Wem sagst du das, Geliebter!« *Tisch und Bett,* das ist ja eh schon der Gipfel, aber dann auch noch die *Tastatur* teilen – lieber Himmel, wie konnte das denn gut gehen!? Drum steht hier vor allem anderen mein unendlich tief empfundener Dank an dich – und vice versa, egal, wer tippt. Hell, what do *they* know?

Aber nachdem wir zwei *alles* wissen, nicht nur über diese eine im Himmel angezettelte Beziehung, soll der Rest der Welt wissen, wem dieser Roman und der parallel entstandene Film dann doch entschieden ebenfalls zu verdanken sind.

Claudia – ohne dich wäre das alles ganz und gar nicht passiert. Es ist wunderbar, dich nicht nur als »Producerin«, sondern vor allem als Freundin an unserer Seite zu wissen. Es grüßen Katharina (»Nemo! Laudia!«), eine kalt werdende Playstation, ein Glas Rotwein sowie der Tisch im rosigen Garten für die nächsten Projekte. Bringen wir der Frauen- und Männerwelt durch die Blume auch weiterhin nah, was ihr möglicherweise manchmal fehlt (und begreifen es auf dem Weg sogar selbst).

Pit – danke für Deinen Einsatz an allen entscheidenden Fronten. Ja, es sind teilweise dann doch ganz ungewöhnlich schöne Dialoge, und, ja, es ist vorn doch eher komödiantisch geraten, stellenweise. Außerdem hätte irgendwer die Dramaturgie mit der Killer-Bemerkung »Haha! Das sind ja *zwei* Plots!« zerschmettern können. Aber du hast diese Zerschmetterung verhindert – und die Dialoge für ein paar Millionen Menschen gerettet, die sich dadurch hoffentlich gut unterhalten fühlen. Nicht nur dafür, aber auch dafür: Danke sehr.

Martin – das hätte uns mal einer sagen sollen: »Da kommt auf der Zielgeraden genau der Regisseur ins Bild, der dieses Buch so richtig komplett und vollständig liebt und versteht – und macht daraus einen ganz wunderbaren Film ...« Wir dachten bislang, mit der Drehbuch-Abgabe verabschiedet man sich auch von allen eigenen Vorstellungen. Du hast uns eines Besseren belehrt, und das so sehr, dass wir bis heute einigermaßen sprachlos sind. Danke: für einen Film, der dem, den wir vor unserem geistigen Augen und in unseren Herzen gesehen haben, so nah kommt, wie man es sich nur wünschen kann. (Und demnächst machen wir dann bitte die Gänsehaut-Heimatfilmcomedy mit Anspruch ...!)

Lisa – für die wunderbare Anabel. Wir dachten schon beim Warm-up: Müssten *wir* morgen früh die »Adoptions-Szene« spielen, Herrgott, wir hätten da nicht mal hingehen können. Nein, Anabel war keine einfache Rolle, weiß Gott nicht, aber du hast diese in ihrer vorübergehenden Schwäche komplexe, nicht immer leicht zu liebende Figur wirklich atemberaubend großartig zum Leben erweckt.

Antje – das war seltsam ... Beim Schreiben zu denken

»Das ist eigentlich Svens alter Freundin Soundso auf den Leib geschrieben« und dann erstaunt zu merken: Nein, stimmt nicht. Das war dir, und nur dir, auf den Leib geschrieben, von Anfang an. Niemand hätte Lissi wunderbarer darstellen können. Inklusive all ihrer Motive. Unausgesprochen. Und deshalb: ausgesprochen großartig.

Tim – Mann! Was bist du im Leben für ein grundsympathischer Typ (mit exzellentem Klamottengeschmack auf der *casual side*) – und was hast du für ein superbegehrenswertes Anzug-Alphatier hingelegt in dieser Rolle! Jedes entnervte Augenrollen, jeder Tonfall eine Punktlandung – grandios. Wir verneigen uns: Das war 'ne Leistung!

Fritz – dass du sozusagen »am Anfang«, jedenfalls am Anfang vor den ganz, ganz vielen Millionen ein hinreißender Clemens warst, ehrt uns dann doch sehr. Wir sehen uns weiterhin nicht satt an z. B.: »Offenbar gibt's dich ja noch.« – »Offenbar«. Bleib immer ein bisschen »unser Clemens«. Der steht dir sehr, sehr gut.

Rolf (jedes Business ist »as usual« – danke, dass dieses in jeder Hinsicht entspannt »unusual« war); Philipp (verrate uns eins: Wo kommen all diese Hollywood-Budget-Bilder her, obwohl ihr weder 80 Millionen Dollar noch 160 Drehtage hattet?); Su: (hätten wir gewusst, dass man aus schwedischen Fließbandmöbeln unter Beigabe von Fantasie hyperexklusive Wohnwelten schaffen kann, die *alles* sagen, Herrgott, wir hätten uns im Leben viel erspart. Ansgar: für die Musik zu Ibiza und die Locations-Tips. Völker: hört Varo!

Uli – für die Entscheidung, den Roman zu machen, und für den dann doch sehr geraden Rücken in Sachen versuchte Männerdiskriminierung durch gewisse Kreise

(»Männername auf dem Umschlag – nehmen wir nicht!«
Unfassbar – was es alles gibt). Danke jedenfalls, dass wir
beide draufdurften, auch wenn es vielleicht ein paar Verkäufe kostet ... Na, vielleicht ja auch nicht ... Das hoffen
wir jetzt einfach mal und sagen ansonsten bloß: Merci.

Bernhard + Markus für die hoch gelegte Latte und das
gediegene Lektorat nach der unvermittelten Ansage »320
Seiten«. Am Ende fragt man sich dann doch: Was war
zuerst da, Henne oder Ei, Roman oder Film? Mit der Erkenntnis: Egal. Beide sind gut geraten. Und so soll das
sein. Außerdem (falls sich wer beschwert, dass dies und
das hier ganz anders ist als dort): »Ein Buch ist ein Buch,
und ein Film ist ein Film, und Whisky gehört nicht ins Eisfach, und wer das nicht weiß, der trägt auch breite Schlipse.« (Harry Rowohlt)

Der Rest ist komplett persönlich, geht daher eigentlich
keinen was an, muss aber trotzdem sein, weil dieser Rest
am wichtigsten ist, jedenfalls für uns:

Mama & Papa – Christa und Rolf, Hinni und Hans-H.:
Es ist eine Geschichte über eure Kinder und deren schwierigen Weg zu einander geworden, und wir mussten sie
am Ende neu erfinden, um euch ganz und gar zu erklären, warum wir zwei sein müssen: unsere Liebe, gegen alle Regeln und gegen alle Wetten. Es geht halt nichts drüber, ganz gleich, wie stark die Widerstände sind. Christa
und Rolf, ihr wisst das. Und ihr werdet auch die schwersten Prüfungen überstehen, wie im vergangenen Jahr. Möge unsere Liebe zu euch bei allem ein bisschen helfen. Dieses Buch und der Film dazu sind das Ergebnis eurer Liebe
zueinander und der Liebe zu euren Kindern. Das ist – historisch betrachtet – bestimmt nicht der Rede wert. Aber –
unter uns – doch eine reine Freude.

Last, but not least: Lisa, Emma, Katharina. Ohne euch hätten wir das alles nicht schreiben können. Ohne euch wären wir bloß doof, was viele wesentliche Dinge betrifft. Und nichts von dem, was wir mit Worten ausdrücken können, kann je beschreiben, wie sehr wir euch lieben. Lasst uns zusammen Puppen in den Schlaf singen, Hängebauchschweine streicheln und gewisse Lehrerinnen fragwürdig finden (wir kennen die Namen, aber wir sind nicht so blöd, sie hier zu verraten); vor allem aber lasst uns zusammen immer wissen, was wirklich wichtig ist. Sowie cool bleiben, im besten Sinn.

K & SB, Hamburg, Dezember 2004

Sue Townsend

Absurditäten des Alltags, gewürzt mit viel britischem Humor!

»Dem Himmel sei Dank für Sue Townsend!« **Observer**

»Ein Werk, vor dem Leute wie Nick Hornby und Walter Moers auf die Knie sinken!« **Die Woche**

3-453-21215-0

Die Cappuccino-Jahre
3-453-21215-0

Krieg der Schnecken
3-453-86514-6

Marian Keyes

»Herrlich unterhaltende, lockere und freche Frauenromane. Ein spannender Lesespaß.«
Für Sie

3-453-21204-5

Wassermelone
3-453-14723-5

Lucy Sullivan wird heiraten
3-453-16092-4

Rachel im Wunderland
3-453-17163-2

Pusteblume
3-453-18934-5

Sushi für Anfänger
3-453-21204-5

Unter der Decke
3-453-86482-4

Auszeit für Engel
3-453-87761-6

HEYNE

Starke Frauen, freche Frauen, raffinierte Frauen!

Romane international erfolgreicher Autorinnen – originelle Geschichten, witzig und charmant erzählt.

Eine Auswahl:

Melanie La'Brooy
Liebesleuchten
3-453-58004-4

Helene Uri
Honigzungen
3-453-58001-X

Katarzyna Grochola
Die himmelblaue Stunde
3-453-86981-8

Marian Keyes
Auszeit für Engel
3-453-87761-6

Helen Dunne
Federleicht
3-453-87789-6

Jana Voosen
Schöner lügen
3-453-87813-2

3-453-86981-8